世界の名作を読む

海外文学講義

工藤庸子・池内 紀
柴田元幸・沼野充義

世界の名作を読む　海外文学講義

目次

編者まえがき

本書は放送大学のラジオ科目「世界の名作を読む」（二〇〇七―二〇一〇年、改訂版二〇一一―二〇一五年）の二冊の印刷教材を新たに編纂したものです。内容も更新され、いろいろな意味で豊かなものになったと自負しています。

「名作」とは何か？ ――数分で読めそうなカフカやチェーホフの短篇から、読了するには何ヵ月もかかりそうなプルーストの超大作まで、これぞ「名作」と思われる作品が並んでいます。でも「名作の条件」とは何かと問われたら？ しばし考えこんでから、こうお答えすることはできそうです。それは一般論として定義できるものではないけれど、それぞれの執筆者が、テクストに即して「名作の名作たるゆえん」を考えます、と。教育の現場から生まれた書物にふさわしく、文学作品を読む技法や愉しみを、一つ一つ手渡すようにして読者に届けたい。これが、本書の願いです。

「世界の名作」とは？ ――「神話」や「伝承」や、あるいは韻律を伴う「詩」ということであれば、太古から世界中の民族や社会集団で、これをもたぬものはありません。一方、本書でとりあげたのはユーラシアと北アメリカを舞台とした「近代小説」です。地球上のごく限られた表面を占めるいくつかの国々が「世界」を代表するなどと主張するつもりは毛頭ありません。それにしても、しばしば「国民文学」と呼ばれるこれら「散文のフィクション」が、十九世紀後半から二十世紀前半の植民地主義の時代に世界中に輸出され、いつのまにか国境を越える「人類の文化遺産」となってしまったことは歴史的な事実です。

そこで現代文学に目を移せば、カリブ世界やアジア・アフリカ、あるいはイスラーム圏やラテン・アメリカの作家にとって、欧米の近代文学は憧憬の的であるとは限らない、むしろエディプス的な超克の対象であるのかもしれません。しかし、いずれにせよ「国民文学」の時代を知らずして、今日の「世界文学」を語ることはできぬはず……。見ようによっては気恥ずかしいほどナイーヴな「世界の名作」という呼び方に、そんな屈折した思いも込められていることを、ここでお断りしておきましょう。

まちがいないと思われるのは「名作」が時間の摩滅をまぬがれる文学であること、そして「近代」とは古めかしい「過去」ではないということです。「前篇」と「後篇」がメタフィクションのように絡み合う『ドン・キホーテ』の想像世界は、そしてメルヴィルの『書写人バートルビー』やカフカの『断食芸人』の不可解な主人公たちは、なんと斬新で「ポスト・モダン」的であることか。

「教材」としての射程——大学という場で長く文学を論じた経験をもつ者たちによる共著です。文学の読者を育てるための方法を模索するという意味で、本書は教養教育や読書運動に携わる方々の「教材」ともなり得ると考えています。放送大学において、この「人気科目」がどのように運営され、九年に及ぶ長寿番組となったのか、さまざまの工夫については「編者あとがき」でやや詳しく触れることにします。

では、ご一緒に、長短二十ほどの、珠玉の名作をひもとくことにいたしましょう！

工藤　庸子

セルバンテス
(1547―1616)

1 セルバンテス『ドン・キホーテ』

工藤庸子

『ドン・キホーテ』前篇は一六〇五年にマドリードで出版された。セルバンテスは五十八歳、平均寿命のちがいを考えれば、すでに高齢者と呼べる年齢である。作者はそれまで、遍歴の騎士そこのけの波瀾万丈の人生、しかも一貫して不遇な生活を送っていた。

当時の地中海はキリスト教陣営とイスラム勢力の対峙する世界である。セルバンテスは一兵士としてレパントの海戦に参加し、その後、地中海の対岸アルジェで五年のあいだ捕虜として囚われの生活を送る。ようやく帰国したスペインでも、金銭上のトラブルから、またしても牢屋につながれ、その時『ドン・キホーテ』が構想されたといわれている。

まずは「風車のエピソードは本当に面白いか?」と問うことからはじめ、フィクションの内部に「アラビア人の原作者」が登場する不思議な物語構造について考える。つづいて一六一五年の『ドン・キホーテ』後篇を読むことになるが、こちらでは幕開けから、ドン・キホーテとサンチョ・パンサは自分たちが有名な小説の登場人物たちであることを知っている。しかも偽の『ドン・キホーテ』まで出版されたものだから、ホンモノの登場人物たちは一計を案じ……という具合に、現実と幻想が奇怪に戯れるフィクションの世界。騎士と従者の冒険は、こうして佳境に入るのだが、やがて主人公が「狂気」から覚めるときが来て、物語は主人公の死をもって終わる。

風車とドン・キホーテ

十七世紀、印刷術の普及によって読書の習慣が庶民階級にもひろがってゆく。『ドン・キホーテ』前篇では、宿屋で小説の「朗読会」がひらかれるし、後篇では遍歴の騎士を大歓迎する公爵夫妻が、前篇の愛読者という設定だ。文学が随一の娯楽でありえた時代だったが、いまだ識字率は低かった。作品を享受する方法は、今でいう「読み聞かせ」が一般的であり、『ドン・キホーテ』も耳で聴いて愉しむ文体になっている。「それほど昔のことではない、その名は思い出せないが……」という、なにやらとぼけた感じの幕開けも、じつは「昔々あるところに……」風の定型的スタイルであるらしい。

ご存じのように『ドン・キホーテ』とは、昔の騎士道物語を読みすぎた主人公が、自分も昔の騎士になったつもりで現代世界を闊歩して、さまざまの失敗をくり返す話である。今の日本に、江戸末期のサムライに入れあげて武士道精神に凝り固まった人物があらわれる、そのチョンマゲ男の武勇談、といった物語を空想してみると、シチュエーションが類推できる。もっとも時代感覚のギャップとか、タイムトリップの空想などというものは、昔も今もあるもので、それ自体は凡庸な作品を生み出しかねない一般的なテーマともいえる。

やはり風車とドン・キホーテという組み合わせが、なぜか、傑作なのだ。しかし「なぜ傑作か」を説き明かすことは容易ではない。今日、ラ・マンチャ地方には、スペインが世界に誇る「名作」にちなみ、巨大な風車が立ち並ぶ観光名所が存在する。ただしこれは現実の風景が空想の物語を模倣したテーマパークのようなものであり、じつはドン・キホーテの時代、粉引き用の風車はめったにお目にかかれぬハイテク装置だったらしい（読書案内⑤）。殺風景な平原に、その巨大風車が「三十基から四十基」も林立し、古びた甲冑を身につけた初老の男が、猛然とこれに突撃をかけるというのだから、同時代の読者が笑いこけた理由は、おぼろげながら想像できる。しかし、わずか三ページほどの記述が、たんに滑稽でほろ苦い一挿話にとどまらず、数世紀を経てなお人びとの脳裏にきざまれている理由は何か。文学としての魅力と哲学的な意味の両面から検討する必要があると思われるのだが、人生を思索する書という話題は、のちにゆずるとして、まずは文体の問題をとりあげよう。

芸術とは誇張である

物語文学は、朗々たる声を聞かせることで想像力をかき立てる。とりわけ風車の冒険は派手な立ち回り。おのずと描写も華々しいものになる。『ドン・キホーテ』の新訳を二〇〇五年に上梓した荻内勝之さんによると、セルバンテスのスペイン語は、浪曲や講談の日本語に近いという。まずは擬古文調と口語調が仲良く混在する日本語のリズムと響きを思い浮かべながら、荻内訳の絶妙な「芸」を味わっていただきたい。

　このとき、行く手の野面に、点々と風車が現れ出でた。その数、三十基から四十基。見るや、ドン・キホーテの言う。

「願ってもない。サンチョ君、時運の恵みわれらのもとにあり。雲衝く巨人が現れよった。三十匹は居よう。わたしはあの者どもに戦いを挑み、ことごとく仕留めてみせる。これは聖戦だ。ゆえに奪い取ったものは勝利品とし、われらが身代の元手とする。地上から悪の芽を摘みとるのは神への奉公である」

「巨人とおっしゃいますのは」サンチョ・パンサは首をかしげる。

「あれなる羅刹」と主人。「果てしなく伸びる腕を見よ、三里は下らぬ」

「あれは」と従者が正す。「あれなるは、羅刹なんかじゃありませんよ。風車です。腕と申されまするは羽根。風に煽られて石臼を動かしているんです」

「おぬしが冒険に疎いのは仕方がないが、あれは巨人だ。怖ければ、退って祈りでも上げていよ。我輩は突撃する。敵は手強い。戦いは熾烈を極めよう」

　言い放って、だっ、と愛馬ロシナンテに拍車を入れた。従者は、風車です、巨人ではありません、と繰り返すが、思い込んだが百年目、聞く耳持たぬ殿様は、目前に迫ってなお正体を見定めず、大音声に呼ばわった。

「待ちやがれ、臆病風に吹かれたか、腰抜けめ。悪党ども、騎士一人に怖気づいたか」

折しも、一陣の風が巻き起こって風車の巨大な羽根が動いた。これを見たドン・キホーテは、

「百腕の巨人ブリアレオも舌を巻く千の手、万の腕であろうと、一命、貰い受けた」

と豪語しつつ、胸中、恋しいドゥルシネア姫に願を掛けた。窮地を救い給え、と乞うたのである。そうして身を盾で覆い、槍を脇に掻い込んで、ロシナンテの脚のおよぶ限りではあったが、それなりの全速力でぶつかっていった。敵は一番手前の風車。その羽根に槍で立ち向かったわけだが、羽根が風をはらんで勢いよく回転しているところであったので、槍は砕かれて木っ端微塵、馬も騎士も巻き上げられ、宙を飛んで、地に落ち、三転四転、従者が、驢馬の、同じく限りある脚を疾駆させて救助にはせつけたとき、騎士は身動き出来なくなっていた。馬の下敷きになって猛烈な衝撃を受けたのだ。

「もう、嫌だなあ」従者がこぼす。「言ったじゃありませんか、風車だと。見れば判ることなのに、頭ん中でも風車が回ってるんですか、くるくるパーと」

「そう申すな、おぬしのことを友達だと思っているのに」と主人が窘めた。「戦場にあっては、何がどうなるか予断がゆるされない。くるくる変わるのだ。此度は特にひどい。思うに、間違いなく、あの賢人フレストーン、拙者の書庫と本を奪い去ったあいつが、

巨人を風車に変えおった。あいつが拙者の巨人退治を邪魔しているのだ。この手に勝ちをわたすまいとして敵意を剝き出しにしている。しかし、そうは問屋が卸すものか。我輩の正義の剣の向かうところ、いかなる奸策も、ものの数ではない」

ドン・キホーテとサンチョ・パンサ
（ギュスターヴ・ドレによる挿画）

「この場は神の手に委ねるが一番かと。なるようになるでありましょう」
従者は主人に手を貸して起き上がらせ、主人は馬の背にもどったが、そこもがたがたに傷んでいた。ともあれ、主従は、過ぎ去った冒険を振り返って道中の花としプエルト・ラピセの峠へと向かった。（前篇 第8章／荻内勝之 訳、以下同）

セルバンテスより半世紀ほど前に生まれたフランスの作家ラブレーの名高いエピソードのひとつに、こんなものがある。ノートルダム寺院のうえから主人公のガルガンチュアが、「じゃあじゃあとおしっこをしたので、なんと二六万四一八人もの人々が溺（おぼ）れてしまった」というのだが、ここでは妙に具体的な数字によって、途方もない「誇張」がいっそう際だつことになるだろう。浪曲や講談や、あるいは歌舞伎のような伝統芸能も、しばしば様式化された「誇張」に支えられており、その一方で先鋭な現代芸術も、色彩や造形の特定のエレメントが強調されていることが少なくない。つまり「誇張」がセルバンテスに特有の技法だといいたいわけではない。そうではなく、それぞれの芸術、それぞれの作家に固有の「芸」があることを、つねに念頭におこうという意味である。

『ドン・キホーテ』においては、すべてが大袈裟（おおげさ）に隈取（くまど）りされている。十九世紀の真面目な小説を読むように、真面目に独りで黙々と感情移入してこの書物のページをめくってゆくと、なんだか気が滅入（めい）ってしまいそうですらある。なにしろ主人公は勘違いをしてはめった打ちにされ、袋だたきになり、ほとんど重傷を負っているはずなのに、またしても、ありもしない敵に健気にむかってゆく。考えようによっては、まるで単なるイジメの連続のような小説なのである。

アラビア人の作者シデ・ハメテ・ベネンヘリ

そうしたわけで、風車の冒険で満身創痍のはずのドン・キホーテは、性懲りもなくビスカヤ人に闘いを挑む。いや、不思議なことに騎士は元気溌溂に見える。

ビスカヤ男は、真っ向から突進して来るドン・キホーテの形相に必殺の凄味を感じ、手強い、と防禦の構えをとった。すなわち、座布団で身を庇ったのである。それというのは、騾馬の向きを右へも左へも変えられなかったからであり、騾馬に言わせれば、こんな悪巫山戯の相手をするために生まれてきたわけではなかったし、疲れ果ててもいたので一歩と動けなかったのである。

一方、ドン・キホーテは、防禦に回った敵を真っ向から攻める。剣を振り翳して一刀両断を狙ったのである。対する敵は、剣を直立に構え、座布団で防禦ごうとした。周囲は手に汗、固唾を呑んで、はらはら、どきどき。このまま双方の剣が振り下ろされたらどうなるか。馬車の御女中も、供の下女たちもイスパニア中の聖像という聖像、札所という札所に願を掛けお札参りを誓った。従者を助け給え、我らを救い給え。

だが、なんたることや、この重大な局面、雌雄を決する戦闘の件にいたって、作者は筆を中断しているのである。ドン・キホーテの偉業を伝える資料が尽きたゆえ、と言い残す。しかし筆を継ぐこととなる第二代目の作者には、尽きた、などとはとても信じられず、こんな面白い物語が、むざむざ、忘却という刑吏の手に渡されるなどあってなるものか、と義憤慷慨した。そして、おしなべてラ・マンチャ人の才知が左様な愚を見逃しょうや、と言い添えた。古文書館なり、何者かの机の上なりにあるにちがいない、いまをときめく騎士の消息を記す紙片が、幾許なりとも埋もれているはずと踏んだのである。この観測を根拠に、これまで順調に進んできた物語の将来と結末の見つかることを信じて諦めなかったのであるが、天は見捨て給わなかった。次なる二の巻で詳らかになるように、結末まで発見されたのである。　（同）

さて、おわかりのように、両雄の対決が緊張の極に達したところで、予期せぬことが起きた。作者は資料が尽きたからという理由で筆を中断した、というのである。いっそう奇妙なのは、ただちに第二の作者を名乗る者があらわれて、きっと話の続きを探し出すと宣言する。そして、なんたる偶然か、それはトレドという町の市場で売られていた古紙のなかで発見された、という経緯が次章でまことしやかに報告される。問題の第二の作者が市場を散歩していて、ふと目にとまった紙の束は、アラビア語で書かれた原稿であり、興味を惹かれた作者は、その辺にいるモリスコ（イスラム教からキリスト教に改宗した者）に読んでくれと頼む。すると、座り込んで読みはじめたモリスコが声をあげて笑う。何が可笑しいと訊くと、「ドゥルシネア・デル・トボーソは、豚の脂身の塩漬け作りにかけては、ラ・マンチャで、右に出る者がないとの評判」と読みあげる。ドゥルシネアという名は、ご存じの方もあろう。ドン・キホーテが勝手に指名した恋人、空想のなかで美しく飾り立てた理想の姫君、じっさいには畑を耕し豚の塩漬けを作っている農婦である。

第二の作者は、ドゥルシネアの名を聞いて欣喜雀躍、そしらぬ顔でその紙の束を買い上げて、スペイン語に訳させたのが、以下の物語である。ちなみに表題は「ドン・キホーテ・デ・ラ・マンチャの物語。作、アラビア人シデ・ハメテ・ベネンヘリ」——というわけで、いつのまにか、ここにアラビア語の「原書」なるものが登場した。

第一であろうと第二であろうと、じっさいに小説の「作者」である者が、作品の内部に登場することは、理屈のうえではありえない。たとえば現代作家のミラン・クンデラは『不滅』という代表作のなかに、その小説を書きつつある作者自身を登場させており、意表を突いた斬新な手法として話題になった。しかしセルバンテスはもっと無雑作に、もっと手の込んだ悪戯をやっているのである。ちなみにクンデラは、セルバンテスに小説の精神と技法のすべてがあると語っている。

贋作『ドン・キホーテ』と後篇の出版

わたしたちの読んでいる小説が、じつはアラビア語からの翻訳だという話（これもフィクション）を聞かされるのは前篇の第9章。この後が、本格的な遍歴の物語である。全般的な傾向を指摘しておけば、ドン・キホーテは騎士としての役回りを演じようとしたとたんに「狂気」にとらわれる。汚い宿屋をお城だと思い込み、客引きの女を貴婦人だと信じ、頑なに非現実の世界に突入してしまう。ところが「正気」のときは、じつに人間味にあふれ、言うことなすこと筋が通っている。妙な格好をしているけれど、衆目の一致するところ、風格も教養も人並み優れているのである。そのドン・キホーテが、旅先でいろいろな人びとに出会い、その人たちがおのおの数奇な運命を語る。こんなふうにして「物語のなかの物語」という構成で、『ドン・キホーテ』の前篇はつづられてゆく。いろいろな出来事があり、ハッピーエンドの物語もあれば、悲惨な結末に終わる冒険もあるが、最後に疲労困憊した主人公が自分の村に帰還したところで、前篇の幕が降りる。

出版された『ドン・キホーテ』は、たちまちヨーロッパ各国で翻訳されて大評判になった。気をよくしたセルバンテスは後篇の執筆にとりかかる。これが形をなして、いよいよ大詰めというころに、なんたることか、偽の『ドン・キホーテ』後篇が出版された。今日では想像しにくい話だが、その贋作者の正体は、何世紀ものあいだ謎につつまれており、最近にいたってようやく説得的な結論が出た。いずれにせよセルバンテスの時代、近代的な著作権などというものは存在しなかったのである。

後篇の執筆中に贋作出現の報せを聞いたセルバンテスは、偽物に評判をかすめとられてなるものか、と必死に筆を進め、ついに一六一五年、「読者諸賢に」と題した偽作者への攻撃文を添えて、完結篇を刊行する。その翌年、作者は精力を使い果たしたかのように他界した。

『ドン・キホーテ』の深い味わい、作品としての真骨頂は、むしろ後篇にある。主人公の死によって物語の幕が下りるとき、ひとつの人生の哲学的な意味が明らかになるだろう。

われらのアンチ・ヒーロー

ドン・キホーテは、あの「フーテンの寅さん」に似ているという指摘がある。『男はつらいよ』の主人公は、たしかに正義感のつよい風来坊で、マドンナと呼ばれる理想の恋人がいて、おっちょこちょいではあるけれど、人間としての風格と気品という意味では、なかなかのものだ。なによりも、ちゃんと帰る家があるのに、性懲りもなく遍歴の旅に出る。なるほど似ているのだけれど、それは、ドン・キホーテが寅さんに似ているのではなく、寅さんがドン・キホーテに似ているのである（読書案内④）。

一見冴えない感じの主人公のことを「アンチ・ヒーロー」というが、われらのドン・キホーテには「元祖アンチ・ヒーロー」の風情がある。たんに冴えないというのではない。何かの理想や理念を追い求める姿は、ときに颯爽として見えることもあり、内面は複雑な人間なのである。なかなか定義しがたい人物なのに、セルバンテスを読んだことのない者でさえ、「あの男はまるでドン・キホーテのようだ」という形容を聞くと、なんとなくわかったようなつもりになる。寅さんが現代の日本人にとって身近な典型の一例であるとすれば、ドン・キホーテは世界中の人びとが参照し言及する典型的な人間像を提供しているからだろう。「名作」の力とは、まさにそうしたものなのだ。

さて後篇でドン・キホーテは三度目の旅に出る。家には親身に世話を焼く姪と乳母がおり、神父と床屋、そして予科学士サンソン・カラスコの三名が、主人公の「狂気」を心配して見守っている。彼ら村のインテリは、ドン・キホーテを狂わせた騎士道本を自分でもしっかり読んでおり、ドン・キホーテの理解者でもあるのだが、とりわけ学士カラスコは、今後、大きな役割をはたすことになる。

サンチョ・パンサの知恵

こっそり村をぬけだしたドン・キホーテとサンチョ・パンサは、まっすぐに麗しの姫君ドゥルシネアの住むトボーソ村に向かう。正気のサンチョは、村には農民しかいないことを知っている。ところがドン・キホーテは自信たっぷりに「姫をお連れせよ」と命じたのである。そこでサンチョは一計を案じ、むこうからやってきた三人の百姓女を姫と腰元の一行だと主張する。架空の姫君の絢爛豪華（けんらんごうか）な衣装、端麗な容姿を称（たた）えるサンチョの珍妙な台詞は、それだけでも抱腹絶倒なのだが、これに対するドン・キホーテの反応が、ますます喜劇的な効果をあげる。すなわちドン・キホーテは、あの凛乎（りんこ）たる姫君の外観が、悪意ある妖術使い（ようじゅつつか）のために粗野で醜い百姓娘に変えられてしまったと解釈して嘆き、その解釈にもとづいて、あきれ顔の百姓娘にむかい、騎士の口上を麗々しく述べたてる。百姓娘は聞く耳もたず、驢馬（ろば）を棒でけしかけ野原を一目散に走り去る。


「上々吉です。殿様、ロシナンテの腹に一蹴り入れるだけで、お会いになれます。姫は殿とのご対面のため、腰元二人を供に、こちらに向かっておいでであります」

「何と。眞（まこと）か。申したことに偽りはないな。嘆きの淵のこの身を見兼ねて偽りを申しているのではあるまいな。嬉しがらせではないな」

「殿を欺いて何の利がありましょうや。眞が、それ、そこへ来ているではありませんか。殿、お馬を、ささ、参りましょう。われらが君なる姫のご入来（じゅらい）です。早くお出迎えを。お召し物、お飾りはご身分にふさわしゅうお見受けいたします。腰元も姫君様も黄金（こがね）の焔（ほむら）をまとい、真珠の粒は何にたとえん麦穂のごとくたわわ。金剛石（ダイヤ）と紅玉（ルビー）の山が動くような立姿。金襴緞子（きんらんどんす）に十段重ねの縫い取り。背の髪は風と戯れる日輪の筋。極め付きの圧巻は、打ちまたがったる馬三頭、いずれ劣らぬ猥(みだ)らの婬馬であります」

「斑(まだら)の牝馬(ひんば)であろう」

「猥らの婬馬も斑の牝馬も大層は違いません。何に乗って来ようと、あれだけ綺麗な女(お)子衆(なごしゅう)は稀であります。なかんずく、わが君ドゥルシネア姫には惚れ惚れ致します」

（中略）

ドン・キホーテはサンチョのそばでひざまずき、「飛び出しそうなびっくり眼でしげしげと相手を見た。女王だ姫だとサンチョは言うが、村娘ではないか。顔は円(まる)っこで、鼻ぺちゃ。どう見ても別嬪ではない。狐につままれたかのようで、声もなかった。娘たちも同様であった。突然、男二人が仰々しくひざまずいて、先をさえぎってきたので、きょとんとしたが、先頭の、行く手をはばまれた娘が沈黙を破って怒鳴った。

「邪魔するな。退(の)きやがれ。急いでんだよ」

サンチョが応じる。

「トボーソなる皇(すめらぎ)の姫君、これに控えておりますは、遍歴の騎士の道の杖とも柱ともいうお方。ただいま拝謁を願い出で、膝を折っております。なにとぞ姫君の広大無辺のお胸をやさしくお開き下さりませ」

聞いて女の一人が言う。

「退(ど)かないと危ないよ。やさしく言ってんだよ。人の情けの分からん奴は馬に蹴られて死んじまえ。どこの旦那衆か知らないけど、おぼこ娘を玩弄ぼうったって、そうはいくものか。手前らの下ネタで赤くなるわしらと思ったら大間違い。怪我したくなかったら、さっさと退きやがれ。わしらにゃ行くところがあるんだから」

「もう、よい、サンチョ、立て」とドン・キホーテ。「拙者の肉体に宿る魂はささやかだが、その糧となる望みが一縷もないとは、天運我を見捨てたり、八方塞がりだ。姫君、凜呼たること君に極まり、妖艶なること比ぶるなく、君を恋し病む胸癒す薬師も君一人。その君を眼の前にして、悪党の妖術によって、目に雲垂れる底翳を病みましてござれば、類無き美貌を拝む能はず、見るも無残な百姓女が映るのみに御座ります。さのみか、悪党は、わが顔を歪めて醜くし、よって、君の眼に醜く疎しく映るようにもしているであありましょう、この身は怪物に変じているやもしれませんが、そうでなければ、甘くやさしい眼差しを拒み給うな。我はひざまずいて君に侍る者。君の美貌がひん曲げられていようと、心変わり致しませず、お慕い申す所存なれば、その心栄えをお酌み取り下さりますよう願い奉りまする」

「おや、まあ、爺さん」と村娘が叫んだ。「寝言かと思ったら、口説いてるようだけど、退いて頂戴。退けと言ったら、酷い目に遭わないうちに退きやがれ」

サンチョは退いて道を開け、殿様が思う壺に嵌まったので内心ほくそ笑んだ。


（後篇　第10章）

一見したところ、この話はドン・キホーテが風車を怪物と見間違える話に似ているが、どこか違うようでもある。前篇のドン・キホーテは、風車が風車であることを認めず、巨人が姿を変えたものであると考えた。ところが今回は、百姓娘という現実の姿を正しく捉(とら)えている。これに対してサンチョは、百姓娘などは見えないと断言する。つまりフィクションを語るのはサンチョ、現実を見ているのはドン・キホーテ。役割が逆転したのだが、とはいえサンチョは嘘を承知で知恵をはたらかせているのだから、正気にはちがいない。一方のドン・キホーテは、正しく捉えた現実に「魔法」という解釈を下す。こうして主人公の「狂気」は、後戻りできない虚構の世界に迷いこんでゆく。

幻想と現実の反転する世界

『奇想天外の郷士ドン・キホーテ・デ・ラ・マンチャ』（前篇の正式タイトル）が出版されたという情報を、後篇冒頭の章でもたらしたのは、学士カラスコだった。ドン・キホーテは、自分のことを小説に書いたというシデ・ハメテ・ベネンヘリは名前からしてモーロ族、つまりイスラム系である。したがって法螺(ほら)吹きにちがいない、などと呟(つぶや)くのだが、これもなんだか可笑しい。つづいてカラスコにドン・キホーテ、サンチョもまじえ、問題の「新刊書」についての話がはずむ。一万二千という夢のような発行部数が示されたかと思うと、前篇でサンチョが入手したはずの小金はどこにいった、とカラスコがサンチョ本人を問いつめたり。

状況は込みいっているが、物語のなかに登場するこの「前篇」とは別の話題もあり、それが、セルバンテスが後篇を執筆している最中にあらわれた「贋作」である。その偽物の『ドン・キホーテ』までが、後篇に組みこまれて物語の滋養になっている。さすがセルバンテスの思いつき、本物のドン・キホーテが『贋作ドン・キホーテ』を読んでしまうのだ。そして文体などを批判したあげく、「贋作」の主人公が、武芸試合に出るためにサラゴサに向かうと知ると、それでは自分たちはバルセローナに行こう、そうすることで、偽物が偽物であることが証明されるから、と自信たっぷりに断言するのである。

『ドン・キホーテ』という作品が物語好きの人たちを魅了してやまないのは、フィクションを語るという行為の謎が、この物語世界に充満しているからだろう。嘘かホントか、幻想か現実かという二分法が成り立たない。両者はいとも無雑作に反転するのである。ちょうど魔術を見ているときのように、不安を伴う可笑し味のようなものが、そこから生じることになる。

「森の騎士」またの名を「鏡の騎士」

もうひとつ、愉快なエピソードを読んでみよう。後篇の第12章、ドン・キホーテに輪を掛けたような昔風の騎士が従者を連れて登場する。宵闇のなかで甲冑の音を聞きつけたドン・キホーテがその騎士に話しかけ、騎士は騎士どうし、従者は従者どうし、大いに意気投合した。暗い森のなかで出会ったために、とりあえず「森の騎士」と命名された謎の人物は、こともあろうに本物のドン・キホーテにむかい、以前にドン・キホーテと闘って、相手を打ち負かした、などと聞き捨てならぬことを言う。本物のドン・キホーテは、その事実を否定し、両者はゆずらず、ついに夜明けとともに決闘で話をつけようということになる。

　ピカピカの装束のために途中から「鏡の騎士」とも呼ばれる人物は、じつは学士のサンソン・カラスコだった。理屈で説いても承知しないドン・キホーテに、遍歴の騎士をやめて家へ帰ることを求めるつもりで、勝負を挑んだところ、事のはずみでカラスコのほうが惨敗を喫してしまった。しかし、なにより奇妙なのは、ドン・キホーテ自身のリアクションである。カラスコの顔をした人間が、自分はカラスコだと白状しているのに、ドン・キホーテは認めない。全ては自分を憎む敵が仕掛けた巧妙な策略であって、闘った相手の正体はカラスコではないと主張するのである。病膏肓（こうこう）に入ると言うべきか、いまやドン・キホーテの「狂気」は摘出できないほど深く根をはっている。

ドン・キホーテ・ワールドに遊ぶ

意気揚々と遍歴の旅をつづけるドン・キホーテとサンチョ・パンサは、さまざまの冒険に遭遇するのだが、とりわけある公爵夫妻の館(やかた)に長く逗留(とうりゅう)し、手の込んだ歓迎を受けることになる。公爵夫妻は『ドン・キホーテ』前篇の愛読者であり、遍歴の騎士がどこまで狂っているか、自分たちの目で確かめようと考えた。そこで夫妻は、城と領地を使ってドン・キホーテにふさわしい幻想的な舞台装置を作り、そこに仮装した人物たちを登場させた。たとえて言うならディズニー・ランドのようなものか。そのドン・キホーテ・ワールドでは、たとえば、腰元のひとりが遍歴の騎士に恋を仕掛けるという話あり、空飛ぶ木馬に乗って遠い島に住む姫君を助けにゆくという話あり、サンチョに約束どおり領地を与えるから、これを統治してみよ、という話あり。たいそう大仕掛けで途方もない出来事が、次々に起こる。

ところが不思議なことに、こうして現実のなかで騎士道物語の幻想が成就してしまうと、なぜかドン・キホーテは、かえって寂しそうに見える。次第に憔悴(しょうすい)してゆくようにさえ思われる。

憂鬱な書物

詳しく述べる余裕はないが、あの学士サンソン・カラスコがふたたびドン・キホーテに闘いを挑んで雪辱を果たし、その結果、敗者は約束どおり家にもどる。そしてまもなく病床に伏し、死ぬことになるのだが、この幕切れは、筋書きとしては知っておられる方も多いだろう。主人公は自らの「狂気」を自覚し、つまり「正気」にもどり、ドン・キホーテであることをやめて、アロンソ・キハーノとして死んでゆく。小説の構造にとって、決定的な意味をもつ結末である。

「遍歴の騎士」という夢から覚めたという告白を聞いて、周りの者たちは、そんな弱気にならず、本来のドン・キホーテに戻ってほしい、と励ますのだが、本人はもうそのような冗談はやめにしようといい、司祭に告解をして、遺言状を書き、サンチョ・パンサを枕元に呼び、心から侘びる。サンチョ・パンサの励ましは、聴く者の胸に痛いほどひびく。しかしだからといって主人公の臨終が、ただしんみりと感動的なわけではない。最後の三日間、周りの者たちは、手を尽くして病人を介抱するが、それでも姪は食べるものを食べ、乳母は飲むものを飲み、サンチョ・パンサは形見分けのことを思って、どことなく嬉しそうだったと記されている。

カルロス・フエンテスというメキシコの現代作家がいるが、そのフエンテスは、『ドン・キホーテ』は「幻滅の小説」である、狂気にとりつかれた人間が「悲しい理性を回復する冒険談」である、と語っている。たしかに『ドン・キホーテ』は、たんに滑稽で面白可笑しいだけではない。ときに深い哀愁をたたえ、正義、愛、死といった人生哲学の主題について、あるいは小説を書くという営みの不思議について、深く考えさせてくれる。こうした偉大な古典の読解が、ひとつの教訓、唯一の哲学的な主張に収斂(しゅうれん)してゆくことはないだろう。むしろ人それぞれの読み方に対し、おおらかに開かれていることこそが、「小説の精神」といえるのだから。

「これまで天才によって創造されたあらゆる書物のなかで最も偉大な、最も憂鬱(ゆううつ)な書物」——これは、ロシアの文豪ドストエフスキーの言葉である。

読書案内

①セルバンテス『ドン・キホーテ』荻内勝之訳、新潮社、二〇〇五年。前篇・後篇それぞれ上下の四巻本。講談調の名訳は、ぜひご自分で音読して効果を確かめてほしい。外国文学を通じて日本語の富にふれることができる。挿絵は堀越千秋。

②セルバンテス『ドン・キホーテ』牛島信明訳、岩波書店、一九九九年。前篇・後編の二巻本。岩波文庫は二〇〇一年。前篇・後篇それぞれ三冊の六巻本。簡にして要を得た注と解説つき。スペイン語の語彙を尊重した翻訳は、わかりやすく親しみがもてる。挿絵はギュスターヴ・ドレ。

③『ドン・キホーテ・デ・千秋』絵・文 堀越千秋、木学舎、二〇〇五年。セルバンテスの語り部のような日本人画家による見事な大人の絵本。

④牛島信明『ドン・キホーテの旅』中公新書、二〇〇二年。セルバンテスの生涯から、ドン・キホーテの「狂気」の意味、サンチョ・パンサの役割、そして寅さんとの比較まで、作品を総合的に論じた入門書。

⑤岩根圀和『贋作ドン・キホーテ』中公新書、一九九七年。贋作の出版とその作者をめぐる謎を糸口にして、セルバンテスの時代と作品に迫る。風車の冒険の読解や、ドン・キホーテの旅の足跡をめぐる解説など興味はつきない。なお、贋作そのものを邦訳で読むこともできる。アベリャネーダ『贋作ドン・キホーテ』上下、岩根圀和訳、ちくま文庫、一九九九年。

2 昔話 ——シャルル・ペローとグリム兄弟

工藤庸子

シャルル・ペロー
(1628—1703)

ヤーコプ・グリム
(1785—1863)
ヴィルヘルム・グリム
(1786—1859)

独仏を代表する「童話作家」の双璧といえば、シャルル・ペローとグリム兄弟が思いおこされる。しかし一方は十七世紀フランスでルイ十四世の宮廷に仕えた文人であり、他方は十九世紀ドイツで大学教授として活躍した研究者の兄弟である。社会的・文化的な背景はまったく異なっており、当然のことながら、読者に想定されたのも別種の人びとだった。

そもそも「児童文学」という教育的なジャンルを通して、健全な市民階級を育成しようという考え方は、厳密にいえばフランス革命以前には存在しなかった。「国民教育」の一環として「童話」を普及させようという構想は、ほかならぬグリム兄弟によって提唱され、推進されたものであるからだ。

物語好きの庶民が先祖代々うけついできた「昔話」を収集し、これを編纂して出版したという建前は、グリム兄弟もペローも同様なのだが、ペローにとって読者は一般の市民ではなく、上流階級の知的エリート、とりわけ物語好きの貴婦人たちだった。ソフィスティケートされた物語の仕掛け、とりわけ「教訓」と題した付属の韻文は、むしろ洒脱な大人の読者に向けられたものだ。

ペローとグリム兄弟に共通する二つの伝承、「赤頭巾」と「シンデレラ」の系譜をとりあげて、それぞれのヴァージョンを読みくらべてみよう。

「赤頭巾ちゃん」の教訓とは？

群を抜いて有名な昔話でありながら、ペローの原典の結末が、以下のような具合になっていることは、思いのほか知られていない。赤頭巾ちゃんがお祖母さんの家に着くと、わるい狼が待ちうけており、「そのパン入れの箱のうえに、ガレットと小さなバター壺をおいてから、こちらにきて一緒にお休み」と誘いかける。


赤頭巾ちゃんは服をぬぐと、寝床に入ろうとしましたが、寝間着を着たお祖母さんの姿を見て、びっくりしました。そしてこういいました。

「お祖母ちゃん、なんて大きな腕をしているの！」

「それはねえ、おまえをもっとしっかり抱けるようにさ」

「お祖母ちゃん、なんて大きな脚をしているの！」

「それはねえ、おまえ、もっと速く走れるようにさ」

「お祖母ちゃん、なんて大きな耳をしているの！」

「それはねえ、おまえ、もっとよく聞こえるようにさ」

「お祖母ちゃん、なんて大きな目をしているの！」

「それはねえ、おまえ、もっとよく見えるようにさ」

「お祖母ちゃん、なんて大きな歯をしているの！」

「それはねえ、おまえを食べるためさ」

そういいながら、この悪い狼は赤頭巾ちゃんにとびかかり、食べてしまいました。

（シャルル・ペロー『赤頭巾』／工藤庸子 訳、以下同）


これで物語は終わり。食べられたまま？ そうなのである。一六九七年『過ぎし昔の物語ならびに教訓』と題して刊行された書物におさめられた散文物語は八篇で、そのうち悲劇的な結末を迎えるのは「赤頭巾」のみだから、たしかに例外的といえる。それにしても、ドラマの結末につづく韻文形式の「教訓」とセットにして読まないと、作品の意図するところは汲みとれないのである。

教訓
おわかりでしょう、小さな子どもたち
わけても若い娘さんたちよ
美しく、見目麗しく、可愛らしげな娘さんたちが
相手かまわず耳を貸すのは大まちがい

狼に食べられてしまう娘さんが、たんといるのも
そりゃ不思議でもなんでもないのです
ひとくちに狼といったって、狼にも
いろいろあるのだから
愛想がよくって、おとなしげ、意地わるでもなければ、怒りっぽくもない
人なつっこく、ちやほやしてくれて、もの柔らかで
うら若いお嬢さまたちの後をつけ
家の中まで、ベッドの脇までついてくる
さあ、これぞ一大事！　どなたもご存じのはず、こんな見るからに優しげな狼こそが
あらゆる狼のなかで、いちばん危ないということを
（ペロー『赤頭巾』）

いつのまにやら粋な男女の話になってしまったが、赤頭巾が狼に誘われてベッドに入ることになっているのは、こうしたオチへの伏線でもあるだろう。じつはペロー版「赤頭巾」にかぎらず、性的な暗示は民間伝承に内在する本質のひとつといえる。調べてみれば「赤頭巾」の系譜には、狼がお祖母さんの血と肉を赤頭巾に食べさせるなどという衝撃的な物語もあり、この伝承が精神分析にとって御馳走のような素材を提供していることが、おのずとわかる。ただし、ここでは深読みは避け、サロンの貴婦人になったつもりで、洗

練された文体と軽妙な語り口を鑑賞するにとどめたい。

市民道徳と児童文学

よく知られているように、グリム兄弟の赤ずきんとおばあさんは、狩人によって助け出され、狼は死んで皮を剥がされて幕となる。ただし、つづいて紹介される「別の話」は、翻訳された子供向きグリム童話ではたいてい省略されている。こんな話である。

赤ずきんは狼がわるいやつだとわかっているので、声をかけられても知らん顔しておばあさんの家に到着した。ところが狼は、簡単にはあきらめない。おばあさんの家の屋根にとびのって、じっと待っている。

おばあさんには、狼の悪だくみが手にとるようにわかっていた。家の前に、石づくりの大きな入れものがある。

「おまえ、てつだっておくれ」

と、赤ずきんにいった。

「きのう、ソーセージをこしらえた。大きな鍋で、うでたのさ。うで汁を、手桶ではこんで、家の前の入れものに入れておくれ」

赤ずきんは、何度も往復して、うで汁で、石の入れものをいっぱいにした。うで汁から、ソーセージのにおいがたちのぼる。狼は鼻を鳴らして下をのぞいた。首をつき出した拍子に、からだがグラッときて、まっさかさまに、うで汁にとびこみ、おぼれ死んだ。
赤ずきんは、いろいそと家路についた。だれにも悪さなど、されなかった。
（グリム兄弟『赤ずきん』／池内紀 訳、以下同）

というわけで、こちらも「めでたしめでたし」で幕。グリム兄弟の『赤ずきん』は、庶民の生活感覚に訴えるというだけでなく、近代的な市民道徳という観点からも児童書にふさわしいといえそうだ。

しかし『赤ずきん』を読んだだけで、グリムがわかったつもりになっては困る。ヤーコプとヴィルヘルムの兄弟は、今日では童話作家として知名度を保っているように見えるけれど、ヨーロッパ近代の言語と文化を歴史的にふり返るなら、圧倒的な存在感をもつ知識人という位置づけになる。十九世紀初頭、ナポレオンの軍隊に蹂躙された広大な地域で、新しい国家を建設し、国民的なアイデンティティを立ち上げようというナショナリズムの運動がわき起こった。民話、昔話、伝承などの収集は、自分たちの「先祖捜し」あるいは「ルーツの探求」という願望にも応えるものであり、その意味で「国民アイデンティティの創造」という課題と深く関わっている。グリム兄弟は、文献学や言語学などのアカデミックな研究活動の一環として、口承文学の調査研究にも携わった。膨大な資料を整理編纂して、一八一二年から一八五七年まで、七回にわたり、版をかさねるごとに内容に手を加え、合計二百篇ほどの物語を後世に遺す。これが「グリム童話」と呼ばれているものの総体なのである。

昔話の「超自然」

「シンデレラ」の系譜に話を進め、昔話の本質とは何かという大きな問題について、ごく簡単に回答を素描してみよう。ペローのタイトルは『サンドリヨン』、グリム兄弟は『灰かぶり姫』となっているが、この名が暖炉の「灰」を指す言葉に由来する綽名であることはご存じだろう。キリスト教世界には、子供が誕生すると「名づけ親」が洗礼式で後見人をつとめ、その後も子供の成長を見守るという風習がある。「代父」「代母」とも呼ばれる「名づけ親」は、ふつう親戚や友人がつとめることになっているのだが、なぜか魔法の力をもつ「仙女」だったという設定は、昔話にはよくある話。ちなみに「仙女」と訳したフランス語 fée は、英語なら feary であり、「妖精」という訳語のほうが一般的かもしれない。『サンドリヨン』では人間の姿をしているけれど、動物のこともあり、ケルトの伝承などでは魔物のように奇怪な姿をしていることもある。

仙女の介入により、カボチャが馬車になるというような超自然的な現象（フランス語では merveilleux）と日常的ロジックを超える物語の展開は、昔話の最大の魅力のひとつである。極上の例は、なんといっても「ガラスの靴」だろう。フランス語は pantoufles de verre で、ヴェールというのが、ガラスではなくリスの高級毛皮 vair を指すという、いかにも筋の通った解釈が、十九世紀にバルザックなどによって提唱されたことがある。たしかにガラスの靴は壊れやすいし、履いたら足が痛くてたまらないだろう。しかしカボチャが馬車になり、二十日ねずみが馬になり、とかげが従者になる世界のロジックによれば、ガラスの靴が蠟で型をとったかのようにぴたりと履けても構わないのである。というわけで、極めつけの超自然をたっぷりと味わっていただこう。屁理屈をこねる読者には、昔話を愉しむ資格はない。

名づけ親は自分の部屋にサンドリヨンをつれていって、こういいました。

「畑にいって、かぼちゃをひとつとっておいで」

サンドリヨンは、すぐに畑にいって、いちばんみごとなかぼちゃを見つけてもぎとると、名づけ親のところにもってきましたが、いったいどうして、このかぼちゃのおかげで舞踏会にゆかれるようになるのか見当もつきません。名づけ親がかぼちゃの中をくりぬいて、皮だけをのこし、それを杖でたたきますと、かぼちゃはたちまち金色のりっぱな馬車になりました。それから名づけ親は、ねずみとりの罠をのぞきにゆきました。そこにはぴんぴんした二十日ねずみが六匹、かかっておりました。名づけ親はサンドリヨンに、罠の口をすこしだけもちあげるようにいい、一匹ずつ二十日ねずみが出てくると、そのたびに、杖でかるくたたきます。と、二十日ねずみは、たちまち立派な馬になりました。これで立派な連銭葦毛（れんぜんあしげ）の六頭立ての馬車ができました。さて、何から御者をつくったらよいか、と名づけ親が思案しておりますと、

「あたしが見にゆきましょうか」とサンドリヨンがいいました。「野ねずみとりに野ねずみがかかっていたら、それを御者にしたらどうでしょう」

「それはいいね」と名づけ親はいいました。「見にいってごらん」

サンドリヨンが野ねずみとりをもってくると、そこには三匹の大ねずみがかかっておりました。仙女はその三匹のうち、一匹をえらびましたが、それはいちばん堂々たるひげをはやした野ねずみでした。これに杖でふれると、太った御者になりました。その口ひげの立派なことといったら、だれも見たことがないほどでした。それから仙女はいいました。

「庭にいってごらん、じょうろのかげに、とかげが六匹いるから、つかまえておいで」

サンドリヨンがとかげをつかまえてくると、ただちに名づけ親は、六人の従者に変えました。ぴかぴかの服を着た従者たちは、さっそく馬車のうしろに乗りこんで、まるで一生ほかの仕事はしたことがないかのように、ぴたりとそこにおさまりました。そこで仙女はサンドリヨンにいいました。

「さあ、これで舞踏会にゆくことができる。満足かい？」

「ええ、でも、こんなきたない身なりでいけるでしょうか？」

名づけ親がサンドリヨンに杖でふれると同時に、その服が、宝石をちりばめた金糸銀

糸のドレスになりました。それから仙女は、この世にまたとないような綺麗なガラスの靴をあたえます。こんなふうに身支度ができると、サンドリヨンは馬車に乗りこみました。けれども名づけ親は、くれぐれも夜中の十二時をすぎないようにと忠告し、それよりちょっとでもおそくまで舞踏会にとどまっていたら、馬車はもとのかぼちゃに、馬は二十日ねずみに、従者はとかげにもどってしまうし、古びた服も、もとの姿にかえってしまうだろう、といいきかせました。

(シャルル・ペロー『サンドリヨン』／工藤庸子 訳、以下同)

グリム兄弟の『灰かぶり姫』も超自然の物語なのだが、死んだ母親の墓に植えられた「はしばみの木」と二羽の小鳥がペローにおける仙女の役をつとめている。まま母が意地悪をすると灰かぶりはお墓に行って訴える。すると小鳥たちが守ってくれる、というエピソードがくり返され、舞踏会の衣装も、はしばみの枝にとまった小鳥たちが投げ落としてくれるのである。

「ガラスの靴」ではなく「金の靴」を姉たちが履いてみるというシーンでは、母親が姉娘にナイフをわたし、「足の指がなんだね。切っておしまい。お妃(きさき)になれば、歩かずにすむ」という恐ろしい台詞(せりふ)を吐いて、これが実行される。痛みをこらえてむりやり足を靴におしこんだ娘を王子が馬に乗せ、はしばみの木の下を通りかかると、はとが警告する、

「大足の女の靴は血まみれ」と。妹娘も母にいわれてかかとを切りおとし、はとが同じ警告をくり返す。そして三度目の正直。

「この人が花嫁だ」

と、王子はさけんだ。まま母と二人の娘は、おどろきのあまり、顔色を失って、腹立ちまぎれに、ののしりだした。王子はさっさと灰かぶりを馬にのせて、家を出た。はしばみの木の下にきたとき、二羽の白いはとがよびかけた。

ごらん
きれいな靴だ
ぴったりの足だ
ほんとうの花嫁をつれていく

そのあと、やおらとびたって、灰かぶりの肩にとまった。一羽は右に、一羽は左に。肩にとまったまま、城に入った。

王子と花嫁の婚礼の日、まま母の娘たちもやってきた。おべっかをつかって、とり入ろうという腹づもりなのだ。花嫁と花むこが教会へと向かったとき、姉娘が右に、妹娘が左に、よりそった。すると右のはとが、姉娘の目だまをひとつ、左のはとが妹娘の目だまをひとつ、つつきだした。式が終わって、教会から出てきたとき、姉娘は左に、妹娘は右によりそった。とたんに二羽のはとが、それぞれ、のこりひとつの目だまをつつきだした。いじわると、いつわりのばちがあたって、二人は生涯(しょうがい)、目がみえない。

（グリム兄弟『灰かぶり姫』／池内紀 訳）

いじわるをするとばちが当たるといっても、いくらなんでも、度を超した懲罰ではないか。その意味を考えるまえに、ペローの『サンドリヨン』と比較しておこう。こちらは申し分ないハッピーエンディングである。

「わたしに合うかどうか、ためしてみてもいいかしら！」

姉たちは笑いだして相手にしてくれません。靴をためすお役目を申しつかっていた貴族は、サンドリヨンをつくづくと見て、たいそう美しい娘であることがわかりましたので、それはもっともな言い分であり、あらゆる娘さんにためしてみるようにと仰せをうけている、といいました。貴族がサンドリヨンを坐らせて、小さな足に靴を近づけてみると、それがすらりと履けて、まるで蠟で型をとったかのように、ぴたりとおさまりました。ふたりの姉は、びっくりしましたが、でもサンドリヨンがポケットからもう一方の靴をとりだして履いてみせたときには、もうびっくり仰天です。そこへ名づけ親があらわれ、サンドリヨンの服に杖でふれますと、それはふたつとないほど豪華な衣装になりました。

そのとき、ふたりの姉たちは、舞踏会で会った美しいご婦人であることにようやく気がつきます。そして、サンドリヨンの足もとに身をなげて、これまでさんざん意地悪をして苦しめたことを赦してくださいとたのみました。サンドリヨンはふたりを助けおこし、口づけをして、心から赦してさしあげますとも、これからもずっと仲よくしてくださいな、といいました。サンドリヨンはりっぱに身じたくができていたので、そのまま、王子さまのところへ案内されました。王子さまは、サンドリヨンがこれまでよりいっそう美しいと思われて、それから何日もたたぬうちに、結婚なさいました。美しさにおとらず心の優しいサンドリヨンは、ふたりの姉たちを宮殿に住まわせて、その日のうちに、宮廷のふたりの大貴族に娶せたのでございます。

（ペロー『サンドリヨン』）


しかし、これはいくらなんでも、度を超した善意ではないか。今日の読者なら、出来すぎで興ざめするというかもしれない。そんな批判を予感したものか、ペロー版には二重の「教訓」がつけられている。一方は正攻法で、女性に美しさにも優る美徳があるとすれば、それは「優しい気だて」という主張である。「殿方の心をとらえ、目的をとげようというのなら／優しい気だてこそが、仙女の贈りもの／これなくしては、なにごともならず、これをもってすれば、かなわぬことは何もない」と、ひたすら賛辞を並べて締めくくる。これに「もうひとつの教訓」なるものがつづく。調子は一転してシニカルになり、いくら取り柄があっても、しかるべきタイミングで資質を引き立ててくれる「名づけ親」がいなければ、所詮（しょせん）は「宝のもちぐされ」という見解が述べられる。権力者の援助を密（ひそ）かに期待せずにはいられぬ宮仕えの悲哀を仄（ほの）めかしているのだろうが、現代の社会生活にも通用しそうな論評ではないか。物語を読み通してみれば、昔話の常識に反して、ヒロインの微妙な心理の綾（あや）まで描かれており、なかなか陰影に富んだ大人の寓話（ぐうわ）でもあることがおわかりになるだろう。

グリム童話は残酷か？

あらためて確認するなら「グリム童話」と呼べるのは、グリム兄弟が収集し、手を加えながら刊行した二百ほどの物語である。書き直しのプロセスに深くかかわったのは、弟のヴィルヘルム。兄のヤーコプは収集した資料の素朴な原型に学問的な価値を認めており、加筆修正には反対したといわれている。またヴィルヘルムのリライトは、物語が目に見えるように描写的な文章を書きくわえること、そして男女の性的関係にかかわる表現や仄めかしを抑制すること、という方向性をもっていたらしい。今日的な意味での「児童文学」

の理想が模索されていると考えられる。ただし暴力的なシーンは思いのほか削除されていないという指摘もあり、この問題は、グリム兄弟の好みという観点からは説明できない。昔話や伝説、神話などにおける「暴力」というのは、それ自体、きわめて大きな研究テーマなのである。

グリム童話の完訳版を個人訳として出版された野村泫さんが、マックス・リューティという研究者を引用して述べておられることだが、「メルヘン」のなかの暴力というのは独特のものであり、じつは血は一滴も流れない、という説がある。たとえば頭が切られてころりと落ちる、その頭を首の上にのっけて薬草をつけたら、息を吹き返した。これが昔話の論法だ。『灰かぶり姫』では、たしかに姉たちの履いた靴から血があふれてはいるけれど、どこかリアリティが、つまり描写的な具体性が、欠落しているのではないか。教会で片目をつつき出された姉たちが、相似形に花嫁につきそったまま、もう一方の目をつつかれるというのも、奇妙といえば奇妙、要するに現実離れしているように思われる。

『首をはねろ!』という、物騒なタイトルのメルヘン研究がある。副題は「メルヘンの中の暴力」となっており、全篇が過激な暴力の分析についやされているのだが、たとえば「灰かぶり」の姉たちのように「目をえぐられる」という懲罰は、著者カール・ハインツ・マレによれば、世界中の昔話に遍在するモチーフであるという。しかしその一方で、こうした残酷な懲罰と対になった「許し」のモチーフも存在する。目をえぐられ、眼球を失ったはずの者が視力を回復するという荒唐無稽な筋書きも許容するのが、メルヘンのロジックなのである。

メルヘンや神話の本質には、根源的な暴力が潜んでいる。雅なはずのペローの昔話でも「青ひげ」や「親指小僧」は、夫に殺される、人食い鬼に食べられてしまうという恐怖の物語なのだ。一見、残酷なようだけれど、子どもに読ませることができるとグリム兄弟が判断した昔話が、じっさい「文学作品」として、いかに書かれているか、あるいは何が書かれていないのか、一語一語たしかめていただきたい。「本当は恐ろしい話」なのだと称して、流されてもいない鮮血を生々しく描いたり、うがった解釈やエピソードを書きくわえたりしたものは、リライトした「別の童話」であって、もはや「グリム童話」とはいえない。

グリム兄弟「灰かぶり姫」

読書案内

①『いま読むペロー「昔話」』（工藤庸子訳・解説、羽鳥書店、二〇一三年）では、朗読テクストに使うことを想定して訳文を工夫した。文芸サロンの問題など、ペローとその時代をめぐる新しい研究をふまえた注と作品解釈を付している。『完訳ペロー童話集』（朝倉朗子訳、岩波文庫、一九八二年）は、韻文と散文の昔話すべてを収録し、文学史的な解説をつけたもの。

②『グリム童話』上・下（池内紀訳、ちくま文庫、一九八九年）は、名訳者が代表的な作品をえらんで二巻におさめたもの。『赤ずきん』『灰かぶり姫』は上巻に入っている。その他、グリム兄弟の最終版を翻訳した『完訳グリム童話集』（全七巻、野村泫訳、ちくま文庫）など、いくつかの童話集が刊行されている。ちくま文庫の第一巻には、『灰かぶり』と『赤ずきん』二篇のほか、訳者による解説「グリム童話は残酷だというけれど」がおさめられており、とても参考になる。

③カール＝ハインツ・マレ『首をはねろ！――メルヘンの中の暴力』（小川真一訳、みすず書房、一九八九年）の他、マックス・リューティ『昔話の本質――むかしむかしあるところに』（野村泫訳、福音館、一九七四年）や野村泫の多数の著作、あるいは高橋義人『グリム童話の世界――ヨーロッパ文化の深層へ』（岩波新書、二〇〇六年）など、楽しく読める参考文献は枚挙にいとまがない。

ダニエル・デフォー
(1660—1731)

3 ダニエル・デフォー『ロビンソン・クルーソー』

工藤庸子

ロビンソンの無人島は人文学にとっては宝の島のようなもの。歴史学、経済史、社会学、人類学、民俗学、教育学などの学問が、これほど真剣な議論の対象としたフィクションはほかにない。この作品を誰が、どのように読み解いたか、という具体例を示しながら話を進めることにしよう。大人の読者にとって完訳版を参照することは当然のマナーだが、一七一九年に刊行された原典初版のタイトルページは、残念ながら多くの邦訳で省略されてしまっている。

宣伝用チラシさながらの長い標題を、新大陸の植民地化という世界史の大きなドラマと照らし合わせて読み解くことが、目標の一つとなるだろう。

ヨーク出身の船乗り、ロビンソン・クルーソーの人生と不思議で驚くべき冒険
アメリカ大陸の沖合、巨大なオリノコ川の河口に近い無人の島にたった一人で、二十と八年生活した記録
船が難破して岸に打ち上げられたが、彼のほか全員が命を落とした。
および
海賊から彼がついに救われるに至った不思議ないきさつの記述。
本人著
ロンドン
パターノスター通りの船書店（ザ・シップ）、W・テイラー出版。一七一九年。

（武田将明 訳）

元祖サバイバル・ゲーム？――ジャン＝ジャック・ルソーの推薦

一人称の回想録というスタイルで書かれた『ロビンソン・クルーソー』は、主人公が故郷を出て船乗りになるところから話が始まっており、無人島に漂着するまでの冒険だけで数十ページがついやされているのだが、ここでは二十八年間におよぶ「たった一人の生活」の幕開けから読むことにしよう。十八世紀フランスの啓蒙思想家ジャン＝ジャック・ルソーがロビンソンを評価するのは、彼が「ひとりで、仲間の助けを借りることなく、どんな技術の道具ももたず、しかも生きながらえ、自分の身を守っていくことができ、さらに快適な生活といえるようなものさえ手にいれることができた」という理由による。教育学の分野では必読の書とみなされる『エミール』のなかで、ルソーは少年が真っ先に読むべき「推薦図書」の筆頭にロビンソンの冒険譚を掲げ、「自然教育」の概説として最もすぐれたものだと保証するのである。

この解釈の趣旨はわからぬではないけれど、小説をきちんと読んでみると、じつはロビンソンは「どんな技術の道具」ももたず、身一つで無人島の生活をスタートしたわけではない。それどころか、座礁した船から、ありとあらゆる食料や酒などの飲料、大工道具、猟銃から火薬までを回収し、手製のあぶなっかしい筏にのせて岸まで運んでいるのである。

へたりこんだまま手に入らないものをほしがっていてもむだだった。すると困り果てたところでぼくの頭に名案が浮かんだ。船内には予備の帆桁がたくさんあり、大きな円材も二、三本、さらに上に継ぎ足す帆柱(トップマスト)の予備も一、二本あったので、こいつを材料にしようと決めた。そこで、流されないよう一本一本にロープを結びつけてから、ぼくが重さに耐えられる限りの数を甲板から海に投げた。これがすむと船の脇を下りて材木を引き寄せ、そのうち四本を両端でできるかぎりしっかりと結び合わせ、筏(いかだ)の形にした。その上に二、三の板切れを横に並べると、難なく乗って歩けるようになったが、材木が軽すぎるので重いものを運ぶのは無理だった。そこでぼくは作業にとりかかり、鋸を使って予備の帆柱(トップマスト)を三つに切断して筏に付け加えた。ものすごく骨が折れたけれど、必需品を蓄えられるという希望のおかげで、普段の自分の努力の限界を超える力が湧いてきた。

(武田将明 訳、以下同)

物品の詳細なリストをふくめ数ページにわたる記述はじつに具体的で、まさにロビンソン流サバイバル・ゲームの開幕といった昂揚感(こうようかん)さえ伝わってくる。勝手気ままに暮らしてきたこの独身男にとって、大工仕事も、料理や針仕事も、生まれて初めての挑戦であるらしい。それでも彼は、寝起きする場所や食料調達のための設備をしつらえ、外敵から我が

家を守る防衛手段を考え、ありあわせの材料で異様な形状の衣服や傘のようなものまでこしらえる。難破船の荷物にくっついて上陸し自然に発芽したらしい麦を発見すると、胸をときめかせて、これを畑で栽培して増やし、ついにパンを焼くまでになる。さらには島からの脱出を夢見て巨大な丸木船を作り上げる。生き延びるための途方もない努力は、ときには微笑ましい大失敗のエピソードなども含み、子どもの読者はもとより、大のおとなでも、大いに楽しめる。

「経済人ロビンソン・クルーソウ」――大塚久雄の解釈

主人公の建設的な生き方は、産業革命前夜のイギリスにおける生産方式を忠実に反映しているという指摘がある。マルクス経済学の大家、大塚久雄（おおつかひさお）によれば、無人島に住み着いたロビンソンは、住居のまわりに柵（さく）を作って山羊（やぎ）を飼育し、小麦を栽培するのだが、これは土地を囲い込む、いわゆる「エンクロージャー」という行為に当たる。こうして土地の「所有者」となったロビンソンは、自宅に仕事場を設け、今日の用語でいえば「モノづくり」に励む。これは「マニュファクチャー」と呼ばれる手工業の段階を予告する。

原作においては、幕開けに登場する父親の人生観・価値観というのが、冒険物語の重要な伏線になっている。中流の身分に生まれ落ち、土地に根付いて、堅実な人生を送ることこそが、神の思し召し（おぼしめし）に適う（かなう）のだ、と父親は息子を説得するのだが、十七歳の少年は親に反抗し、荒稼ぎを夢見て出奔してしまう。ところが無人島のロビンソンは、まるで父親の価値観と理想が乗り移ったかのように、合理的で堅実な人生設計をやり始める。日記をつけて反省したり、労働の成果を数え上げ、記録を作り、自己評価をしたり、未来のリスクを予測したり。大塚久雄の表現を借りれば、その行動様式は近代的な——今日的な、ともいえそうだが——「経営者」と形容するにふさわしいというのである。

「二十八年間の孤独」と「蛮人」の救出について

この島の「所有者」であり「経営者」でもあるロビンソンは、二十八年のあいだ「一人きり」で暮らしたわけではない。いずれ一人の原住民が、ロビンソンと暮らすようになるのだが、じつはそれ以前から、この「無人島」には動物や人間の気配が身近にただよっている。そもそもロビンソンは自分の乗っていた難破船から猫を二匹と犬を一匹つれてきて、生活の「伴侶（はんりょ）」にしているし、その後、海岸を歩いていて大陸の影を認め、あれはスペイン領かブラジル領か、それとも蛮人が住む土地だろうか、などと考えた日に、偶然、鸚鵡（おうむ）を捕まえる。鸚鵡はポルという名前までつけてもらい、数年後には言葉も覚えて、特権的な「伴侶」になっている。言葉を話す鸚鵡が、いわば人間の代理であることは、ご想像いただけよう。

島に漂着して十五年が経過した頃のこと。ある日、ロビンソンは砂浜で人間の素足の跡を発見する。そして恐怖と妄想におそわれた彼は、家に逃げ込み、三日三晩、怯えきって「閉じこもり」の生活をするのである。なにゆえ、それほどの衝撃かといえば、遭遇する相手が「素足」であれば、それは人食いの風習をもつとされる蛮人以外ではありえなかった。少なくともロビンソンは、そう信じていたからだ。

　この事件から三年ほどがすぎたある日のこと、ロビンソンは、砂浜に焚き火の跡があり、そこに人の骨が散乱する、おぞましい光景を見てしまう。さらに数年がたち、漂着から二十三年目に、ついに裸の原住民の姿と食人の生々しい痕跡を目の当たりにする。この頃からロビンソンは「異様な人恋しさ」を覚えるようになり、ある夜、夢を見る。食人の犠牲となるはずだった一人の原住民を救いだし、手下にするという夢である。その後、一年半が経過したところで、夢が現実となった。

> 　男が走ってくるのを見て、ひどくおびえていたのは、認めなくてはいけない。大勢で彼を追いかけるのが見えた気がして、さらに恐怖は高まった。でもいまや、夢の一部が現実になろうとしていると思った。あの男はきっとこっちの林に身を隠すだろう。でも、ほかの点では、夢を信じることはとてもできなかった。すなわち、ほかの野蛮人が追いかけてきても、彼が見つからないという保証はなかった。でもぼくは動かずにいた。すると、彼を追うのがせいぜい三人くらいなのに気づき、気力が甦った。男が走りながら

ぐんぐん差をつけ、かなり先を行くのを見て、さらに勇気がわいた。この調子で三十分も走れば、やつらのだれからも逃げ切れるに違いない。

（中略）

観察すると、追いかける二人が入江を泳いで渡るのに、逃げた男の倍以上の時間がかかっていた。もうぼくの頭には熱烈な思いが生まれ、とても抗えなかった。さあ従者を得るときが来た。というより仲間、それとも助手だろうか。神の意思により、この哀れな者の命を救うよう呼びかけられているのは明らかだ。即座にぼくはできるだけ急いで梯子を伝い下り、前に述べたように梯子の下にある二丁の銃をとり、そのまま素早く岩場のてっぺんに戻ると、それを越えて海の方に進んだ。すごい近道のうえに、ずっと下り坂だったので、追っ手と逃げる者のあいだに一気に飛び出した。声を張り上げて逃げる方を呼びとめた。男は振り返ったが、はじめはぼくのことも追っ手とおなじくらい怖がっているようだった。でもぼくは戻って来いと手招きした。そうしながら、ぼくは追っ手の二人にゆっくりと近づいた。前の者を急に襲い、銃の台座で打ち倒した。発砲したくはなかった。ほかの連中に音を聞かれるのが心配だった。もっとも、あの距離ではよく聞こえないだろうし、煙も視界に入らないから、なにが起きたのかよく判らないだろうけれど。こいつを打ち倒すと、一緒に追跡していた男はおびえたように立ち止まった。ぼくはたちまちそいつに近づいた。だが、近くから見ると、男は弓矢を携えており、ぼくを射ろうと矢をつがえているのが判った。そこで真っ先に撃たねばならなくなった。撃つと一発で斃れた。逃げる側の哀れな野蛮人は立ち止まっていた。敵は二人とも倒され、彼が思うにもう死んでいた。でも、銃の炎と轟音にひどく驚いて身動きできず、前にも後ろにも行かなかった。でもどちらかというと、こっちに来るくらいならさらに逃げたいみたいだった。ぼくはまた彼に叫び、こっちにおいでと合図をした。彼はすぐに理解し、少し来てまた立ち止まり、それから少し進んでまた立ち止まった。そのときぼくは、彼が震えているのに気づいた。捕虜にとられ、敵の二人とおなじく、これから殺されると思っているようだった。もう一度、こっちにおいでと手招きし、思いつく限りの身振りで元気づけた。すると彼は徐々に近寄った。命を救ってくれたことへの感謝を示そうと、十歩かそこら行くたびに跪いた。ぼくは微笑みかけ、嬉しい表情を見せ、もっと近くにおいでと手招きした。とうとう彼はぼくのそばに来たけれど、そこでまた跪き、地に口づけをして、頭を地につけ、ぼくの足をとってその足を彼の頭にのせた。永遠にぼくのしもべになるという誓いを表したようだった。

救出された蛮人は、ロビンソンの剣を借りて、追っ手の首を鮮やかに切り落とし、その一方で、離れたところから人を殺傷する鉄砲の威力に驚愕(きょうがく)するのだが、つづく「野蛮人」の身体描写がなかなか興味深い。ちなみに本書で参照している武田将明(たけだまさあき)さんの新訳は、訳者の若い感性が語彙の選択にあらわれており、なるほど翻訳とは解釈だと思わせる。

さて、ロビンソンによれば「男はかなりのイケメンで、非の打ちどころのない容姿」をしているという。「二十六くらい」に見えるその青年は「とてもいい表情」をしており「男らしさが顔に漲って」いるのだが、ニコニコすると「ヨーロッパの人間みたいな愛らしさや優しさ」もある。こうした全般的な印象を述べたあと、人類学の観察記録のような詳細な記述がつづく。髪の毛は「長く黒く、羊毛みたいに縮れてはいなかった」。額はひいでており、「肌の色はあまり黒くはなく、褐色」だが、ただし「アメリカの現地人みたいな、醜く黄色っぽく不快な褐色」ではない。「茶色っぽいオリーヴの明るい色」で「見ていてとても気持ちいい」と、かなりこだわっている。さらに鼻は小さいが「黒人みたいに平らではなかった」、そして「口は格好よく、薄い唇で、きれいな歯は歯並びもよく、象牙のように白かった」と極めつきの美点が書き添えてある。細部の特徴ひとつひとつが、西欧人の目に快く映るスタンダードに可能なかぎり近づこうとしていることが、おわかりだろう。共同生活のできそうな、好ましいタイプの原住民ともいえるが、西欧の人間が「善き野蛮人」に押しつけた一方的な美の尺度から、おのずと捏造される身体の理想像と定義したほうが公正だろう。

この蛮人との出会いは、漂着して二十五年ほどが過ぎてからのことであり、島の生活はあますところ三年。その間にロビンソンは、フライデーと名付けた蛮人に、まず人肉を食らう習慣をやめさせ、衣服を着用させ、文明人の食べ物や生活習慣を教え、英語を習得させ、キリスト教の信仰に目覚めさせる。信じがたいほどインテンシヴな教育を行っているわけだが、ヨーロッパの白人は、こうしてカリブ海という「野蛮」の世界に立ち向かい「文明化の使命」を貫徹したということになるのだろうか。

フライデーを救出するクルーソー（18世紀の挿画）

ポストコロニアル批評――ピーター・ヒュームの視点

「カリブ」という言葉が、「カニバリズム」つまり人肉を食らう風習を指す言葉の語源であるという説明は、お聞きになったことがあるにちがいない。言葉の意味というのは作りだされるもの、まさに「捏造」されるものであることを、ピーター・ヒュームは過去の文献を通して検証してみせる。得体の知れない「他者」に対する本能的な恐怖が、食人の習慣をめぐる先入観となり、やがて噂や言い伝えが確信へと変わってゆくというのである。「ポストコロニアル批評」とは、このように、植民地主義や帝国主義のメンタリティを歴史をさかのぼって批判的に検証してゆこうという営みを指す。

ピーター・ヒュームによる『ロビンソン・クルーソー』の作品分析から、一例を紹介しよう。食人の犠牲になりかけたスペイン人の船乗りをロビンソンとフライデーが救出するエピソードである。二十一人の野蛮人が三人の囚人とともに三隻のカヌーに乗って浜に上陸する。遠くから様子をうかがっているロビンソンの脳裏では、かりに囚人たちが野蛮な祝宴の犠牲になりそうだったら、野蛮人を成敗すべきだろうか、食人の習慣がいかに非人間的なものであろうと、それを理由に「神の裁き」を代行し、野蛮人を殺そうとするのは、思い上がりではないか、といった考えが熱っぽく渦巻いている。ところが、囚人が「ヨーロッパ人」であり、服を着ている「クリスチャン」であることがわかると、迷いは一瞬で吹き飛んでしまい、ただちに正義の戦いが始まるのである。

進軍を続けるうち、以前の考えが戻ってきて、決意が鈍りはじめた。決してやつらの数に怖気づいたわけではない。裸で武器もつけない愚かな連中を相手に、ぼくが後れをとるはずがなかった。ぼく一人でも十分だった。でも頭に浮かんできたのだ。なんの使命だ？　根拠はあるのか？　いやそもそも、ぼくになにも悪事をおこなわず、そんなつもりもない人たちを攻撃し、わざわざ手を血に浸しに行く必要などあるのか？　ぼくに対して彼らに罪はないし、その野蛮な習慣は彼ら自身にとって不幸なことなんだ。神が、彼らとこの地域のあらゆる民族を見放し、このように愚かなまま、人の道に反する生活をさせている生きた証拠なんだから。ぼく自身が彼らの行動を裁くよう天命を授けられたわけじゃないし、まして神の裁きを執行する役をあたえられたわけでもない。神はふさわしいと思うときが来ればみずからの手でこの件を裁き、民族の罪に対しては、聖書で悪い民族を滅ぼしているように、民族全体に天罰を下されるだろう。でもいまのところ、これはぼくのやる仕事(ビジネス)じゃない。なるほどフライデーには戦う大義がある。まさにあの民族は公然とした彼の敵で、交戦状態にあるのだから。彼がやつらを襲撃するのは法に適っている。でもぼく自身については、おなじことは言えない。移動中ずっと、こんな考えが強く心に訴えかけてきたので、ただやつらのそばに行って身を潜めることにした。やつらの野蛮な祝宴を観察し、そこで神の導くまま行動しようと決めた。ぼくには予想もつかない使命が生じない限り、やつらに手出しをしないつもりだった。

　こう決意してぼくは森に入った。細心の注意を払い、物音一つたてずに進み、フライデーはぼくの踵につきそうなくらい近くをついてきた。そしてやつらのかたわらに茂る森の端に着いた。この森の一角だけが、ぼくとやつらを隔てていた。ここでぼくはそっとフライデーに声をかけ、森のちょうど入口に立つ大木を指した。あの木に登り、やつらの動きがはっきり見えたら報告するよう命じた。彼は木に登るとすぐに戻ってきて、あそこからはっきりとやつらを観察できると告げた。やつらはみんな火を囲み、捕虜の一人の肉を食っている。やつらから少し離れたところで、もう一人の捕虜が縛られて転がっていて、次に殺されるだろう、と彼は言った。これを聞いてぼくの心は一気に燃え上がった。そこに彼が告げた。この捕虜は自分の国の者ではなく、前に話に聞いた、ボートに乗って彼らの国に来た髭面の男たちの一人だという。白い髭面の男と聞いた瞬間、ぼくは恐怖に襲われ、木に登った。望遠鏡でみると、蒲か藺草のような植物で手足を縛られ、浜辺に横たわる白人の姿がはっきり判った。それはヨーロッパ人で、衣服を身に着けていた。

（中略）

もう一刻の猶予もなかった。十九人ものおぞましく非道なやつらがひしめきあって浜辺に座り、ちょうどほかの二人を送り出していた。哀れなクリスチャンの肉を切り裂き、バラバラにした手足を火にくべようとしているのだ。もうこの二人は捕虜の足もとにかがみ、縛めを解こうとしていた。ぼくはフライデーの方を向いて言った。「さあ、フライデー、ぼくの言うようにするんだ」「判りました」とフライデー。「じゃあフライデー、ぼくがして見せるのと完全におなじようにやってくれ。なにも抜かしちゃだめだよ」こう言ってぼくはマスケット銃の一丁と鳥撃ち銃を地面に置き、フライデーもおなじように自分の銃を置いた。もう一丁のマスケット銃でぼくは野蛮人たちに狙いを定め、彼にもそうするよう命じてから訊ねた。「準備はいいか？」「はい」「ではやつらを撃て」と言い、同時にぼくも発砲した。

指揮官としてのロビンソン、兵卒としてのフライデー、救出されて加勢に入ったスペイン人の大活躍、そして激しい戦闘の一部始終が、昂揚した文体で報告されたあと、邪悪な野蛮人たちをいかに征伐したかというリストが延々とつづく。おわかりのように武力において圧倒的に勝る白人と、その支配下に入った従順な原住民が一方におり、他方には反逆者としての原住民がいる。いつのまにか両者のあいだに、文明と野蛮を決定的に分かつ線引きが行われたのである。とりわけロビンソンがフライデーに鉄砲を使わせ、二人がならんでカリブの原住民を射殺するという構図は、恐るべき象徴性をはらむ。ピーター・ヒュームによれば、これは過去三百年にわたって実際に行われてきた「植民地化の手順」なのであり、「文明」の名において、西欧諸国が世界的な規模で行ってきた暴虐の縮図にほかならない。

植民地争奪戦と「巨大なオリノコ川の河口に近い無人の島」

ここで救出された白人がスペイン人であることには、大きな意味がある。イギリスの海外進出にとって最大のライバルであるスペインに関しては、植民地経営の手法だけでなく、カトリック信仰や、国民性についてまで、あちこちに遠回しの批判が書きこまれているからだ。しかし作品を通読してみればおわかりのように、ロビンソン自身も、船乗りをやめてブラジルで砂糖黍(さとうきび)のプランテーションをやり始めた人間である。アフリカに奴隷を調達に行ったときに、その船がカリブ海で遭難した。彼の社会的なステータスは、まさに「植民者」だった。プロテスタントの祖国イギリスを懐かしむ主人公が、カトリックのスペインやポルトガルに対して抱く距離感、同じ白人としての同胞意識、あるいはライバル意識は、今日でいえば「国際政治」の力学によって動機づけられているのである。

ロビンソンの島のロケーションにも注目しよう。オリノコ川は、南北アメリカのふところに抱かれたようなカリブ海に注ぎ込む南米第三の巨大な河川である。ベネズエラ南部に発し、トリニダード島の南で巨大な三角州を作る。その「河口に近い無人の島」は、天気がよければ陸が見えるのだから、よくいわれるような「絶海の孤島」などではないのである。十六世紀から十七世紀にかけて、カリブ海は海賊の温床だった。正式には「私掠船」と呼ぶべきだが、国王や貴族などの認可を受けて行う、半ば公認の略奪行為である。ヨーロッパの海外進出の動機には、新大陸の豊富な鉱物資源を手に入れるという目的もあったから、他国の船の積荷を強奪すれば、まさに濡れ手に粟。私掠船による富の蓄積は、プランテーションの経営と同様、一国の経済を左右するほど、天文学的なものであったともいわれている。

ところで言い伝えによれば、今日のベネズエラ、オリノコ川の流れる高原には、金を産出する「エル・ドラード」（黄金郷）があるとされていた。しかもこの一帯には、スペインとポルトガルの勢力が浸透していなかった。遅ればせに植民地獲得競争に乗りこんだイギリスにとって、オリノコ川は、相対的には安全な、垂涎のスポットだったのである。最終的にロビンソンは、祖国イギリスの船に乗り込んで、無人島から脱出する。どこにでもいそうな主人公の冒険譚でありながら、新旧両大陸のダイナミックな地政学を背景とした『ロビンソン・クルーソー』を児童文学の棚にしまっておくのはもったいない。これは十八世紀イギリスが生んだ「世界文学」なのである。

読書案内

①ダニエル・デフォー『ロビンソン・クルーソー』は、若々しい新訳を使用した（武田将明訳、河出文庫、二〇一一年）。村上春樹のようにデフォーを読もうという「解説」の誘いに共感する読者もおられるにちがいない。ロビンソンはフライデーを伴ってイギリスに帰還したのち、ふたたび世界旅行に出るのだが、あまり知られていないこの後半の物語は、平井正穂訳（岩波文庫、一九六七年）の下巻で読むことができる。さまざまの翻訳があるが、完訳版であることを確認してほしい。

②ダニエル・デフォー『完訳ロビンソン・クルーソー』（増田義郎訳・解説、中央公論新社、二〇〇七年）は、たんなる翻訳の枠をこえる充実した書物。「大西洋世界のロビンソン・クルーソー」と題した解説、地図や図版、年表などを添えて、文化人類学の視点から作品分析をおこなっている。

③大塚久雄『社会科学の方法――ヴェーバーとマルクス』（岩波新書、一九六六年）の第二章「経済人ロビンソン・クルーソウ」は論理明快で説得的、文学とは疎遠な人にも読みやすいだろう。

④ピーター・ヒューム『征服の修辞学――ヨーロッパとカリブ海先住民、一四九二―一七九七年』（岩尾龍太郎、正木恒夫、本橋哲也訳、法政大学出版局、一九九五年）は「ポストコロニ

アル批評」の手法を知るための最良の著作だが、文学批評を読みなれない人にはやや難解に感じられるかもしれない。ヒュームの訳者のひとり岩尾龍太郎『ロビンソンの砦』（青土社、一九九四年）を推薦しておこう。

シャーロット・ブロンテ
(1816―1855)

4 シャーロット・ブロンテ『ジェイン・エア』

工藤庸子

「小説のヒロイン」という言葉から、皆さんはどんな女性を思い浮かべるだろうか。感情生活の大きな苦難に打ち勝つ健気（けなげ）な女性、あるいは男性を惑わせる妖艶（ようえん）な女性、あるいはまた、運命にもてあそばれる悲劇の女性。いずれにせよヒロインには、たぐいまれな美貌（びぼう）とか、優しい心根とか、卓越した気品とか、なにかしら例外的な美点がそなわっているはずだという漠然たる期待が、読者の側にはあるように思われる。十九世紀イギリスの女性作家、シャーロット・ブロンテの代表作『ジェイン・エア』（一八四七年）のヒロインとは、本当のところ、どのような女性なのか。これが、まず考えてみたい問題である。

　愛し合う男女がさまざまの障害をのりこえて幸福な結末にいたるのが、いわゆる「恋愛小説」のプロトタイプ（基本型）であるとすれば、本書でとりあげる作品のなかで『ジェイン・エア』は唯一の「恋愛小説」かもしれない。ヴィクトリア時代の市民社会において、独身の女性が自立して品位を失わずに生きる道を見いだすことは、きわめて困難だった。作者は一人称の回想録というスタイルで、女性の視点から世界を捉（とら）え、結婚という最も切実な関心について語っているのである。男女の恋愛心理の描き方、とりわけハッピー・エンディングの構造を読み解くことが、作品理解の鍵となるだろう。

可愛げのない少女と「いじめ」の記憶

幼くして両親に死に別れたジェインは、裕福な伯母リード夫人に養われ、その家の子供たちと一緒に暮らしている。幕開けのエピソードは、横暴な従兄(いとこ)のジョンに刃向かったために、薄暗い部屋に閉じ込められるという話。

ベッシーと意地悪なアボットから、動かないようにとわたしが命じられた場所は、大理石の暖炉のそばの低い腰掛けだった。目の前には寝台がそびえ、右手には背の高い衣装箪笥があったが、やわらかな光線をまだらに受けて、その黒っぽい鏡板の光沢に濃淡ができていた。左手にはカーテンを閉めた窓があり、その間にある大きな鏡には、人気(ひとけ)のない部屋と寝台の荘厳な姿が映っていた。二人が本当にドアの鍵を閉めて行ったかどうかさだかではなかったので、わたしは思いきって身体を動かし、立ち上がって調べに行った。ああ、やっぱり！　どんな牢屋より厳重に錠は下ろされていた。腰掛けに戻るときには鏡の前を通らなくてはならなかった。わたしの目は、深い鏡の底にわれ知らず引き寄せられた。幻の空洞である鏡の世界では、すべてが現実よりも冷たく暗く見えていた。そしてそこには、こちらをじっと見つめる、一人の奇妙な子どもの姿があった。

薄暗がりに顔や腕を白く浮かび上がらせ、すべてが静まっている中で、恐怖におどおどと目を光らせている様子は、本物の亡霊のようだった。晩にベッシーの聞かせてくれるおとぎ話には、荒野の寂しいシダの谷間から出てきて、行き暮れた旅人の前に姿を現す、妖精とも子鬼ともつかない小さなお化けが登場するが、それにそっくりだった。わたしはもとの腰掛けに戻った。　（第二章／河島弘美 訳、以下同）

鏡に映った自分の姿を「妖精とも子鬼ともつかない小さなお化け」と捉えているのは、幼いジェイン自身なのである。やがて子供心に反抗心がふつふつとわいてくる。ジョン・リードの横暴さ、妹たちの冷淡さ、母親の憎悪、召使いたちのえこひいき。わたしは理不尽な暴力に抵抗しただけなのに。

「不公平よ！　ひどいわ！」辛い刺激によって一時的ながら早熟な力を得た、わたしの理性がそう言った。同じように刺激された決断力も、耐えがたい抑圧から逃れるために、思いもよらぬ手段——つまり、ここから逃げ出すとか、それができなければ、いっさい飲まず食わずで死を待つなどの道をそそのかした。　（同）

今日なら「いじめ」と呼ばれる社会現象が、犠牲者の視点から、痛切な訴えとして書き記されている。文学のテーマは、つねに古くて新しい。そうでなければ一世紀半も昔の話、それも架空の人生が、わたしたち読者の共感を誘うはずはない。それにしても、ほとんど鬼気迫る「抵抗宣言」ではないか。ハンガーストライキを夢想するほど強靭(きょうじん)な意志をもつ少女は、わずか十歳なのである。今日でさえ、女はむしろ「弱さ」ゆえに男を惹(ひ)きつけるという見解のほうが、多数決をとってみれば優位に立つにちがいない。十九世紀半ばのヒロインが、周囲に同調しない「強い女」であることは、作品の「新しさ」とみなされよう。さらにジェインは、自分はいったい何者なのか、どのように生きてゆくべきか、という厳しい問いかけを、たえず自分につきつけている。引用した鏡の断章は、少女が自分に対して幻想をいだかず、大人びた自己批判のまなざしをもっていることの証(あかし)とも読みとれる。うら若い娘になったジェインも、化粧台のまえで「薔薇色(ばらいろ)の頬、鼻筋の通った鼻、さくらんぼのような小さい口」があればいいのに、わたしは「こんなにちびで青白く、目鼻立ちも人と違って整っていない」と述懐するのである。ヒロインが明らかに不美人の範疇(はんちゅう)に入るという設定は、当時の「恋愛小説」にはめずらしい。これを第二の「新しさ」と考えることにしよう。

自由を求めて

みずから希望してリード夫人の家を出たジェインは、ローウッド学院という寄宿学校で孤独な少女時代を送る。そして八年がすぎた時点で、つまり十八歳になったときには、すでに教師の資格を与えられ、それなりに落ち着ける環境を見いだしている。しかし、またもや彼女は学院から出てゆくことを決断する。窓辺に立って、はるかかなたの青い山並みを眺めやる断章があるのだが、そこにはヒロインの願望がこんなふうに記されている――「自由がほしい、どうしてもほしい、自由を与えてください、とわたしは祈りを捧げた」。原文でも liberty という言葉が、たたみかけるように三度くり返されるのだ。

こうしてジェイン・エアの新しい生活が始まる第11章から第27章までは、小説の「山場」に当たり、緊張をはらむドラマが展開される。ソーンフィールドのロチェスター氏の屋敷に住み、アデルという名の少女の家庭教師となったジェインは、やがて主人でもある男性に心惹かれるようになる。ロチェスターもまた、生真面目で風変わりなジェインに愛情を抱くのだが、この時代、イングランドの伝統的な階級社会において、身分違いの結びつきはスキャンダルとみなされた。ドラマのからくりを理解するためには、この障害が、どれほど重大なものであったかを念頭におかなければならない。

やがてロチェスターは、近隣に住む上流社会の令嬢ブランシュ・イングラムと交際するようになり、いよいよ婚約か、と思われた瞬間に、なぜか全てをご破算にしてしまう。ロチェスターが、いかなる動機、いかなる意図によって、愛してもいない女性との親密さを周囲に見せつけるような具合に事をはこんだのか。本当のところは、読者にわからないのだが、この事実を「語り」の技法という次元で捉えなおしてみよう。「わたし」という一人称で語る「語り手」は、自分の人生において知り得たこと、あるいは推測したことしか、報告できない。それ以上の情報は読者に伝えられないことになっているのだが、ここには一人称小説の限界というよりむしろ、プラスの効果があるのかもしれない。ジェインにとって、ということは読者にとっても、ロチェスターの行動は、しばしば唐突で、どこか謎めいている。なにか痛ましい経験によって傷ついているらしい男性の人物像、その暗い影と奥行きを造形するのに、一人称による語りというスタイルは、大いに貢献しているといえるだろう。かりに語り手が全てを知りつくしたような顔をして、ロチェスターの不可解な行動や表にあらわれぬ男性心理について合理的な分析をしてしまったら、小説としての魅力は台無しになるにちがいない。

さて、ロチェスターにプロポーズされたジェインは、みずからの信念にしたがって身分違いの結婚に抵抗するのだが、ついに二人は結ばれることになる。ところが式の当日、青天の霹靂（へきれき）のような事件が起きる。ゴシック小説、あるいはミステリー小説さながらの劇的な展開なのだが、ロチェスターには精神を病む妻がいて、しかもその凶暴な女は、同じ屋敷の屋根裏に幽閉されている、という衝撃的な事実が明らかになったのである。ロチェスターは、たとえ結婚はできなくても、共に暮らして幸福になれぬはずはない、と必死にジェインを説得し、懇願する。しかしジェインはこれを振り切って、三度目の、そして最も悲痛で、悲惨な「脱出」を試みる。

カリブ海の狂女vs.北イングランドの妖精

一人の男性をめぐる三人の女性は、どのように造形されているのだろうか。土地の名家の令嬢であるブランシュは、申し分のない結婚相手。美しい容姿、家柄、富、教養、芸術的な素養など、ジェインには欠けているもの全てを対比的な構図のなかに浮上させるという役どころである。一方、妻のバーサは、ロチェスターが親族の陰謀によって、まちがって結婚してしまった相手ということになっている。

二人が結ばれたのは、西インド諸島のひとつ、ジャマイカで生活していたときなのだが、このカリブの海域にはカニバリズム(食人の風習)の幻想がつきまとうことを、本書の第3章『ロビンソン・クルーソー』で指摘した。十九世紀の英国は「太陽の沈まない国」と呼ばれる大帝国を築いている。植民地化された土地はヨーロッパ文明に同化され、その一翼を担うことになったのか。いや、むしろ反対に、強烈な異化作用が醸成され、「植民地幻想」とでも呼べそうな無数のイメージが、流行のテーマとなって再生産されていたのである。たとえば、官能的な南の国、あるいは熱帯の風土のもとでの懶惰(らんだ)な生活、とりわけ自由で奔放な性風俗といったジェンダーをめぐる固定観念は、そうした「植民地幻想」の典型といえる。第27章、ロチェスターが結婚生活のおぞましさをジェインに告白する台詞(せりふ)

では、生活の舞台がジャマイカという呪われた島であることが強調されている。バーサは「粗野で不純で邪悪な性質」の人間であり、訪ねてきた兄のメイスンの肩にかみついて肉をひきちぎる。人種としては白人でありながら「人食いの女」という暗示までが読みとれるのである。

　ここで物語を第12章、主人公の男女が出会う場面まで遡(さかのぼ)ってみよう。舞台はイングランドの北部、荒涼とした丘の連なるヨークシャー。伝説の子鬼や不思議な妖精(ようせい)が物陰にひそんでいそうな神秘的な自然のなかで、どことなく尋常でない気配の漂う真冬の夕刻に、二人は偶然に出会う。

　地面は硬く、風はなく、道を行くのはわたしだけだった。初めは急ぎ足で歩き、身体が温まってくると速度をゆるめて、このとき、この場所でわたしを待ち受けてくれるさまざまな楽しみをよく味わうことにした。時刻はちょうど三時で、鐘楼の下を通り過ぎたとき、教会の鐘が鳴った。この時間の魅力は、太陽が低く傾いて光が弱まるとともに近づく夕暮れの気配にある。ソーンフィールドから一マイル離れたそこは、夏には野薔薇、秋には木の実やブラックベリーで彩られる小道で、このときもまだ野薔薇やサンザシが珊瑚色(さんごいろ)の実をつけていた。しかし何といっても冬の最高の魅力は、葉の落ちた木々の静けさ、完全な静寂にあった。たとえ風がそよいでも、ここではいっさい音がしない。

（中略）

丘の上に月が昇ってきていた。まだ雲のように淡い色だが、刻々と明るさを増しつつ、ヘイを見下ろしている。町はなかば木々に隠れ、何本かの煙突から青い煙が立ちのぼっていた。まだ一マイル先だが、完全な静寂の中にいるため、暮らしのかすかなざわめきがはっきりと聞きとれた。森のどんな奥の、どこの谷間を流れるものか、せせらぎの水音さえ耳に聞こえるようだった。ヘイの向こうにはたくさんの山があり、その間を縫うように何本もの小川が流れているのだろう。夕方の静けさのために、遠い風のざわめきも近くの川の水音も同じように耳に運ばれてきた。

さらさらという水や風の音を乱す耳障りな音が、突然遠くからはっきりと聞こえてきた。優しいざわめきをかき消す、馬のひづめの音と金具の鳴る音——ちょうどそれは絵でいえば、暗い色合いで前景に力強く描き込まれた大岩や樫の大木の粗い幹などが、空色の山、明るい地平線、さまざまな色の溶け合う雲などの織りなす幻のような遠景を消してしまうのに似ていた。

その音は土手道を近づいてくる、一頭の馬らしい。道が曲がりくねっているので姿は見えないが、接近しているのはたしかだった。わたしは段から下りるところだったが、道が狭いので馬を通すために座ったままでいた。当時のわたしはまだ若く、明暗いろいろの空想が心にあった。くだらない考えの中にはおとぎ話の記憶も混じっていて、それらは今よみがえってくるときに、大人になりかけの若さのせいで、小さい頃にはなかった鮮明な迫力を加えていた。馬が近づき、薄暮の中にその姿の見えてくるのを待ちながら、わたしは昔ベッシーが聞かせてくれたお話に出てくる北イングランドのお化け「ガイトラッシュ」のことを思い出していた。馬か騾馬(らば)か大きな犬の姿をして、人の通らない寂しい道に出るもので、行き暮れた旅人の前にときどき現れるという――ちょうど今わたしに近づいてくる馬のように。

ずいぶん近くまで来たようだが、まだ見えない。すると、どしっ、どしっ、というひづめの音とは別に、何かが生垣の下を突進する気配があり、ハシバミの茂みの脇をすり抜けるようにして走って行く一頭の大きな犬の姿が見えた。木立を背景にして、黒と白の毛並みがはっきりわかった。これはまさにベッシーのお話にあったガイトラッシュの姿の一例ではないか――長い毛と巨大な頭を持つ、ライオンのような動物だ。しかし犬は、実に静かに通り過ぎて行った。立ち止まって、犬とは思えない奇怪な目でこちらの顔を見つめるかもしれない、というわたしの予想とは違って立ち止まりもしなかった。そのあとに馬が来た。大きくて、人を乗せている。人間の男だ。それを目にしたとたんに呪縛は解かれた。ガイトラッシュの背にまたがる者はいない。悪鬼というものは、口のきけない獣(けだもの)の死体を借りることはあっても、普通の人間になりすますことはないだろう。だからこれはガイトラッシュではなく、馬上の人はミルコートへ近道でむかう旅人にすぎない。馬は通り過ぎ、わたしは歩きはじめた。が、数歩進んだところで振りむいた。滑るような音、「何てこった」と言う声、それに大きな音を立てて倒れる気配に注意をひかれたからだ。乗り手と馬が倒れていた。土手道をガラスのように覆っている氷で滑ったのだ。駆け戻ってきた犬は、主人が窮地に陥っている様子を見、馬がうめくのを聞くと吠えはじめた。大きな身体に釣り合った太い吠え声が、夕暮れの丘に響き渡った。それから犬は地面に倒れた主人と馬のまわりを嗅ぎ回ると、わたしのほうへ走ってきたが、それは精いっぱいの訴えだったといってよい。他に助けを求める相手は誰もそばにいないのだ。犬の求めに応じて、わたしは旅人のところに歩いて行った。もう自分で馬から身を離そうともがいている動きが力強いのを見ると、大怪我を負ってはいないと思われたが、訊ねてみた。
「お怪我なさいましたか？」

（第十二章）

こうしてロチェスターは、伝説の怪物ガイトラッシュにまたがる亡霊のごとく、薄暮の世界に出現した。しかも彼自身の目にものっけから、小柄なジェインがその土地に息づく精霊の化身のように映っていたのである。やがて彼は、微妙なニュアンスと親しみをこめて「妖精」という言葉をジェインに投げかけるようになる。出遭いの場面がベッシーの昔話と結びつき、読者の脳裏では、十歳の少女が鏡のなかに認めた「妖精とも子鬼ともつかない小さなお化け」がソーンフィールドの家庭教師と二重映しになるという仕掛けだろう。一人の男性をめぐり三人の女性が織りなす人間模様という意味で、決定的な重みをもつのはバーサとジェインの対比である。その男性が、熱帯での悪夢のような結婚に傷ついてヨーロッパに帰還したとき、慰めをもたらすヒロインが、寒冷な故郷の冬の妖精のような姿であらわれたのである。フィクションの時空を造形し、小説を構造化する原動力は、この対比的な構図から生じている。イングランドの片田舎を舞台とする「国民文学」のなかに、大西洋の彼方に広がる「世界」の負のイメージが投影されていることを見逃さぬようにしたい。

結婚というハッピー・エンディング

後半のドラマについては、残念ながら詳しくふれる余裕がない。失踪したジェイン・エアは、死の瀬戸際で救ってくれた人びとのもとで、小さな学校の教師として新しい生活を始めるのだが、そこへ夢のような遺産が降ってわき、これがきっかけで、その命の恩人たちが、なんと血の繋がった親族であることを発見する。そして、宣教師としての使命感に燃える従兄から、自分の妻となり、ともにインドでの布教活動に携わるようにと強く求められるのだが、このエピソードには、女性の自立という問題と、キリスト教信仰のありようという問題、二つのかぎりなく重大なテーマが内包されている。

女性の自立とは、教育の問題にほかならない。良家の子女を教育するにふさわしい、知的で品位のある淑女、つまり「レディ」とみなされる女性には、社会的なニーズがあった。「ガヴァネス」と呼ばれる住み込みの家庭教師は、当時、女性が自活するための唯一のまともな職業だったのである。ジェイン・エアはロチェスターの家で「ガヴァネス」をつとめたあと、田舎の学校で先生になる。ブロンテ姉妹も、同じように教育の世界で自活することをめざしたのだった。

ジェイン・エアは、幼いときからみずからの判断で人生を選択して生きてきた。牧師の妻となって献身的に生きてほしいという従兄の求めに対しては、自分は愛のない結婚はできないと拒絶する。ジェインの抵抗にめげず、崇高な理想を説く従兄の情熱に、思わず説得されそうになるのだが、まさにその瞬間、彼女は不思議な呼び声を聴くのである。「ジェイン！　ジェイン！　ジェイン！」と叫ぶ愛しい人の声に誘われて、「どこにいらっしゃるの？」と彼女は問い返す。ジェインはロチェスターの消息を確かめようと、慌ただしく出発した。着いてみると、懐かしいソーンフィールドの屋敷は火事のために廃墟となり、狂気の妻を助けようとしたロチェスターは視力を失って、孤独にやもめ暮らしをしていることが判明する。

数々の障碍を乗り越えたジェインは、ロチェスターにあらためて愛を誓い、女性から男性に、対等な人間として結婚を求めるというかたちで、物語は幕となる。「むすび」と題された第38章の直前におかれた、ロチェスターの独白のような台詞のほんの一部を引用しておこう。

何日か前——いや、日を数えると四日前になる——あれは月曜日の夜のことで、わたしは不思議な気持ちに襲われた。狂乱が悲嘆に、不機嫌が悲哀に変わった。君がどこにも見つからないからには死んでしまったに違いないと、それまでずっと思っていた。その夜遅く——十一時と十二時の間くらいだったかもしれない——わびしい眠りにつく前に神に祈願した。もし御心(みこころ)にかなうことならば、この命を早く召されて、ジェインに再び会う望みのある来るべき世にお連れください、と。

自分の部屋の窓のそばに座っていた。窓は開いていて、かぐわしい夜気で気持ちが和らいだ。星は見えなかったが、ぼんやりと光るもやが見え、月が出ているのがわかった。君が恋しかったよ、ジャネット！　ああ、魂と肉体の両方を持つ君に会いたかった！　苦悶し、謙虚になりながら、神に問うた——見捨てられ、苦しみ、悩む日々をわたしはもう十分長く過ごしてきたのではないでしょうか、至福と平安を再び味わうことはできないでしょうか、と。もうこれ以上は耐えられません、と神に訴えた。心の求めるもののすべてが、言葉になって無意識に唇から飛び出した——「ジェイン！　ジェイン！　ジェイン！」と」

「声に出してそうおっしゃったのですか？」

「そうだよ、ジェイン。聞いている人がいたら、気が狂ったと思っただろうね。狂おしい力をこめて言葉にしたから」

「それで、それはこの前の月曜日の、真夜中近くのことだったのですね？」

「そうだ、しかし時間は大した問題ではない。次に起きたことが不思議なのだ。迷信深いと思われるかもしれない。たしかに迷信にこだわる血は流れているし、昔からそうだが、とにかくこれは事実だ。少なくとも、これから話す声をこの耳で聞いたのはたしかな事実なのだ。

「ジェイン！　ジェイン！　ジェイン！」とわたしが言うと、答える声が聞こえた。どこから聞こえたのかはわからないが、誰の声だったかはわかっている。「いま参ります。お待ちください」声はそう言い、すぐあとに風に乗って「どこにいらっしゃるの？」というささやきが聞こえた。（第三十七章）

現代なら「テレパシー」と呼ぶかもしれない。ジェインがロチェスターの呼び声を聴いたちょうどそのときに、遠方に住むロチェスターが、自分の呼びかけに答えるジェインの声を聴いていたというのである。これまでヒロインは、あくまでも理性の声に従って生きるタイプの女性として描かれてきたのだが、結末においては超自然的な次元での「愛の奇蹟（せき）」が成就する。

身体的な不自由を背負い、絶望の淵（ふち）にいたロチェスターは、ジェインに再会して神への信仰をとりもどす。おわかりのように、立派な親族を発見し裕福になったジェインにとって、この結婚はもはや「玉の輿（こし）」ではないのである。階級の壁という障碍を越えながら、世間の常識や市民的なモラルに照らしても「スキャンダラス」ではない男女の組み合わせ――これが、模範的な「恋愛小説」の終着点となる。

ひと言いいそえるなら、厳しい現実を見据えて生きるジェインは、いってみれば「シンデレラ幻想」を遠く離れたヒロインである。意志が強く自覚的な不美人であるからといって、異性に深く愛されることの妨げにはならない。女性という性のえもいわれぬ魅力は、別のところにあるのだから。それに援助してくれる「名づけ親」がいなくとも、ひたむきな誠意をつらぬけば、きっといつかは自力で幸福をつかむことができる。全世界の女性に、ジェイン・エアはそう語りかけている。昔も今も変わらぬ女性たちの夢――その夢に応（こた）える、永遠の「婚活小説」。

読書案内

①シャーロット・ブロンテ『ジェイン・エア』上下（河島弘美訳、岩波文庫、二〇一三年）。英文学の女性研究者による新訳。文学史的な知識をふまえた端正な「解説」がついている。放送大学版で使用した小尾芙佐訳（光文社古典新訳文庫、二〇〇六年）の活き活きとした訳文も捨てがたい。

②川本静子『ガヴァネス――ヴィクトリア時代の〈余った女〉たち』（みすず書房、二〇〇七年）。住み込みの家庭教師という職業の社会史的かつジェンダー論的な分析。十九世紀イギリスで、自活することをめざす知的な女性がいかなる困難に立ちむかったかを知らなければ、この時代の女性文学は読み解けない。書物の後半では、『ジェイン・エア』をはじめ、ガヴァネスが登場する代表的な小説が論じられている。

③ジーン・リース『サルガッソーの広い海』（小沢瑞穂訳、一九九八年）。著者はカリブ海の植民地で生まれた白人女性。原典の刊行は一九六六年だが、ポストコロニアル批評でとりあげられ、しだいに注目されるようになった。ロチェスターの狂気の妻バーサの視点から『ジェイン・エア』の世界を再構築した物語である。

5 ドストエフスキー『罪と罰』

沼野充義

ドストエフスキー
（1821—1881）

フョードル・ミハイロヴィチ・ドストエフスキーは、十九世紀ロシアを代表する小説家の一人である。処女作『貧しき人々』以来、多くの著作を書いたが、その名前を不朽のものにしたのは、生涯の後半に書いた五つの長篇小説だった。順番に名前を挙げれば、『罪と罰』(一八六六年)を最初として、『白痴』(一八六八年)、『悪霊』(一八七二年)、『未成年』(一八七五年)、最後に『カラマーゾフの兄弟』(一八八〇年)。近代小説史上にそびえ立つようなこれらの長篇は、いまでも広く読まれており、古典的な傑作として認められている。

五大長編と呼ばれることもあるこれらの小説のなかでも、『罪と罰』はとりわけ有名だ。主人公の貧乏学生ラスコーリニコフは、自分が社会の法を「踏み越える」権利があると思い込んで、金貸しの老婆を殺害する——こんなプロットもいまさら説明の必要もないくらいよく知られている。

しかし、これはいまから一四〇年以上も前、日本ではまだ江戸時代の末期にあたるころに書かれた作品である。帝政ロシアの首都で起こる殺人事件を軸に展開する、ある意味では単純な古めかしい犯罪小説が、現代の私たちにとって面白く読めるものだとしたら、それはなぜなのか。予言者ドストエフスキーはどんなメッセージを現代のわれわれに送っているのだろうか。この作品のいまだに色あせない現代的魅力の秘密を、これからさぐってみたい。

『罪と罰』の現代性

ロシア文学というと、とかく人物の名前が複雑で覚えにくいとか、作品も長くて暗い、といったイメージがつきまとい、現代の若者には敬遠されがちになってきているようだ。そして、重厚長大でとっつきにくいロシア小説の代表格がドストエフスキーだと思われている。

しかし、ドストエフスキーの小説はそれほど近づきがたいものでもなければ、難解なものでもない。また深遠な解釈はしたければいくらでもできるけれども、小説としての軽妙でモダンなフットワークが欠けているわけでもない。特に『罪と罰』などは、二十一世紀初頭の今になって、ロシアからはるかに遠い日本で読んでみても——あまりに現代的なので、びっくりさせられる。ドストエフスキーの翻訳で知られるロシア文学者、江川卓（えがわたく）氏の労作（読書案内②）が示しているように、ドストエフスキーは小説のテキストの細部に巧妙に数々の謎を仕掛けており、それを解読することはまるで推理小説を読むようにスリリングだ。

小説の舞台はドストエフスキーの同時代、つまり一八六〇年代のペテルブルク。主人公はラスコーリニコフという貧乏学生。この男は自分がナポレオンのような「選ばれた」天才だと信じ、そういう者にはくだらない他の人間を殺すことも許されるという考えにとりつかれ、金貸しの老婆を殺害してしまう。しかし、思いがけないことに彼は殺人の後で、激しい苦悩に陥り、最後にはついに自首してシベリアへの懲役刑に服する。そして彼を愛する心清らかな元娼婦（しょうふ）のソーニャに支えられながら再生への道を歩み始めるのだった……。『罪と罰』はおおざっぱに要約すれば、だいたいこういった筋書きの物語である。

小説には、主人公ラスコーリニコフの他に、様々な人物が登場する。飲んだくれで「どこにも行き場がな」くなって自滅するしがない役人のマルメラードフ。その娘で貧しい家計を支えるために自分を犠牲にして娼婦となったけなげなソーニャ。ラスコーリニコフの犯罪を鋭く見抜き、論理的に彼を執拗（しつよう）に追い詰めていく予審判事のポルフィーリイ。さらに悪徳の権化のような謎めいた男スヴィドリガイロフなど。いずれも見事に造型された、忘れがたい個性の持ち主である。

犯罪小説としての『罪と罰』

いま紹介した筋書きからも明らかなように、『罪と罰』は、主人公が殺人という大きな罪を犯し、捜査の手に追い詰められながら、自白に導かれていく物語として読むことができる。つまり抽象的な哲学的小説では決してなく、卑俗な都会の現実に基づいた「犯罪小説」なのだ。

もともとドストエフスキーは意外なほど「ジャーナリスティック」なセンスの持ち主だった。ラスコーリニコフが金貸しの老婆を殺害するという、長篇の筋の核心に関しては、じつは当時世間を騒がした実際の事件があり、ドストエフスキーは新聞のいわば三面記事を丹念に読みながら、それをモデルとして使っている。つまり、この作家は決して、無から、そして抽象的な思索から砂上の楼閣を作り上げたわけではなかった。

主人公がある信念ゆえに殺人を犯すなどというのは、動機付けとしては不自然だという見方もあるかも知れないが、現実に日本でいまも起こり続け、テレビや新聞をにぎわしている様々な奇怪な事件を考え合わせれば、ドストエフスキーの小説で起こる事件が現実離れした突飛なものとはいえないだろう。ラスコーリニコフの殺人は、二十一世紀初頭の日本にとって決してひと事ではない。

『罪と罰』は時事的な要素を強くもった「犯罪小説」である以上、推理小説、ミステリーの要素もあわせもっている。犯人がラスコーリニコフだということは最初からわかっているので、「謎解き」の要素はないが、殺人後の主人公の心理的苦悩のサスペンスにはまさに手に汗を握らせるものがある。たとえば、斧(おの)で殺人を犯した直後のラスコーリニコフが、じつはいっさいの人間たちからまるではさみで自分の存在を切り離したかのようだった、といった描写には、ぞっとするほどの心理的リアリティが感じられる。

また、この小説には、ラスコーリニコフと心理的なかけひきをするポルフィーリイという忘れ難い「予審判事」が登場する（予審判事と日本語に訳される人物は、当時のロシアで警察や検察からは独立して刑事事件の捜査にあたった）。彼は緻密な頭脳の持ち主で、ねちねちとラスコーリニコフを追い詰めていくのだが、二人の間のかけひきはまるで現代の探偵小説のようだ。

ペテルブルクの現実と幻想

『罪と罰』は「犯罪小説」であるだけではない。これがペテルブルクという街そのものを前面に打ち出した、近代的な「都市小説」でもあるということを忘れてはならないだろう。ペテルブルク（正式にはサンクト・ペテルブルク）は、当時のロシア帝国の首都であり、モスクワと並ぶ大都会だった。ペテルブルクの日常を描くドストエフスキーは、酔っ払いや売春婦がたむろする、街の卑俗な現実のまっただなかに降りていくことを恐れなかった。

二十コペイカ銀貨をにぎり、十歩ほど歩いたところで、ネヴァ川のほうへ、冬の宮殿が見える方向へ顔を向けた。空には一片の雲もなく、ネヴァ川にはめずらしく、水はほとんどコバルト色に輝いていた。礼拝堂まで二十歩たらずのこの橋の上から見ると、聖堂の丸屋根は、ほかのどこの場所よりもきわだって美しく見えるのだが、その丸屋根がいまもまばゆく輝き、澄んだ空気をとおして、ひとつひとつの細かい装飾までがあざや

かに見わけられるほどだった。鞭の痛みは鎮まり、ラスコーリニコフはもう、打たれたことさえ忘れ去っていた。いま何よりも彼の心を占めていたのは、ある不安な、どことなくはっきりしない考えだった。立ちつくしたまま、彼はいつまでもじっと遠方を見つめていた。そこは、自分にとってとりわけなじみのある場所だった。大学に通っていたころ、よく――たいていは帰宅の途中だったが――おそらく百回ほどもあったろう、ちょうどこのあたりに立ちどまっては、じつに壮麗なこのパノラマに見入り、そのたびごとに、何かはっきりしない、解きがたい印象になかば驚きの念を覚えたものだった。この壮大なパノラマを目にしていると、いつも名状しがたい寒気が押しよせてくるのを感じた。この華やかな光景が、聖書に出てくる「ものも言わせず、耳も聞こえさせない霊」に満たされているように感じられるのだった……彼はそのつど、陰鬱な謎めいた印象をいぶかしく思い、自分を信じきれないままに、その謎解きを先送りしてきた。

　いま、ふいに、かつて抱いていたいくつもの疑問や不審をまざまざと思い出し、それをいま思い出したことが、けっして偶然ではないような気がした。以前と同じように、ほかでもない、同じこの場所に立ちどまったことだけでも、奇妙で、ありえないことのように思えた。ここに立てば、以前と同じように考えることができ、以前と同じテーマや光景に、今また――といってもついこのあいだのことだが――興味をもつことができると、それこそ本気で想像していたみたいだった。われながら、ほとんど滑稽な気分にさえなった。と同時に、痛いほど胸をしめつけられた。今の彼には、過去のすべてがどこか得体のしれぬ深みに、底が見えるか見えないかの足もとはるか下のほうに沈んでしまったように思えた。過去の思索も、過去の課題も、過去のテーマも、過去の印象も、そして目の前に広がるパノラマも、彼自身も、何もかもすべてが……あたかも自分自身がどこか遠い高みに飛び去っていき、視界からすべてが消え去ってしまったような気がした……そこで、おもわず手を動かした彼は、ふと、こぶしに二十コペイカ銀貨を握りしめていることに気づいた。てのひらを開き、その銀貨をじっと見つめてから、大きく手を振りあげ、水中に投げすてた。そしてくるりと背中を向け、家路をたどりはじめた。この瞬間、すべての人、すべてのものから、自分を鋏(はさみ)で切り落としたような気分だった。アパートに着いたのは、すでに夕方近くだった。してみると、まる六時間も歩きまわっていたことになる。だが、どこをどう歩いて戻ってきたのか、まるきり記憶がなかった。上着を脱ぎ、むりやり追い立てられた馬のように体をがくがくさせながら、ソファの上に横になった。コートをひっかぶると、たちまち意識をうしなった……。

（第二部／亀山郁夫 訳、以下同）

ドストエフスキーの描く街の様子は、空想が生み出した非現実なものでは決してない。この小説は、「七月初め、途方もなく暑いころの夕方……」と始まり、街の異様な暑さが強調され、それが殺人事件をつつむ異様な雰囲気につながっていくのだが、じつはこの暑さも実際にあったことで、一八六五年の夏、ペテルブルクは異様な猛暑に襲われていたことが記録されている。またラスコーリニコフは犯罪を計画しているとき、自分の下宿から金貸しの家までの距離を計算し、七三〇歩としているが、これも現実のペテルブルクの地理に基づく、きわめて正確なものだった。ドストエフスキーの描く街は、こういった瑣末（さまつ）ともいえるディテールにいたるまで現実に基づいていた。

ところが、ラスコーリニコフがネヴァ川で見かける「壮麗な眺望」のように、この小説にはなにやら幻想的な要素も時に色濃く現れる。主人公がネヴァ川で見る幻影のような光景は、場末の居酒屋やごみごみしたセンナヤ広場などとは違って、形而上的（けいじじょうてき）な意味合いや終末論的な予感さえ感じさせるものになっている。つまりドストエフスキーの描き出す街は現実に即したリアルなものであると同時に、現実を超えていく幻想的な要素をいつもはらんでいる。その両方の面をあわせもっているからこそ、異様な迫力で現代の読者にも迫ってくるのだといえるだろう。

リアルであると同時に神話的であるというのは、十九世紀以来、ロシア文学で脈々と受け継がれてきた「幻想都市」ペテルブルクのきわだった特徴だが、ドストエフスキーは、卑俗さと幻想性をあわせもったこのような近代都市の魅力を初めてあますところなく伝えた先駆者の一人だった。

「踏み越える」こと

『罪と罰』には、殺人者となったラスコーリニコフが、ソーニャという女性の住まいを訪ね、彼女の部屋で聖書を読んでもらうという有名な場面がある。ここで取り上げられる「ラザロの復活」とは、新約聖書のヨハネによる福音書第十一章に出てくるエピソードで、そこでは亡くなってしまったラザロという男が、イエスの力によって奇跡的に生き返り、イエスは「私は復活であり、命である。私を信じる者は死んでも生きる」と言う。ソーニャというヒロインは、貧しい家族の家計を支えるために自分の体を犠牲にして娼婦となったのだが、その行為は自分で自分を滅ぼすことに他ならない。ラスコーリニコフもソーニャも、人を滅ぼす罪を犯したという点では共通しているわけで、そこからどう復活することができるのか、ということがこの小説の重要な問いかけのひとつとして浮かび上がってくる。

「ラザロの復活の話は、これでぜんぶです」彼女はとぎれがちなきびしい口調でそうささやくと、脇のほうを向いたままその場に立ちつくしていた。なにか恥ずかしい気がして、まともに彼を見あげることができなかった。熱病にも似た震えがまだつづいていた。ねじれた燭台に載っている燃えさしのろうそくは、もうだいぶ前から燃えつきようとし

て、奇縁によってこのみすぼらしい部屋につどい、永遠の書と向かいあう殺人者と娼婦をぼんやり照らしだしていた。五分、いや、それ以上のときが流れた。

「ぼくはね、あることを話しにきたんだ」ラスコーリニコフが、顔をしかめながらふいに大声で言い、立ちあがってソーニャのそばに寄った。彼女は無言のまま彼を見あげた。彼の目つきはとくにけわしく、なにかしら獰猛（どうもう）ともいえる決意がそこに見てとれたからだった。

「ぼくは今日、肉親を捨てた」と彼は言った。「母と妹をね。もう、あのふたりのところには行かない。あそこで、ぜんぶの縁を切ってきた」

「なぜです？」仰天したようにソーニャはたずねた。彼の母親と妹とのさっきの面会が、自分にもはっきりしないながら、ある異常な印象を胸のうちに残していた。家族と縁を切った、という知らせを、彼女はなかば恐怖の念をおぼえながら耳にしたのだった。

「ぼくには、もう、きみひとりしかいない」彼は、そう言い添えた。「いっしょに行こう……ぼくはきみのところに来た。ぼくらはふたりとも呪（のろ）われた者同士だ、だからいっしょに行こう！」

目がうるんでいた。《くるっているみたい！》ソーニャはそう思った。

「どこに行くっていうの？」恐怖にかられて彼女はたずね、思わず後じさりした。

「どうしてぼくにわかる？　わかっているのは、道はひとつってことだけで、確実にわかってるのは――それだけだ。行き先は同じなんだよ!」

彼女は彼を見つめていたが、何もわからなかった。わかっていたのは、彼がおそろしく、かぎりなく不幸だということだけだった。

「きみがあの人たちに話したって、だれも、なにもわかっちゃくれないが」と彼はつづけた。「ぼくにはわかった。きみをぼくは必要としている、だから、ぼくはここに来たんだ」

「わかりません……」ソーニャはささやくように言った。

「そのうちわかるよ。きみだって同じことをしたじゃないか。きみも越えてしまった……踏み越えられたんだ。きみは、自分で自分に手をかけ、ひとつの命をほろぼした……自分のね(どっちみちおなじことさ!)。きみは、心と理性で生きられたはずなのに、センナヤ広場で一生を終える……でも、きみには耐えきれない、自分ひとりになったら気がくるってしまう、ぼくと同じさ。今だってもう、くるってるようなもんだ。だから、ぼくたち、いっしょに行くのさ、同じ道をね! 行くんだよ!」

「なぜ? なぜ、そんなこと!」彼の言葉にふしぎな胸さわぎをおぼえながら、ソーニャはつぶやくように言った。

「なぜかって? このままじゃ生きられないからさ――だからだよ! もういいかげん、まじめに、まともに考えなくちゃいけないんだ、神さまがお許しにならないなんて、子どもみたいに泣き叫んでたって、しょうがないんだ！　だって、きみがじっさい明日にも病院送りになったら、どうする？　あの人はもう頭が変になってるし、結核にかかってるし、もうすぐ死ぬんだ、そしたら子どもたちは？　ポーレンカは身をほろぼさずにすむのかい？　きみは、この界隈の子どもたちを見かけたことがないのかい、母親に物乞いに出されている子どもたちさ？　ぼくはね、あの子の母親たちがどこで、どんな環境で暮らしているか、調べたことがある。ああいうところでは、子どもたちはもう、子どもじゃいられないんだよ。七歳の子どもがもう性を知ってるし、盗みもやる。でも、子どもって、キリストの姿だろう。『天の国はこのような者たちのもの』さ。キリストは子どもたちを敬い、愛するように命じた。子どもたちこそ、未来の人類じゃないか……」

「それじゃ、どうすればいいんです、どうすれば？」ソーニャはヒステリックに泣き、両手をもみしだきながらくり返した。

「どうすればって？　壊さなきゃいけないものを一気に壊す、それだけさ、で、苦しみを引きうける！　なに？　わからないって？　いずれわかるさ……自由と権力、でも、だいじなのは権力のほうだ！　おののきふるえている畜生どもと、この蟻塚全体とを支配する権力だ！……それが目的さ！　これを忘れないことだね！　これがきみへのはなむけの言葉だ！　もしかしたら、きみと話せるのはこれが最後かもしれない。もし明日、ここに来なかったら、きみはぜんぶ自分の耳で聞くことになる、そしたら、いま言った言葉を思いだしてくれ。そしていつか、何年も経っていろいろと経験を積んだら、きっと、さっきの言葉が何をいっていたかわかる。でも、もし明日ここに来られたら、きみに言うね。リザヴェータを殺したのはだれか。じゃあ！」

　恐怖のあまり、ソーニャは全身をぎくりとふるわせた。

「でも、ほんとうに知ってらっしゃるの、犯人がだれか？」恐怖のあまり寒気に襲われ、うつけたように相手を見やりながら、彼女はたずねた。

「知っている、だから言うのさ……きみにね、きみひとりにだ！　きみを選んだんだ。ここに来るのは、許しを乞うためじゃない、たんに話すためだけだ。このことを言う相手にきみを選んだのは、ずっと前のことなんだ。きみのお父さんがきみのことを話していたとき、リザヴェータが生きていた時分、ぼくはそれを思いついた。じゃあね、握手はだめだ。また明日！」

　彼は出ていった。まるで狂人を見るような目で、彼女はその姿を見ていた。だが、彼女自身も気がくるったようだったし、自分でもそう感じていた。頭がぐらぐらしていた。《ああ！　どうしてあの人は、リザヴェータを殺したのがだれか知っているんだろう？　あの言葉は、何を意味しているんだろう？　なんて恐ろしい！》しかしそのいっぽう、その考えが彼女の頭に浮かぶことはなかった。まったく！　いっさい！……《ああ、あの人はきっとおそろしく不幸にちがいない！……母さんと妹を捨てたんだもの。でも、なぜ？　何があったの？　あの人はどんなことを考えているんだろう？　あの人は何を言っていたんだろう？　足にキスをして言ってたわ……言ってたじゃない（そう、あの人ははっきり言った）、きみなしでは生きていけないって……ああ、神様！》

ソーニャはひと晩じゅう熱にうかされ、うなされつづけていた。（第四部）

ここで注目していただきたいのは、ラスコーリニコフがソーニャに向かって「きみも踏み越えたじゃないか」と言って「踏み越える」という言葉が何か特別な意味を持つもののように扱われている点である。じつはこの小説のタイトルそのものにあらわれる「罪」（ロシア語で「プレストゥプレーニエ」）という言葉も、本来の意味は「踏み越えること」で、それが転じてロシア語では「犯罪」という意味で普通に使われるようになったのだった。このようにドストエフスキーは、「踏み越える」という言葉一つをとってもわかるように、言葉の網を巨大な小説全体に張り巡らすような書き方をする、非常に繊細で緻密な言葉の芸術家だった。

テキストを注意深く読んでみると、「敷居」や「階段」などの場所も象徴的な意味をになっていることがわかる。またドストエフスキーは「突然」という副詞をじつに頻繁に使うのだが、これもいかにもドストエフスキーらしい。ためらいや曖昧（あいまい）さの中にある登場人物が、あるきっかけから、突然の「踏み越え」を行い、別の状態へ劇的に変化していく、というダイナミックな構造がドストエフスキーの小説を貫く原理になっていて、それを端的に表しているのが「突然」という言葉なのである。

驚くべき精神の振幅

ドストエフスキーは一面ではこのような繊細な言葉の芸術家だったのだが、その反面、乱暴ともいえるほど俗悪なドラマを小説に持ち込むことも平気でする。「ラザロの復活」を読む場面でも、殺人者ラスコーリニコフと売春婦ソーニャが聖なる書物を読む、という取り合わせじたい、なんだかわざとらしくメロドラマ的な作り物のような感じがしなくもない。

しかし深遠と通俗、高邁（こうまい）さと安っぽさが同居しながら、破綻（はたん）しかけながらもぎりぎりのところで形を保って魅力的な型破りの世界を作っているということ――むしろそのことが、ドストエフスキーの小説世界のユニークさであり、魅力なのではないだろうか。

ドストエフスキーの小説の魅力はこのように、普通なら同居が不可能なものをやすやすと組み合わせる点にある。主人公はソーニャに対して「僕は人類全体の苦痛の前に頭を下げたのだ」と突然いう。日本語ではちょっと歯の浮くようというか、あまりに大げさな言い方だが、そもそもドストエフスキーの小説世界は、個人の苦悩からいきなり全人類や全宇宙に飛んでしまうような振幅の大きさがある。しかし、それと同時に、「永遠」なんてものは「田舎の風呂場（ふろば）みたいなすすけたちっぽけな部屋があって、その隅々に蜘蛛（くも）が巣を張っている程度のことだ」などというアイロニカルな言葉も出てきて、これまた読者を驚かせる。いま引用したのは、『罪と罰』のなかでもっとも謎めいた、少々悪魔的な登場人物スヴィドリガイロフの台詞（せりふ）だが、ドストエフスキーはこんなことを彼に言わせて、形而上学的な概念をいきなり地上に引きずりおろしもする。

ドストエフスキーの小説世界の特徴となっているのは、極端から極端へと激しく振れ動く精神の激しい運動である。この驚くべき精神の振幅にこそ、二十一世紀を生きていくためのエネルギーが備わっているのではないだろうか。

読書案内

①ドストエフスキー『罪と罰』(全三巻)亀山郁夫訳、光文社古典新訳文庫、二〇〇八―二〇〇九年。この他にも、江川卓訳(岩波文庫、一九九九―二〇〇〇年)もすぐれている。

②江川卓『謎とき『罪と罰』』新潮社、一九八六年。原文を細部にいたるまで緻密に読み、また背景を徹底的に調べることによって、新たなドストエフスキー像を浮かび上がらせた名著。

③ドストエフスキー『カラマーゾフの兄弟』(上・中・下)原卓也訳、新潮文庫、一九七八年。『罪と罰』を読破した後は、ドストエフスキー最晩年の最高傑作に挑戦しよう。新訳も光文社文庫で出ている(亀山郁夫訳、二〇〇六―二〇〇七年)。

④亀山郁夫『ドストエフスキー――父殺しの文学』日本放送出版協会、二〇〇四年。秘められた「父殺し」のモチーフを縦糸にしてドストエフスキーの生涯を描き出し、その作品世界の全体を解説している。ドストエフスキーの全体像を把握するために有用で刺激的な入門書。

⑤沼野充義編『ドストエフスキー』集英社文庫ヘリテージシリーズ　ポケットマスターピース10、二〇一六年。

6 チェーホフ

『ワーニカ』
『かわいい』『奥さんは小犬を連れて』

沼野充義

アントン・チェーホフ
(1860―1904)

アントン・パーヴロヴィチ・チェーホフは、ロシアの劇作家・小説家。祖父は農奴、父親は雑貨商であって、もともとインテリとは縁のない家の出である。しかし、モスクワ大学で苦学しながら医師となり、そのかたわら小説や戯曲を書いて、世紀末から二十世紀初頭のロシア文壇を代表する作家となった。

彼の作品はいまでも世界中で広く読まれ、日本でも根強い人気があり、また日本の作家たちにも大きな影響を与えてきた。特に彼の『かもめ』『ワーニャ伯父さん』『三人姉妹』『桜の園』などの戯曲（いわゆる四大戯曲）は、いまだに重要なレパートリーとして繰り返し上演され、演劇ファンならば知らない者はないだろう。

チェーホフが生きた時代には、帝政ロシアの社会的矛盾が次第に激化し、革命運動が盛り上がっては抑圧され、革命家による皇帝や政府要人の暗殺などのテロリズムが蔓延（まんえん）した。そんな時代にチェーホフは、革命家にもならず、文学の特定の流派にも属さず、「主義や思想を持たない」作家として、しかしいかにも医師らしい冷徹な観察眼と人間洞察の能力をもって生き抜いた。

彼の小説はしばしば、人情味あふれるユーモアとペーソスといった特徴で語られるが、はたして本当にそうなのだろうか。ここではいくつかの短篇小説を読みながら、彼の文学の持つ魅力と「怖さ」について考えてみたい。

後から来た人

ドストエフスキーのような十九世紀半ばを代表する長篇作家と比べると、小説家としてのチェーホフにはきわだった特徴がある。短篇を中心とし、大長篇を書かないまま終わったということだ。彼はいわば「後から来た人」であって、彼が作家として活躍を始めたとき、大きな形式のものはすべて試みられてしまったあとだった。また彼は思想的にもなんらかの体系を構築したり宣伝したりする立場にはなかった。確固とした体系的価値観が崩れる時代にあって、彼は滅びゆくものの悲しみといまだに到来しないものの予感の間をつなぐ存在だったのだ。そして世紀末から二十世紀のモダニズムへと文化や芸術の思潮がなだれこんでいくとき、あらゆる流派から一線を画しながら、同時代の気分を見守り続けた。

こういったことを前提として、それではチェーホフの小説は具体的にどのようなものなのか、これから、『ワーニカ』（一八八六年）、『かわいい』（一八九八年）、『奥さんは小犬を連れて』（一八九九年）という三つの短篇小説に即して見ていくことにしよう。

『ワーニカ』の問いかけ――手紙は届くのか？

チェーホフは大学で医学を学んでいたころから、貧しい家族を経済的に支える必要に迫られ、ユーモア小説を量産して原稿料を稼いでいた。「チェホンテ」という筆名で活躍したこの「お笑い作家」時代は、普通、後の「大作家」への準備期間だったとして片づけられる。しかし、人間の可笑しさを冷徹に浮き彫りにする恐ろしいほどの観察眼こそがチェーホフの神髄だとすれば、それは初期のユーモア作品により鮮やかに発揮されていたとも言えるだろう。そして、『ワーニカ』もまさに、チェーホフの「チェホンテ」時代に書かれたユーモア短篇の一つだったのである。

チェーホフは作品を通じて、読者に何かを教えようとする教師タイプの作家ではなく、むしろ問いを立てるタイプの作家だった。そのためここでも、取り上げるそれぞれの作品について、それが問いかけるものは何なのか、わかりやすく一言で言ってみよう。『ワーニカ』が問いかけるものは何か？　それは「手紙は届くのか？」ということだ。

主人公は、田舎の村から大都会モスクワの靴屋の家に、見習い奉公に出された九歳の少年ワーニカ・ジューコフ。この少年は、モスクワの見習い奉公先で、ひどい扱いをうけ、ちょっと失敗してもすぐにぶたれ、ろくな食事も与えられない。彼は父も母もいない孤児なので、頼れる身内は田舎のおじいちゃんしかいない。そこでクリスマスになつかしいおじいちゃんに手紙を書き、自分がどんなに辛い思いをしているか切々と、幼い文章でせいいっぱいうったえ、「おじいちゃん、助けに来てください」と訴えかける。

「早くきて、じいちゃん」ワーニカは続けた。「お願いだから、おれをここからつれてって。不幸なみなしごをかわいそうだと思って。だって、みんなにぼこぼこにされるし、腹ペコで死にそうだし、口で言えないくらいさみしくて、泣いてばかりいるんだから。こないだも、くつの型でご主人さまに頭をなぐられたもんだから、ぶっ倒れちまって、やっとのことで正気にかえったんだ。どんな犬よりもひどい、どうしようもない毎日なんだ……。アリョーナや、片目のエゴールカや、御者のおじさんによろしく。おれのアコーディオンは誰にもあげちゃだめだよ。いつまでもあなたの孫のイワン・ジューコフおねがいだからじいちゃん早くきて」

ワーニカは書き上げた紙切れを四つにたたむと、前日のうちに一コペイカで買っておいた封筒に入れた……。そして、ちょっと考えてから、ペンをインクに浸して、宛名を書いた。

村のじいちゃんへ

それから頭をかいてまたちょっと考え、「祖父のコンスタンチンどの」と書き足した。誰にも書くことを邪魔されなかったのに満足して、帽子をかぶり、コートも着ないでシャツ一枚のかっこうでそのまま外に飛び出した。

前日、肉屋に行ったとき根掘り葉掘りたずねたら、店員たちは教えてくれたのだった。手紙ってもんはな、ポストに投げ込めば、そこから世界中どこにでも配達してもらえるんだ。酔っ払った御者が、ちりんちりんと鈴を鳴らして、三頭立ての郵便馬車でね。ワーニカは一番近くのポストにかけつけると、大事な手紙を箱の割れ目の中に押し込んだ。

甘い希望になぐさめられてほっとしたワーニカは、一時間もするとすやすや眠っていた。その夢に現れたのは暖炉（ペチカ）だった。ペチカのうえには、じいちゃんが腰をおろし、はだしの足をぶらつかせ、料理女たちに手紙を読み聞かせている……。なんだ、ペチカの前を歩き回っているのはドジョウじゃないか、しっぽを振ってるぞ。

（『ワーニカ』／沼野充義 訳、以下同）

手紙には宛名を書かなければいけない。ワーニカは最初、「田舎のおじいちゃんへ」と書くのだが、それからちょっと考えて、「コンスタンチン・マカールイチさま」と書き足す。小さい子供なりに精一杯考えたことだけに、この結末は可笑しくもまた悲しい。これでは手紙はもちろん届かないだろう。住所が書かれていないし、コンスタンチン・マカールイチというのも、ファーストネームと父称（つまり父親がマカールだということを示す名前）だけで、苗字（みょうじ）がない。手紙が届かないというのは、もう少し広い言い方をすれば、メッセージが届かず、人間と人間の間のコミュニケーションが成り立たない状態を指している。

じつはこれは後々まで、チェーホフの作品の多くを貫く基本的なモチーフの一つであり、特に彼の演劇でこれは顕著に現れる。チェーホフ劇で革新的だったのは、台詞（せりふ）のやりとりの中に文脈からずれた意味不明の言葉が故意に挿入されたり、言うことがかみあわずコミュニケーションがうまく機能しない不条理な状況がしばしば持ち込まれたりすることだった。チェーホフの作品の多くはコミュニケーション不全の世界のドラマであり、現代的な不条理感覚を先取りするものだったのだ。

『かわいい』――オーレンカは可愛い女か？

次に『かわいい』という短篇を見てみよう。ヒロインは退職官吏の娘オーレンカ。彼女は劇場を経営する興行主と結婚すれば芝居のことばかり熱心に語り、彼が死んで次に材木商と結婚すれば芝居のことなどけろりと忘れて今度は、材木の商売に精を出す。一口で言ってしまえば、男次第でくるくると言うことが変わる、主体性のない女性が描かれている。

「あなた！」オリガちゃんはおいおい泣き出した。「わたしの大事なイワンちゃん、小鳩ちゃん！　どうしてあなたと会ったんでしょう？　どうしてあなたのことを知って、好きになったんでしょう？　哀れなオーレンカを見捨てて、誰に頼れっていうの？　こ

の哀れで不幸せなオーレンカは？」

クーキンは火曜日にモスクワのワガニコヴォ墓地に葬られた。オリガちゃんは水曜日に帰宅し、自分の部屋にはいったとたん、ベッドに倒れこみ、大声でおいおい泣き出したので、通りからでも、近所の家にも聞こえるほどだった。

「かわいい！」近所の女たちは十字を切りながら、言った。「かわいいオリガさんがねえ、なんてことでしょう、あんなに悲しんでいる！」

三ヶ月ほど後のある日、オリガちゃんは教会の礼拝から、深い喪の悲しみにつつまれたままの姿で家に帰るところだった。すると帰り道でたまたま、やはり教会から戻る近所の住人といっしょになり、肩を並べて歩いていくことになった。それはワシリー・アンドレイチ・プストワーロフといって、ババカーエフという商人の材木倉庫の管理人だった。プストワーロフは麦わら帽をかぶり、白いチョッキには金鎖をぶらさげて、商売人というよりは、地主のように見えた。

「どんなものごとにも定めというものがありましてね、オリガさん」と彼は同情のこもった声で真面目くさって言った。「もしも身近な誰かが亡くなっても、それは神のおぼしめしですから、そんな場合にもわれを忘れずに、従順に耐えなければならないんです」

彼はオリガちゃんを木戸のところまで送ると、別れて先に行った。この後一日中、彼女の耳にはこの男の真面目くさった声が聞こえ続け、目を閉じるとすぐに黒いあごひげが浮かんでくるのだった。彼のことがとても気に入ったというわけだ。しかし、どうやら、男のほうも彼女に好感を持ったようだった。その証拠に、しばらくすると、あまりよく知らない年配のご婦人がコーヒーを飲みにやって来て、テーブルにつくやいなや、すぐさま彼のことを話し始め、プストワーロフさんは立派ないい人だ、あの人のところなら誰でも喜んでお嫁にいくだろう、などと言い立てたのだ。その三日後には当のプストワーロフが訪問してきた。彼はほんのちょっと、十分ほどいただけで、たいして話もしなかったのだが、オリガちゃんは彼が好きになってしまった。どのくらい好きになったかというと、一晩中眠れず、熱病にかかったみたいに恋いこがれ、翌朝には年配のご婦人を呼びに使いを走らせたほどだった。やがて縁談がまとまり、それから結婚式が行われた。

プストワーロフとオリガちゃんは、結婚して楽しく暮らした。ふだん彼は材木倉庫に昼時までいて、それから用事を片付けに出かけた。彼に代わって事務所に夕方までつめたのはオリガちゃんで、彼女はそこで請求書を書いたり、商品を引き渡したりした。

「ちかごろ材木は毎年二十パーセントも値上がりしていましてね」と、彼女はお得意さんや知り合いに言うのだった。「なんてことでしょう、以前は地元の木材を商っていましたのにね、いまじゃうちのワシリーちゃんが毎年、木材の買い付けにモギリョフ県まで行かなきゃなりません。その運賃がまたたいへんでしてねえ！」彼女はそう言うと、ぞっとして頬を手で覆った。「その運賃がねえ！」（『かわいい』）

しかし、それにしても「かわいい」とはどういうことだろうか。この作品タイトルは従来『可愛い女』と訳されてきたが、原題は『ドゥーシェチカ』(Dushechka) の一語であって、「かわいい」を意味する形容詞は添えられていない。これは「魂」を意味するロシア語の「ドゥシャー」(dusha) から派生した呼びかけの言葉で、おもに若い娘や少女について使う。相手の女としての性的な魅力よりは、気立てのよさとか善良さを念頭においた言い方だと考えていいだろう。ヒロインの名前のオーレンカというのも、じつは女性名オリガの愛称形で、親密な感じや子供をかわいがる気持ちが出ているけれども、年配の女性に対して敬意をもって呼びかけるような言い方ではない。

では、オーレンカはどんな意味で「ドゥーシェチカ」なのか？　ここに皮肉は含まれていないのだろうか？　じつは『かわいい』という作品に対する読者の反応は、発表当時のロシアでも様々なものがあって、チェーホフがここで描いたオーレンカという女性像については、女性を侮辱するものだとか、女性蔑視（べっし）であるとして抗議する女性読者さえいた。その一方で、文豪トルストイはここに「女があらねばならない姿」の理想像を認めて絶賛し、チェーホフは素晴らしい大作家だと口癖のように言っていたという。つまり同じオーレンカという女性像に対して、正反対の反応があったことになる。

　チェーホフが残したメモなどを見ると、どうやら作家自身のもともとの意図は、自分自身を持たない人間を批判的に皮肉に描くことだったらしい。もちろん作者の意図を超えて、作中人物が独自の魅力を持ち始めるということは珍しくなく、この作品の場合も、作者にとってそういう予想外の事態が起こったということだったのかもしれないし、そもそも、作者の意図とは別に読者の自由な読み方がいろいろとあってもいいだろう。しかし、それにしても、これほど単純な小品でありながら、解釈がこれほど食い違ってしまうというケースも珍しいのではないか。いったい、どうしてそんなことが起こるのだろうか。そこにチェーホフを読み解くための、一つの鍵(かぎ)があるように思う。

　チェーホフの考えによれば、芸術家がなすべきことは「問題の正しい提示」であって、決してその「解決」ではない（これは彼自身がある手紙の中で言っていることである）。『かわいい』の場合も、彼は女の姿を見事に「提示」したけれども、彼女の抱えた問題を「解決」するつもりはなかった。だからこそ、作者がこの主人公に対してどんな態度をとっているのか読者にはわからなくなり、じつに様々な解釈が出てくるのである。

　チェーホフがしばしば「無思想だ」とか、「冷たい」と非難されてきたのも、常に皮肉につき離すような距離を保ちながら対象を観察するという、こういった彼独特の姿勢ゆえのことだろう。人間の卑小な本質を見抜くチェーホフの鋭い観察眼は、ときに暖かさどころか、ある種の怖さを感じさせることさえある。チェーホフ以前のロシアで主流だった「人生の教師」といった作家像ほど、彼から遠いものはない。チェーホフの作品はその一つ一つが、時代の気分や雰囲気を精密に、断片的に反映する冷たいガラスのようなものだった。戯曲『かもめ』には、土手の上に落ちている割れた「瓶のくび」のきらめきだけでもう月夜の描写ができてしまう、という有名な台詞があるが、これはかなりの程度までチェーホフ自身の作品にもあてはまる。

『奥さんは小犬を連れて』――本当の生活はいつ始まるのか？

『奥さんは小犬を連れて』（従来の邦題は『（小）犬を連れた奥さん』）の書き方は『ワーニカ』とも『かわいい』とも違い、ごく些細な物も、心の小さな揺れも見逃さない、じつに繊細で緻密な描写が基本になっている。ヒロインのアンナ・セルゲーヴナが使っている柄つきメガネ（ロルネット）や、彼女がグーロフとおそらく最初の情事をもった部屋に置かれたスイカといったディテールの使い方もみごとだし、自分が不倫をしているという事態に慣れることができず、いつまでも初々しく「誰かに突然ドアをノックされでもしたような当惑」を感じているというヒロインの心理を描写する比喩も絶妙である。

　現実をありのままに描くリアリズムは、十九世紀ロシア小説の基本的な方法だったわけだが、チェーホフはそれをいわば極限まで推し進めた。だからこそ『奥さんは小犬を連れて』を読んだ後進の作家ゴーリキーが、チェーホフにこんな言葉を書き送ったのだった。「あなたは自分が何をしているか、ご存知ですか？　あなたはリアリズムを殺しているのです。あなたより先には、誰もこの道を行くことはできないでしょう」。実際、チェーホフが活躍した十九世紀末には、リアリズムは黄昏（たそがれ）の時を迎えていた。彼はリアリズム（写実主義）を超えて、シンボリズム（象徴主義）、インプレッショニズム（印象主義）を予感させるような地点にまで達していたのだといえるだろう。

海が荒れたせいで、汽船は遅れ、日が沈んでから到着した。そして、波止場に横付けするため向きを変えるのに、長いことかかった。アンナ・セルゲーヴナは、まるで知り合いを探すように、柄付きめがね（ロルネット）を通して汽船や乗客たちを見ていた。そしてグーロフのほうを向いたとき、その目は輝いていた。彼女は口数が多かったが、つぎつぎに繰り出す質問はとぎれとぎれで、自分でも何を聞いたのかすぐに忘れてしまうのだった。それから彼女は人ごみの中で柄付きめがねを失くした。

着飾った群衆は散っていき、もはや人影も見えなくなり、風はすっかり止んだ。しかし、グーロフとアンナ・セルゲーヴナは、まだ誰かが汽船から降りてくるのではないかと待つように、たたずんでいた。いまではアンナ・セルゲーヴナも口をつぐみ、グーロフのほうを見ないで、花の匂いをかいでいる。

「夕方になって、天気が少しよくなりましたね」と、彼は言った。「さて、どこに行きましょうか。馬車で遠出でもしませんか」

彼女は何とも答えなかった。

そのとき彼は、彼女をじっと見つめ、いきなり抱きしめ、唇にキスをした。花の香りとしずくに包まれた。しかし、すぐにびくびくしてあたりを見回した。誰かに見られなかっただろうか？

「あなたの部屋に行きましょう」そっと彼は言った。

そして二人は足早に歩き出した。

部屋は蒸し暑く、彼女が日本の雑貨を扱う店で買った香水の匂いがした。いま彼女を見つめながら、グーロフは思った。「人生にはいろんな出会いがあるもんだなあ！」心にとどめた過去の思い出の中には、恋に浮かれ、たとえ束の間にせよ幸せを与えてくれた男に対して感謝する、のんきで人のいい女たちがいた。それから、たとえば妻のように、余計なおしゃべりばかりし、気取っていて心がこもらない、ヒステリックな愛し方をし、まるでそれが愛や情熱ではなく、何かもっと意味深長なものであるかのような顔をする女たちもいた。さらには、二、三人、突然獰猛な表情というか、自分が与えられるものよりも多くを人生からつかみ取り、奪い取ってしまおうというしたたかな欲望を顔にひらめかせる女たちもいた。それは若さの盛りを過ぎた、気紛れな、あれこれ文句を言わない代わりに、男を支配しようとする頭の悪い女たちだった。こういった女たちへの気持ちが冷めてしまうと、その美しさがかえってグーロフの心に憎しみをかきたて、下着のレースがウロコのように見えた。

ところが、今度はいつまでたっても、うぶな若さにつきものの、おずおず、ぎくしゃくした様子や、ぎこちない感じが残っていた。まるで誰かに突然ドアをノックされたときのような、当惑した感じがあったのだ。アンナ・セルゲーヴナ、「あの小犬の奥さん」は、起こってしまったことに、なんだか特別な、とても深刻な、堕落に身を滅ぼしてしまったかのような態度を取った。確かにそんな様子に見え、それが奇妙で場違いだった。顔の輪郭はだらんと生気を失い、顔の両側には長い髪が垂れ、彼女は昔の絵に描かれた罪深い女（マグダラのマリア）のように物憂げな姿勢で考え込んだ。

「よくないわ」と、彼女は言った。「これであなたは、わたしを尊敬しない最初の人になってしまったのね」

部屋のテーブルの上には、スイカがあった。グーロフは一きれ切って、ゆっくり食べ始めた。少なくとも三十分が沈黙のうちに過ぎた。（『奥さんは小犬を連れて』）

ところで、『奥さんは小犬を連れて』が問いかけるものがあるとしたら、それはいったい何だろうか。普通のプロットを持った文学作品では、作中に中心となる事件が起こってそれでストーリーが盛り上がり、その結果としてなんらかの新しい局面を迎える。ところが、ここではグーロフとアンナ・セルゲーヴナの不倫の愛が展開しても、それ自体はまだ本当の人生ではない。そして結末に至って、ようやく、これから先、本当に素晴らしい生活があるかもしれない。それを探すための一歩が始まったばかりだ、ということが確認されるのだ。終わりの中に何かの始まりを予感させるような、こういったプロットの組み立て方自体、リアリズムの終局を見届けながら、何か新しい手法の誕生に立ち会うというチェーホフという作家自身のあり方によく似ている。チェーホフがここで問いかけているのは、本当の生活はいったいいつ始まるのか、ということだ。それは絶望と希望がまじりあった問いかけである。

チェーホフが描く登場人物たちの姿は、平凡な日常を生きながら、本当の生命の燃焼ができないで閉塞した状況に閉じ込められている現代人の姿に通じるものがある。しかし、チェーホフの世界には黄昏の絶望だけでなく、未来にはなにか素晴らしいユートピア的なものがあるのかもしれない、という一縷の望みがあり、それが遠くの灯火のようにほの見えている。この絶望と希望のみごとなバランスにこそ、チェーホフの本領があるといえるだろう。だからこそ、現代の私たちはチェーホフを読みながら、安易な楽観に酔わずに、しかし悲観の淵に沈むことなく、なんとか釣り合いを保って生きていこう、という静かな励ましにも似たメッセージを受け取るのではないだろうか。

読書案内

①『チェーホフ全集』再訂版、全十六巻、神西清・池田健太郎・原卓也訳、中央公論社、一九七六―一九七七年。チェーホフのすべての主要著作（小説、戯曲）だけでなく、書簡なども収めている。チェーホフに興味を持ったら、一度はこの全集を図書館で手にとってその全体像を眺めてほしい。『ワーニカ』は第六巻、『可愛い女』『犬を連れた奥さん』は第十一巻に収録。

②チェーホフ『かわいい女・犬を連れた奥さん 改版』小笠原豊樹訳、新潮文庫、二〇〇五年。全集ではなく、より簡便にチェーホフを読むには、各種文庫で代表的短編や戯曲が読める。この版は明晰（めいせき）でしなやかな新しい訳文が読みやすい。岩波文庫版の『可愛い女・犬を連れた奥さん』は少し古風ながら名文調の神西清訳。

③浦雅春『チェーホフ』岩波新書、二〇〇四年。気鋭のチェーホフ研究者による、斬新（ざんしん）な切り口からのチェーホフ入門書。無意味の深淵（しんえん）をのぞいた「非情」なチェーホフという新しい作家像が鮮やかに浮かび上がる。

④『新訳チェーホフ短篇集』沼野充義訳、集英社、二〇一〇年。本章で取り上げた三篇を含む計十三篇を集めた傑作選。それぞれの短篇に詳しい解説が添えられている。

⑤沼野充義『チェーホフ――七分の絶望と三分の希望』講談社、二〇一六年。

7 フローベール『ボヴァリー夫人』

工藤庸子

フローベール
(1821—1880)

本書では「国民文学」を代表するいくつかの長編小説をとりあげている。まずは「近代小説の起源」ともいえる『ドン・キホーテ』がスペイン、そしてイギリス文学からは『ジェイン・エア』という「恋愛小説」、ロシア文学の領域では「犯罪小説」でもあり「都市小説」でもある『罪と罰』、アメリカからは「孤児のような少年」である『ハックルベリー・フィンの冒険』という具合だが、こうして並べてみると、なるほど「国民性」と呼ばれる神話的なイメージが、たしかに存在するのだという気がしてくる。ここで、われこそはフランス文学と名乗りを挙げるのは「姦通小説」である。「恋愛小説」と「姦通小説」との違いは何かといえば、答えは簡単。前者はヒロインが結婚したところで終わるが、後者は出発点に、つまりドラマの前提に結婚という制度が存在する。

まずは『ボヴァリー夫人』(一八五七年)の社会的な設定を確認しておこう。ヒロインの父親は、片田舎に住む農民だが、都会の修道院の寄宿学校に一人娘を送って「お嬢様風」の教育を受けさせた。年頃になり家に帰って退屈しているところに、たまたまあらわれた適齢期の男性が、シャルル・ボヴァリーだった。こちらも小市民の出身で凡庸を絵に描いたような人物。風采もあがらず、医者といっても、格の低い「免許医」という資格である。これほどに見栄えのしない、ほとんど無にひとしい素材から、いかにしてフローベールは芸術としての「作品」を創造することができたのか。物語の内容や筋書きよりむしろ、小説の「書き方」そのものに注目しよう。

欲求不満と「ボヴァリスム」

第1部7章。なんの波乱もなく、そこそこの相手に嫁いで「ボヴァリー夫人」と呼ばれる身になってしまったヒロインは、新婚生活のなかで、得体の知れぬ不満や苛立ちを覚えるようになる。世間では「蜜月」などというけれど、情熱のときめきもない平穏な日々。いっそ旅に出られたらよかったのに。遠い彼方の海辺の別荘、スイスの山小屋、あるいはスコットランドの瀟洒な別荘に住めたら、などとエンマは愛の生活を夢想して、なぜ、かたわらに「裾の長い黒ビロードの上着に、先の尖った帽子をかぶり、柔らかい長靴をはき、袖飾りをつけた夫がいてはくれないのか！」と慨嘆する。なにしろシャルルは、こちらの気持を察してくれようともしない、彼の口から出る話といえば「歩道のように平々凡々」といった調子で、エンマの憤懣が延々二ページ以上にわたって書きつづられる。

シャルルの口から出る話といえば、歩道のように平々凡々、そこを世間の相場どおりの思想が、平服のままの一列縦隊で進んでゆくだけだから、感動も笑いも夢もありはしない。ルーアンに暮らしていたあいだ、パリから来た俳優を見に芝居へ行こうなどという酔狂は思いもよらなかった、と彼は言う。水泳も知らず、フェンシングもできず、ピストルも撃てない。ある日などは、エンマが小説のなかに出てくる馬術用語をきいたが、答えられなかった。

男とはそんな者ではないはずだ。知らぬこととてなく、競技百般に通じ、わきたぎる情熱の世界にも、洗練された生活の楽しみにも、あらゆる秘密への手引きをしてくれるべきものではなかろうか？　それなのにこの人はなにも教えてくれない。いや、そもそもなにも知っていないし、なにも望んでいない。彼はエンマを仕合わせだと信じている。しかしエンマには、彼がこんな安閑と落ち着いているのが、はればれと、しかも重々しく構えているのが、あげくは自分が彼に幸福を味わわせていることまでがくやしく思えるのだった。

（第１部７章／山田𣝣 訳、以下同）

引用の文章は大方が「自由間接話法」と呼ばれる文体で記されているのだが、この書き方の特徴は、語り手による客観的な記述という次元をはなれ、作中人物の内面から生まれる言葉を活き活きと再現することにある。初級文法では「〇〇は〈……〉と考えた（言った、等）」という間接話法の〈……〉の部分だけを採りだしたもの、などと説明することもあるのだが、じっさいには、フィクションの時空がいかに構築されてゆくか、テクスト上で「作中人物」と「語り手」と「読者」の相互関係はいかに調整されているか、という物語の本質にかかわる技法である。ここではひとまず「自由間接話法」で書かれた文章には、その言葉を発する者の語彙や構文の選択だけでなく、肉声の抑揚までが感じられる、と指摘しておこう。言葉に命が宿って脈打つような山田𣝣訳の絶妙なリズムを味わっていただきたい。

それにしても、新婚生活をめぐるエンマの夢想は、いくらなんでも現実離れしているのではないか。片田舎の農民の娘が、こんなおとぎ話のようなラヴ・ロマンスを思い描くのはなぜだろう。語り手は、これに先立つ章で、修道院の寄宿学校における教育について長々と報告している。少女たちは、どんな本を推薦図書としてあたえられ、どんな教科を学び、礼拝堂ではどのような宗教的陶酔を覚え、さらには、どんな甘ったるい安手の小説にこっそり読みふけるのか。ヒロインの抱える結婚生活への不適応という深刻な問題が、当時の女子教育に起因していると作者のフローベールが考えていたことはまちがいない。

ある批評家が、この小説を読み解く鍵として「ボヴァリスム」という概念を提案した。もちろん造語だが、今日では辞書にも登録されている。一言でいうなら、現にある自分とは違った自分を想像して、これを実現できない無力感に苛立つこと、と定義される。これが嵩ずると、人生に対する漠然として全面的な欲求不満のような症状があらわれるというのである。

「ボヴァリスム」による説明が、いわゆる「人物解釈」として説得的であることはまちがいない。エンマはまず、夫のシャルルに不満を覚え、気弱な青年レオンに思いをよせ、プレイボーイのロドルフの愛人となるのだが相手に裏切られ、その後に再会したレオンと逢(あ)い引きを重ねることになる。ところが、今度こそ、と思って異性の懐に飛び込んだエンマは、その都度、なぜか深く幻滅し、期待を裏切られたと感じてしまう。果てしなくつのる不満を、エンマは物欲を満たすことで、ごまかそうとする。そして村の金貸しに証文を書いては、無用な贅沢品(ぜいたくひん)を買いあさり、借金地獄にはまってゆく。そのプロセスは現代によくある、あの欲求不満の捌(は)け口としての消費行動、蟻地獄のようなカード社会のネットショッピングを思わせるものがあり、十九世紀半ばに書かれた小説が、市民社会の行き着く先を、よくぞ予見したものだと感心させられる。

恋のときめき、愛の陶酔をいかに描くか

しかしこの名高いヒロインは「ボヴァリスム」ゆえに読者の心を捉(とら)えたわけではないだろう。なるほどジェイン・エアと違ってエンマは美しくはあるけれど、じつは周囲の男たちとどっこいどっこいの、ごく凡庸な人間にすぎない。そもそも「姦通」や「服毒自殺」といった出来事も、ロビンソン・クルーソーの冒険などと異なり、世の中にはよくあることといえなくはない。とすれば、この小説が「名作」であるといわざるをえない根拠は、どこに見出(みいだ)されるものなのか。惹(ひ)かれあう男女の感情を、語り手があれこれと詳細に解説するのではなく、まさに言葉をともなわぬ甘美な印象のつらなりとして描いてゆく断章を

ていねいに読み解いてみよう。

ふたりは川沿いの道をとってヨンヴィルへ帰って行った。暑い時候のおりから、土手下の河原が広くなって、家々の庭の石垣が根もとまであらわれていた。石垣には段が四、五段、河原へおりている。川は音もなく、すいすいと、見る目にも涼しげに流れていた。細い丈長な草が、流れに押されるままに頭をそろえてなびき伏し、捨てられた緑色の髪のように、澄んだ水のなかに拡がっていた。ときたま、燈心草の先や睡蓮の葉に、細い肢の虫が歩いていたり、じっととまっていたりした。水面に砕けては寄せる小波の青い小さな泡を夕日が染めていた。枝のない柳の古木が灰色の樹皮を水に映していた。向こう岸一帯の牧場には人影もなく、農家はいま夕餉時だったから、歩いて行くこの若い女とつれの男の耳に聞こえるのは、小道の土を踏む自分たちの足音と、互いのかわす言葉と、エンマの身のまわりにさらさらと鳴るドレスの衣擦れの音ばかりだった。

瓶の破片をてっぺんに植えた道沿いの庭の塀は、温室の張りガラスのように温もっていた。煉瓦のあいだに生えたにおいあらせいとうを、ボヴァリー夫人が通りすがりに、開いた日傘の縁でさわると、しおれた花が二つ三つ、黄色い粉のようにはらはらと散った。ときにはまた、塀の外にたれた忍冬や牡丹蔓の枝が日傘の総にからまっては、しばらく絹地の上に遊んだりした。

ふたりは近くルーアンの劇場をおとずれる予定のスペイン舞踊団の話をした。

「いらっしゃいまして?」とエンマがきいた。

「行けましたら」とレオンは答えた。

ふたりはこんなことよりほかに話し合うことはなかったのだろうか。いや、ふたりの眼差(まなざし)はもっと熱っぽい語り合いに満ちていた。そして口先では努めて当たりさわりのない言葉をさぐりながら、うっとりした物思いが胸にせまるのをともどもに感じていた。それは、奥深い、たえまない魂のささやきに似て、口に出し耳に聞こえる声よりもいっそう強いものだった。ふたりはこの未知の甘美さに驚いたが、その感じを互いに告げ合おうともせず、その原因を見さだめようとも思わなかった。(第2部3章)

女の子を出産したばかりのエンマが、乳母にあずけた赤ちゃんに会いに行った帰り道。エスコートするのは、近所に住むレオン青年である。よりそって田舎の小道を歩む若い男女は、音もなく流れる小川や、流れのなかに髪の毛のように広がった丈長な草や、柳の古木などの自然にかこまれている。しかし描かれているのは、必ずしも登場人物たちが視野におさめた光景そのものではないようだ。睡蓮の葉のうえの小さな虫や、水中の泡などが、岸辺の小道を歩いている者の肉眼で見えるはずはないし、ボヴァリー夫人の日傘のうえに、はらはらと落ちかかる花びらも、腕を組んだ男女の目には入らない。繊細で震えるように

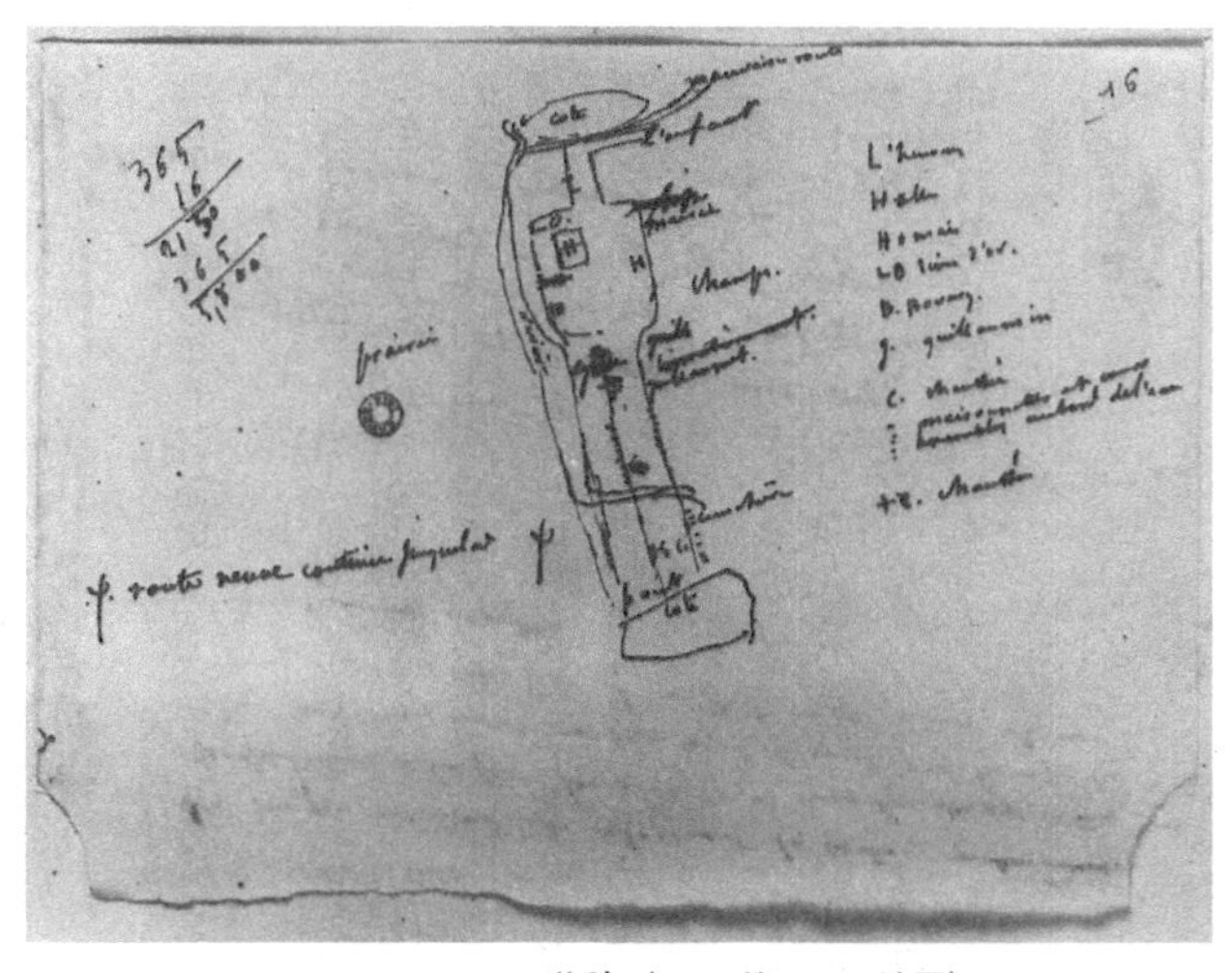

フローベールの草稿（ヨンヴィルの地図）

軽やかな事物は、夢想を誘うものとして、語り手が読者に差し出しているものなのかもしれない。初々しい感情に秘められた未知の甘美さを、第三者が客観的に分析するのではなく、読む者がひたひたと感じうるような印象の連鎖として、ただ提示してみせる。これがフローベールの編み出した描写の技なのである。

　エンマがレオンに惹かれながらも貞淑な妻という役割を演じつづけたために、青年は失望して村を去り、ますます鬱屈したエンマの前に、颯爽とした遊び人が登場する。そのロドルフがエンマを乗馬に誘い、森のなかで二人が結ばれる場面は、数ページにわたるのだが、十月の森を男女が散策する美しい断章は残念ながら省略する。

「ああ、もう少しのあいだ」とロドルフは言った。「帰らないでいましょう！　ここにいてください！」

彼はもっと先の小さな沼のふちへエンマを連れて行った。沼の水の上には浮き草が緑の色を点じていた。枯れた睡蓮が燈心草のあいだにじっと立っていた。草を踏むふたりの足音に、蛙がはねて水にかくれた。

「いけないことだわ、いけないことだわ」とエンマは言った。「あなたのおっしゃるままにこうしていつまでもいるなんて、わたしほんとうにどうかしてますわ」

「なぜです……エンマさん！　ああ、エンマ！」

「おお！　ロドルフ！……」と若い女は男の肩に身をもたせて、つぶやくように言った。ドレスのラシャが男の上着のビロードにからまった。エンマは溜息にふくらむ白い喉をのけぞらせた。そしてわなわなと際限なく身をふるわせ、気もそぞろに、涙ながらに、顔をおおって身をまかせた。

暮色が立ちこめてきた。枝のあいだをとおして、沈みかける日の光がエンマの目にまぶしかった。まわり一面いたるところ、木の葉のなかにも地上にも、まるで蜂雀が飛びながら羽を散らしたように、光の斑点がふるえていた。静かだった。しっとりとした気配が木々のなかからただよい出るようだった。彼女は心臓がまた規則正しく動悸を打ちはじめるのを感じ、血があたたかい牛乳の流れのように体内にめぐるのを感じた。そのとき、はるか遠く、森のかなたのどこか向こうの丘の上で、何とも知れぬ、長く尾を引く叫び声、哀調をおびた声が聞こえた。まだ興奮のさめやらぬ神経のふるえの余波にとけ込んでくるその声は、音楽のようにこころよく、彼女はしみじみと聞き入った。ロドルフは葉巻をくわえて、手綱の片方が切れたのを小刀でつくろっていた。

　ふたりは同じ道を通ってヨンヴィルに帰って行った。泥の上には自分たちの馬の蹄の跡が並んでついていた。往きと同じ灌木の茂み、草のなかには同じ石ころが見えた。まわりの物には何ひとつとして変化がない。しかもエンマにとっては、山が移動したよりももっとおそるべき一大事が突発したのだった。ロドルフはときどき身をかがめ、エンマの手を取って接吻した。

　馬上のエンマはすばらしかった。すらりとした上半身をしゃんと起こし、横乗りの片膝を馬の鬣の上に折り曲げ、夕映えのなかに、外気にふれた顔をほんのりと染めていた。

（第2部9章）

　エンマがレオンと歩いた小道の風景と呼応するものが、この場面の細部に宿っていることにお気づきだろう。流れる小川の水ではなく小さな沼の淀んだ水ではあるけれど、同じように、繊細な水辺の植物があり、静けさを際立たせる密かな物音がある。フローベール好みの、愛の予感に潤う空間である。

フローベールのテクストにおける「余白」の効果を絶賛したのは、『失われた時を求めて』の著者プルーストだが、この場面についても、みごとな「余白」の効果を指摘することができる。エンマが「顔をおおって身をまかせた」という報告のあとは改行し、時間が経過したことを暗示したのちに、「暮色が立ちこめてきた」という一文により、新たなシークエンスが導入される。ここでヒロインは初めて性の悦びの何たるかを深い感動とともに知ったのだろうが、その場面は割愛されている。そして快楽の余韻という水準で、エンマの身体感覚が記述されてゆくのである。木漏れ日のまぶしさは「蜂雀」にたとえられ、官能の陶酔は「血があたたかい牛乳の流れのように体内にめぐる」という比喩によって要約される。フローベールが推敲に推敲をかさねて創造した「愛の場面」は露骨さとは無縁である。

ボヴァリー裁判・姦通・ヒロインの死

『ボヴァリー夫人』が「公衆道徳および宗教に対する侮辱」という起訴理由で裁判にかけられたことは、ご存じの方もあるだろう。「公衆道徳」とは、いうまでもなく「姦通」にかかわる問題で、じつは「宗教に対する侮辱」も、これと深くかかわっている。「ボヴァリー裁判」の裁判記録は、十九世紀フランスの市民的な道徳とカトリック教会の存在感がどのようなものであったかを示す貴重な資料なのだが、ここでは「姦通と宗教」をめぐる議論をごく簡単に紹介しておきたい。

森のなかでロドルフと結ばれた日の夜、エンマは鏡にうつる自分の姿をながめながら、「わたしには恋人がある！　恋人がある！」と独白する。そして「かつて読んだ小説のヒロインたち」のことを思い、これら「邪恋の女たち」――フランス語では「姦通の女たち」femmes adultères――が姉妹のように感じられ、その一員となれた幸福に酔い痴れるのである。すでにご紹介したように、新婚時代の夢想からして、あれほど荒唐無稽にロマネスクだったのだから、こうした心の動きは予感できなくはないのだが、エンマの思いはさらに昂揚するのである。「そこにはまた復讐の快感もあった。あんなに苦しんできたのではないか！　それが今こそ自分は勝ったのだ。そしておさえにおさえた恋心は欣喜雀躍、沸きたぎる流れとなって一度にどっとほとばしり出た」

この段落は、裁判の際に「姦通の賛美」であり、賛美は「堕落そのものよりはるかに危険かつ不道徳なものだ」という厳しい批判をうける。司法の判断の根拠となっているのは、一八〇四年に編纂された民法、いわゆる「ナポレオン法典」であり、そこには貞操義務への違反としての「姦通」の罪状が定義されている。源泉となっているのは、当然のことながらキリスト教的な倫理観だろう。モーセの十戒にも「姦淫をしてはならない」とされており、この「姦淫」に当たるフランス語が adultère である。

十九世紀前半のフランスにおける代表的な「姦通小説」を二つ挙げるとすれば、スタンダールの『赤と黒』（一八三〇年）、バルザックの『谷間の百合』（一八三五年）ということになるだろうが、これらの作品のなかでは禁じられた恋を生きるヒロインが、宗教的な罪の意識をかかえている。一方で、ロマン主義の伝統のなかには「愛する権利」という考え方がある。それはたとえば、不幸な結婚を強いられた女性が、夫以外の男性に純粋な愛を捧げることに生き甲斐を見いだすというドラマの設定にも読みとれる。『赤と黒』のレナール夫人、『谷間の百合』のモルソフ夫人が、ともにこの系譜のヒロインであるのに対し、ボヴァリー夫人には、罪の意識も純愛の希求もないらしい。エンマが堂々と主張するのは、絶望的に平凡な結婚生活への復讐、救いがたく平板な日常へのリベンジとしての「姦通の権利」なのである。

すでに述べたように、エンマはカトリックの女子教育を受けているのだが、厳密な意味でキリスト教の信仰をもっていたかどうかは疑わしい。この時代、女性は「宗教感情」にひたることが好きなのだ、という定説があり、じつは「感情」のレヴェルで宗教を生きるという経験そのものが、世俗化の進む十九世紀の新しい風潮でもあった。お気づきの方もあろうが、今日では「スピリチュアリティ」という用語で括られる曖昧な霊的体験も、その延長上にある。ヒロインの「宗教感情」は修道院での日常的な体験のほか、愛人に裏切られて重い病におちいったとき、死期が迫ったのを感じて「終油の秘蹟（ひせき）」を受けるというエピソードなどで、念入りに描かれている。司祭の手から聖体のパンをいただくために「恍惚（こうこつ）として唇を差し出した」エンマは、その瞬間に、炎の翼をもつ天使や神の御姿（みすがた）など、美しい幻影を見たというのである。ボヴァリー裁判の検事は、このように「道ならぬ恋」と「神への祈り」を混同したようなヒロインの生き方、姦通の女がそのまま聖なる領域に迷い込んだような場面展開は赦（ゆる）しがたいと断罪した。

こうした良識的な批判に照らしてみると、ボヴァリー夫人の死の描き方が、どれほど違反的なものであったかが想像できる。あらためて確認しておきたいのだが、エンマが自殺をするのは、愛人に捨てられたためではないし、借金地獄もおそらく引き金にすぎない。人生そのものに、拒絶の意志をつきつけるための自死。これが神の教えに反する行為だという意識が当人にないことは明白なのだが、それでも臨終の場面では、宗教の存在が大きくクローズアップされている。死にゆく女は、カトリックの司祭が執り行う儀式をいかなる経験として生きるのか。

裁判においては、この場面の全体が、神聖荘厳なる儀式そのものに対する冒瀆（ぼうとく）であると断定されている。とりわけ「情痴にただれたイメージ」や「肉欲的なもの」を伴わせたという指摘に目をとめよう。じっさいエンマが司祭の差し出す十字架に口づけする様子は、こんなふうに描かれる――「エンマは渇した人のように首をさしのべ、『人となりたまう神（キリスト）』

の御像にぴったりと唇をつけ、まさに尽きようとする力のありたけをふるいおこして、生涯を通じての最も熱い愛の接吻をそこにしるした」。

当時、フランス人の大半は、自分がカトリック教徒であるという暗黙の了解のもとに生きていた。その時代にフローベールは、信仰によって救済される保証のない人間の死、司祭が臨席しているにもかかわらず苦悶のうちに破壊される肉体の死を、虚無の開示として描いてしまったのである。

読書案内

①フローベール『ボヴァリー夫人』（山田𣝣訳、河出文庫、二〇〇九年）。一九六五年の翻訳が文庫化されたものだが、原作への深い愛着と闊達（かったつ）な日本語という意味で、この訳者の版には格別の魅力がある。多くの名訳者が手がけた作品であるから、図書館、古書などで入手できる版を自由にえらび、通読してほしい。

②工藤庸子『恋愛小説のレトリック――『ボヴァリー夫人』を読む』（東京大学出版会、一九九八年）は、さらに批評的な領域に踏みこんでみようという人には手頃な入門書。松沢和宏『《ボヴァリー夫人》を読む――恋愛・金銭・デモクラシー』（岩波セミナーブックス、二〇〇四年）は、第一線の研究者による啓蒙書（けいもうしょ）。新しい批評の方法「生成論」を学ぶこともできる。『ボヴァリー夫人』における宗教の問題、裁判記録の分析については、以下を参照していただきたい。工藤庸子『近代ヨーロッパ宗教文化論――姦通小説・ナポレオン法典・政教分離』東京大学出版会、二〇一三年。

③『フローベール全集』全十巻、別巻一（筑摩書房、一九九八年）。一九六〇年代後半に編纂された全集の復刊。第一巻は伊吹武彦訳『ボヴァリー夫人』で「ボヴァリー裁判」の資料が添えられている。「別巻」は、六〇年代に輝いていた批評の最先端についての貴重な証言となっており、蓮實重彦による「解説」もふくめ、学問的な価値は色褪（いろあ）せていない。

④おそらくフランス文学のなかで『ボヴァリー夫人』ほどに研究教育の現場で熱く議論されてきた小説はないのだが、蓄積された膨大な解釈がある種の学問的な「権威」と化してしまったといえなくはない。たとえば——本書でもやっているように——「エンマ」といえば「ボヴァリスム」と返さずにはいられぬ定型的な思考法は、今や学校教育の「紋切型」となっている。

蓮實重彦『「ボヴァリー夫人」論』(筑摩書房、二〇一四年)が、読める限りの研究論文・研究書を読破して、それぞれの思考の厳密さを批判的に検証しながら独自の方法論を立ちあげるという途方もない力業に挑んだのは、アカデミズムの目に見えぬ「権威」から身をかわすための方策でもあったと思われる。しかし、まずはそうした話は抜きにして、八百ページの贅沢な論考を率直に楽しんでいただきたい。『ボヴァリー夫人』の印刷された文字のつらなる「テクスト的な現実」を凝視して、鮮やかな読解の技を繰りひろげてみせる『「ボヴァリー夫人」論』は、一貫して読むことの快楽を実践する書物なのである。

8 フローベール『純な心』

工藤庸子

フローベールは寡作だった。『ボヴァリー夫人』(一八五七年)、『サランボー』(一八六二年)、『感情教育』(一八六九年)、『聖アントワーヌの誘惑』(一八七四年)につづき、『純な心』をふくむ『三つの物語』が一八七七年に刊行されたが、一八八〇年に死去。『ブヴァールとペキュシェ』が未完の遺作となった。なにしろ彼は遅筆だった。一日中書斎にこもって一ページも書けない、半ページしか書けない、といった調子の愚痴や呪いの言葉を生涯にわたって親族や友人宛ての手紙に書きつけていた。彫琢(ちょうたく)された文章という意味で『純な心』は作家の到達点といえる。

言語による文化遺産を尊重するフランスには、日本から見ると羨(うらや)ましいほどに、古典文学の朗読を楽しむ習慣があるのだが、その素材として『純な心』はとくに好まれている。ペローの昔話もそうだが、もともと「物語」conte とは、声に出して読むことを想定した軽やかなジャンルなのである。作品は文庫本で数十ページの長さ。献身的な女中として生きた女の生涯が語られるのだが、「フェリシテ」(至福)という名の主人公は、不幸な生い立ちで容姿にもめぐまれず、そもそもヒロインとしての資質さえ欠いているように思われる。それゆえ『ジェイン・エア』や『ボヴァリー夫人』とちがって、主人公の名が作品の表題となることはない。一見したところ、これほどロマネスクな要素が欠落した物語はないのだが、その一方で、これが読者を感動させる作品として書かれたことはまちがいないのである。たっぷりとテクストを読んでいただこう。

「機械仕掛けの木の人形」のようなヒロイン？

幕開け。フェリシテの雇い主であるオーバン夫人の紹介と住居の間取り図、さらにフェリシテの生活ぶりと身体描写へと物語はテンポよく進んでゆく。

半世紀にわたり、ポン＝レヴェックの奥さんがたは、フェリシテのような女中をかかえたオーバン夫人をうらやましく思っていた。

一年にたった百フランの給料で、彼女は台所と家事のすべてをこなし、縫い物や洗濯をやり、火熨斗（ひのし）をかけ、馬に手綱をつけたり鶏を肥やしたりバターをつくったりするのもうまかった。それでいて女主人に忠実に仕えたのである。――じつのところ夫人は、あまり感じのいい人ではなかったのだけれど。

（中略）

彼女は夜明けとともに起き、欠かさずミサに列席し、夕暮れまで休みなく働くのだった。そして夕食がすむと、食器をきちんと片づけ、しっかり戸締まりをして、残り火を灰に埋め、暖炉のまえでロザリオを手にしたまま、うとうとしはじめる。買い物で値切るとなれば、彼女ほどに頑としてゆずらぬ者はない。きれい好きにかけても、彼女がぴかぴかに磨きあげた鍋釜は、よその女中たちを到底かなわぬという気にさせた。しまり屋の彼女は、ゆっくりと食べ、テーブルのうえのパン屑を指で拾うのだった。——十二斤もあるそのパンは、わざわざ自分用に焼いたもので、二十日はもつという代物(しろもの)だった。

いつの季節にも、インド更紗(さらさ)のスカーフを肩にかけ、ピンで背中に留めていた。頭巾ですっかり髪をおおい、灰色の靴下に赤いスカートをはき、胴着のうえには病院の看護婦のように胸当てのあるエプロンをつけていた。

顔は痩せぎすで、声は甲高い。二十五歳のときに四十ぐらいに見えた。五十をすぎたら、もう何歳か見当もつかなくなった。——しかも、いつも無口で、背筋をぴんと伸ばし、動作は測ったように正確で、まるで機械仕掛けの木の人形のようだった。


(工藤庸子 訳、以下同)


というわけで、女の色気や潤いとはおよそ縁のない年齢不詳の女中が主人公として登場した。『ドン・キホーテ』の章で話題にした「アンチ・ヒーロー」と異なり「アンチ・ヒロイン」という用語は——おそらくは、それなりの理由があって——文学研究の世界で市民権をもたないのだが、にもかかわらず、そう呼んでみたくなる。

フェリシテの干からびた身体の描写を踏み台にして「この女にも、人並みに、恋の物語はあった」という導入文が次章の冒頭におかれ、叙述は何十年も昔にさかのぼる。つまらぬ男に口説かれて本気になってしまったというだけの、世間によくある失恋の話だが、これが三ページほどで報告されたのち、土地を離れたフェリシテがたまたま出遭ったオーバン夫人に雇われて、物語の時間が順調にすべりだす。ポールとヴィルジニーという幼い子供たちの世話をするようになり、ようやくフェリシテは安らぎを見いだした。女中は子供たちが何か特別に「貴重な素材」でできているかのように愛おしみ、たえずキスをして奥さまに叱られたりするのだった。とりわけヴィルジニーは、その名にふさわしく清らかで美しい少女だった。このお嬢さまの成長を見守ることがフェリシテの生き甲斐になる。

「純な心」とは何か

『ボヴァリー夫人』の章でも話題にしたように、十九世紀フランスの小説を考察するときに、登場人物たちがどのような教育を受けたのか、とりわけ宗教について、どのような環境で何を学んだかという問題は、しばしば作品を読み解く鍵となる。宗教は生き方の指針となるだけでなく、エンマの臨終の場面が示唆するように、人間の死に方を決定するものでもあるからだ。フローベール自身は、典型的な懐疑論者であり、特別の儀式でもなければ教会に足をはこぶことはなかったが、だからといって宗教に無関心だったわけではない。それどころか、近代社会に宗教的なものがいかに位置づけられるのかという問いは、当時の知識人が直面せざるをえない哲学的な課題でもあった。『純な心』につづく『聖ジュリアン伝』は中世の聖者伝説、最後の『エロディアス』は新約聖書のエピソードを素材としたものであり、最晩年に完成された『三つの物語』がキリスト教の伝統を中心テーマとする三部作であることの意味は重い。

フェリシテは、幼いときから飢え死にしないために働いてきた人間だから、もともと教育というものを受けたことがない。もちろん文字も読めない。ヴィルジニーの「初聖体拝領」が近づき、お嬢さまのお伴（とも）をして教会に通うようになり、はじめてしかるべき宗教教育のお裾分け（すそわけ）にあずかったのである。「初聖体拝領」の儀式に参列する少女たちは、「キリストの花嫁」をあらわす純白のドレスとヴェールに身をつつむ。前章でボヴァリー夫人が聖体を拝受して宗教的な陶酔にひたるエピソードにふれたが、ここに描かれているのも、それに類似した「宗教感情」の昂揚（こうよう）である。

彼女は入口で膝をかがめてから、本堂の高い天井のした、二列に並んだ腰掛けのあいだを通ってすすみ、オーバン夫人の座席をひらいて坐ると、おもむろにあたりを見まわすのだった。

男の子たちは右手、女の子たちは左手に分かれて内陣の祭壇前の席をいっぱいに埋めていた。司祭は書見台（しょけんだい）の近くに立っている。後陣のステンドグラスには、聖母マリアの頭上を舞う精霊が描かれており、幼子イエスのまえでひざまずく聖母を描いたものもある。聖櫃（せいひつ）のうしろには木彫りの群像があり、龍を退治する聖ミカエルをあらわしていた。

司祭はまず、聖書の物語をかいつまんで話してくれた。天国や、大洪水や、バベルの塔や、炎につつまれる町や、滅びゆく民や、打ち倒された偶像が、まざまざと見えるような気がした。そして彼女は、この目くるめく経験から、天にまします神を尊び、その怒りを畏（おそ）れることを学びとった。ついでキリストの受難を聞いて、彼女は泣いた。なぜ人々は、あの方を十字架に架けたのだろう？　子どもたちを慈しみ、群衆に食べ物をあたえ、盲（めしい）を癒し、優しいお心ゆえに、貧しい者たちのなか、馬小屋の藁のうえにお生まれになった方なのに。種まき、取り入れ、ぶどう搾（しぼ）り器など、福音書に語られる日々のものごとは、いずれも自分の身のまわりにあるではないか。神が地上に降臨なされてから、それらが神聖なものとなったのである。神の子羊イエスを愛するがゆえに子羊が、精霊ゆえに鳩が、いっそう愛（いと）おしいと彼女には思われるのだった。

精霊がどんな姿をしているか、想像することはむずかしかった。それは小鳥だというが、燃える炎でもあって、ときには一陣の風ともなるというのだから。もしかしたら沼の岸辺で夜中にふわふわ飛ぶのは精霊の光、厚い雲を追いちらすのも精霊の息吹、鐘の音を殷々と響かせるのも精霊の声ということか。彼女はこうして、建物のひんやりした感覚と教会の静けさに心地よくつつまれたまま、神を敬愛する思いに浸されるのだった。

いっぽう教義の話になると、かいもく解らなかったが、そもそも解ろうともしなかっだった。

た。司祭は延々としゃべり、子どもたちはひたすら復誦し、彼女はついに眠りこむ。はっと目覚めたときには、子どもたちが木靴の音を床石のうえに響かせて退散するところだった。

　こんな具合に、ひたすら耳をかたむけているうちに、彼女は教理問答をやっと修得した。幼いときにしっかり宗教教育を受けたことがないのである。今や彼女はヴィルジニーのお勤めをことごとく真似るようになり、同じように金曜日は肉を断ち、いっしょに告解に行ったりするのだった。聖体の祝日にはふたりして、行列の通り道に仮祭壇をこしらえた。

　ヴィルジニーの初聖体拝領のことが、前々から心配でならなかった。靴のこと、お数珠のこと、祈禱書のこと、手袋のことなどで、いちいち気をもんだ。母親が着付けをするときには、どんなにふるえおののきながら、お手伝いしたことか！

　ミサのあいだじゅう、不安で胸がしめつけられるようだった。ブーレさんが邪魔になって、祭壇前の席がよく見えない。でも正面には、ヴェールをおろし頭に白い冠をのせた少女たちの一団がいて、まるで雪におおわれた原っぱのようだった。そして可愛いお嬢さまの姿は、だれよりも華奢な首筋とひとしお敬虔な様子から、遠くにいてもそれとわかるのだった。鐘の音が鳴った。みなが頭を垂れた。静寂が訪れた。オルガンが響きわたり、聖歌隊と会衆一同が「神の子羊（アニュス・ディ）」を朗誦した。それから少年たちが列になってすすみでた。つづいて少女たちが立ち上がった。一歩一歩、両手を合わせて、光に照らされた祭壇に近づいてゆき、壇の一段目にひざまずいて、おのおの聖体を拝領すると、そのまま列をくずさず、祈禱台にもどる。ヴィルジニーの番になったとき、フェリシテは身をのりだして見つめたのだった。本当に心優しい者だけがもつ想像力のおかげだろう、彼女は自分がそのまま少女であるかのような気持になった。少女の姿が自分の姿にかさなって、少女の服が自分をつつみ、少女の心臓が自分の胸で高鳴っていた。目を閉じて唇を開けた瞬間に、気が遠くなるような感じにおそわれた。

　翌日、彼女は早起きをして教会の聖具室におもむいた。司祭さまに頼んで聖体を拝領するためだ。深い信心をこめて頂いたのだけれど、同じような喜悦を味わうことはできなかった。

　ご覧のようにエピソードには、いささか皮肉なオチがついている。フェリシテは聖体を拝受するヴィルジニーの身になって、想像力のなかで架空の聖体をいただいたときには「気が遠くなる」ほどの陶酔におそわれる。ところが、翌日、わざわざ司祭さまにお願いして、自分で本物の聖体をいただいたときには、どうも感動できなかったというのである。カトリック教会で定めた「秘蹟（ひせき）」と呼ばれる神秘の体験を、素朴な庶民がいかに生きるのか。物語を構成している目に見えぬ語り手の、微妙な距離感と共感の振幅を推し測っていただきたい。注目されるのは「本当に心優しい者だけがもつ想像力」のおかげで、お嬢さまに一体化するという心の動きが、ついには「少女の服が自分をつつみ、少女の心臓が自分の胸で高鳴る」という生々しい身体感覚にまで実体化されたとき、ふいに恍惚感が訪れるという記述の具体性である。しかもこの「本当に心優しい者だけがもつ想像力」は、かならずしも「宗教感情」に由来するものではないように思われる。

『純な心』*Un Cœur simple* の cœur は、英語なら「ハート」だが、日本語の「心」という言葉には収まらぬ聖俗両面のゆたかな意味をもつ。パリの教会建築の「サクレ＝クール」(聖心)という名称がイエスの人類に対する愛を象徴する心臓の図像も指すことは、ご存じの方も多いだろう。simple という言葉にも、おそらく「素朴」というだけでなく、福音書でいう「心貧しき者」というニュアンスがこめられている。「機械仕掛けの木の人形」のような女中の胸には、純粋な愛の宿る心が秘められ、温かい心臓が脈打っている。ドラマの主役は、この「純な心」である。

鸚鵡と「キッチュ」

その「純な心」に試練が訪れる。子供たちが成長すると、まずポールがはなれた町の中学校に入学し、ヴィルジニーは修道院付属の寄宿学校に送られる。すっかり寂しくなったフェリシテは、偶然のことから再会した姉の息子をわが子のように可愛がる。逞しい少年ヴィクトルは船乗りになるが、カリブ海の島でぽっくり死んでしまい、不幸に追い打ちをかけるように、今度はヴィルジニーが肺病のために他界する。フェリシテにとって、この世でもっとも大切な二つの若い命が奪われてしまったのである。

娘の死を嘆き悲しむ奥さまをささえ、機会があれば慈善の奉仕活動をつとめ、なんとか気をまぎらせていたフェリシテの日常が、にわかに明るくなったのは、一羽の鸚鵡(おうむ)が登場したおかげだった。遠いカリブの海で生まれた鸚鵡は、近所の住人からゆずりうけたものだが、甥(おい)の思い出にもつながるような気がして、フェリシテはあふれるほどの愛情をそそぐ。鸚鵡の名はルルー、胴はグリーン、翼は薔薇(ばら)色(いろ)、額はブルー、胸は黄金である。

外の空気を吸わせようと、鸚鵡を芝生のうえにおいて、彼女は一瞬、その場をはなれた。もどってみると鸚鵡がいない！　まずは茂みのなか、川縁(かわべり)、そして屋根のうえまで捜してみた。「気をつけなさいよ！　あぶないじゃないの！」と叫ぶご主人の声にも耳を貸そうとしなかった。それからポン＝レヴェックの庭という庭を片端から探索した。通りがかりの人を呼び止めては「ひょっとして、もしかしたら、うちの鸚鵡を見かけませんでしたかね？」と聞いてみる。鸚鵡など見たこともないという人には、その姿形を説明するのである。突然、丘のふもとの水車小屋のむこうに、なにか緑色のものが飛んでいるような気がした。しかし丘にのぼってみると、そんなものは影も形もない！　行商の小間物屋が、したり顔に、つい今しがたムレーヌにあるシモンのかみさんの店で、そいつを見かけたと教えてくれた。すぐに駆けつけてみた。が、いったいなんの話か、わけがわからないといわれてしまった。こうして彼女は疲れ果て、古靴をぼろぼろにして、しょんぼりともどってきた。そして奥さまとならんでベンチのまんなかに坐り、どんなふうに捜しまわったかを、のこらず報告していたら、そのとき、肩のうえに軽やかにとまったものがある。ルルー！　いったいぜんたい、なにをやっていたの？　その辺を散歩していたとでもいうつもりかしら？

このときの心労から彼女はなかなか回復しなかった、いやむしろ、ついに回復しなかった。

ひどい寒気がして、それから喉頭炎になり、しばらくすると耳の具合がわるくなった。三年後には、耳が聞こえなくなった。そのため教会のなかですら、大声で話をするのだった。彼女が告白する罪などは、本人にとっても不名誉というほどのものではなく、世間にとって不都合な話というのでもなかったから、かりに司教区のすみずみまで知れわたっても、いっこうにかまわないともいえた。それでも司祭さまは、告解をさせるときには聖具室に招じ入れたほうが無難だろうと考えた。

しまいに彼女は、ぶんぶんという幻聴に悩まされるようになった。しばしばご主人はこういった、——「まったく！　なんてお馬鹿さんなの！」するとと彼女は「はい、奥さま」と答えて、なにか身の回りのものを捜すのだった。

もともと広いとはいえぬ思考の回路が、いよいよ狭まっていった。もはや教会の鐘の音も牡牛の鳴き声も存在しなかった。生きるものすべてが、さながら亡霊のように音もなくうごきまわっているのだった。今では耳にとどく物音はただひとつ、鸚鵡の声だけである。

鸚鵡は彼女に気晴らしをさせようとでもいうように、柱時計の軸が回るチクタクという音や、魚売りの甲高い呼び声や、向かいの家に住む指物師が鋸を引く音を真似してみせた。玄関の鈴が鳴ると、オーバン夫人そっくりに叫ぶ、――「フェリシテ！　ホラ、オキャク！　オキャク！」

鸚鵡と彼女のあいだには対話がなりたっていた。鸚鵡は十八番の三つばかりの台詞をあきることなくくり返し、彼女のほうは、いっそうとりとめのない言葉で、これに応じるのだが、そこには真心がこめられていた。ルルーは孤独な彼女の人生で、ほとんど息子のような、恋人のような存在だった。彼女の指をよじのぼったり、唇を甘く噛んでみたり、スカーフにしがみついたりする。そして彼女が、赤子をあやす乳母のように頭をゆらしながら額を寄せると、頭巾の比翼と鳥の翼がひとつになって、うちふるえるのだった。

雲行きが怪しくなって雷が鳴ったりすると、鸚鵡は叫び声をあげた。故郷の森のスコールを思い出すのだろう。雨水が小川のように流れるとますます興奮がつのる。狂ったように飛びまわり、天井にまで舞いあがり、なんでもひっくり返し、ついには窓から飛び出して、庭でバシャバシャ水浴びをする。が、じきにもどってきて、暖炉の薪台にとまり、尾っぽとくちばしをかわるがわるこちらに向けながら、ぴょんぴょん跳ねて羽を乾かすのだった。

一八三七年の厳しい冬のことだった。ある朝、あまり寒いので鸚鵡を暖炉のそばにおいたままにしたのだが、見ると鸚鵡は籠のまんなかで、爪を金網に引っかけ、逆さ向きになって死んでいた。もしかして、うっ血でも起こして死んでしまったのだろうか？パセリの毒にやられたのかもしれない、と彼女は考えた。そしてなんの証拠もないのに、ファビュに嫌疑をかけた。

彼女があまり泣くものだから、ついにご主人がこういった、――「だったら、剝製にしたらいいわ！」

彼女は薬屋に相談をもちかけた。鸚鵡にはいつも親切にしてくれた人だったから。

彼はル・アーヴルに手紙で問い合わせてくれた。フェラシエなる人物が仕事を引きうけることになった。しかし、乗合馬車で荷物を送ると、なくなってしまうこともあるというので、わざわざ彼女がオンフルールまでもってゆくことにした。

葉の落ちたりんごの木が、街道沿いにどこまでもつづいていた。溝には氷が張っている。農家のまわりでは、犬が吠えている。短いマントに両手をかくし、小さな黒い木靴をはいて手提げ籠をかかえ、彼女は石畳の道のまんなかを足早にあるいていた。

森をぬけ、オー＝シェーヌをこえてサン＝ガシアンにさしかかった。

彼女の後方で、土埃をまきあげながら、郵便馬車が下り坂で勢いをまして、全速力で疾風のように迫ってきた。御者は女が動じる気配もないのを見て、幌から身をのりだし仁王立ちになった。先頭の馬にまたがる二番手の御者も大声で怒鳴っていたが、あいかわらず四頭の馬は抑えが効かず、速度はますばかりだった。二頭の馬が女をかすめた。御者は手綱を横ざまに引き、馬が路肩につっこむような具合にやりすごしたが、思わずかっとなって腕を高く上げ、力いっぱい大きな鞭をふりおろした。その一撃で腹からうなじまで、したたかに打たれ、彼女はその場にのけぞって倒れた。

意識がもどってきたとき、彼女は真っ先に籠を開けてみた。ルルーは、ありがたいことに無事だった。右の頬が焼けるように痛かった。両手でさわってみたら真っ赤になった。血が流れている。

彼女は道ばたに積まれた砂利のうえに腰をおろし、ハンカチで顔をぬぐい、それからパンのかけらを口に入れた。念のために籠に入れておいたのである。鳥をじっと見つめていると、怪我のつらさも慰められた。

エクモーヴィルの丘までくると、オンフルールの灯火（ともしび）が見えた。夜空の星屑のようにきらめいている。その向こうには、おぼろげに広がる海があった。ふと、心がくずおれて足が止まった。子どものころのみじめさ、初恋の幻滅、甥の船出、ヴィルジニーの死去、そうした思い出が、押しよせる高波のように一挙に甦り、胸の奥からぐっとなにかがこみあげて、息がつまるようだった。

それから彼女は、船の船長に会ってじかに話すことにした。送る荷の中身にはふれず、くれぐれも宜しくと念を押した。

フェラシェは、鸚鵡をながいこと手元においたままだった。いつ聞いても、来週には必ず、と約束する。六ヶ月がすぎて、小包を発送するとの報せがとどいた。そのあとは、ぱったり音沙汰がない。ルルーは金輪際もどってこないとでもいうのだろうか。「あの人たちに盗まれたちゃったのかしら！」と彼女は考えた。

やっとのことで、鸚鵡が帰ってきた——素晴らしい出来栄えだった。マホガニーの台座に留めた木の枝のうえで胸を張り、片脚をもちあげて、首をかしげ、胡桃をくちばしにくわえているのだが、剥製屋はどうやら派手好きらしく、この胡桃が金色に塗ってある。

彼女は鸚鵡を自分の部屋にしまいこんだ。

耳が聞こえなくなったフェリシテと茶目っ気のある鸚鵡との果てしないおしゃべりとい

い、死んだルルーを剝製(はくせい)にする話といい、今日であれば「ペット依存症」などという言葉が引き合いに出されそうではないか。ただしフェリシテの場合、自分の孤独をいやすために、何かの代償として身近な動物に執着するというのではない。オーバン夫人との関係にも見られるように、それは無償の愛と献身であり、愛着の強靭(きょうじん)さも尋常ではないのである。「機械仕掛けの木の人形」のような女中が、ときにヒロイン的な崇高さに至るとしたら、その動機は「純な心」に秘められている。

「キッチュ」という言葉をご存じだろうか。一見したところ、ちょっと俗悪で装飾過多で多少グロテスクなもの、と説明できる。美意識の変遷という観点からすると、十九世紀の半ばにその萌芽(ほうが)が見られ、現代日本の漫画文化にまでつながっているという。フローベールのなかには、先駆的な「キッチュ」の感覚が、たしかにあったと思われるのだ。ドイツ語起源だといわれるこの言葉は、もちろん当時のフランス語にはないのだが、『ボヴァリー夫人』を執筆していたころから、「もの哀しいグロテスク」とか、あるいはこれも多少もの哀しいところのある「金ぴかのものの詩情」などという言い回しで、新しい美意識を語ることがあった。

そうしたわけで、金色の胡桃をくわえてふんぞり返った色鮮やかな剝製の鸚鵡が、どこかポストモダン的で「キッチュ」な風情をたたえていることはご理解いただけよう。この剝製をフェリシテは、自分の部屋にしまいこむ。女中が人に見せようとしない屋根裏の密室はどのようなものか。それは神聖な「チャペル」と俗っぽい「バザール」が相半ばするような空間だと説明されている。バザールは広場などの露天で開かれるガラクタ市というイメージだろう。つづく長い段落には、延々とガラクタのリストが記されている。水入れの壺、櫛が二つ、縁のかけた皿にのった空色の石鹸、これらはベッドの傍らの小さなテーブルのうえにあり、一方、壁際には、お数珠、聖人の像を刻んだメダル、いくつかの聖母像、椰子の実でできた聖水盤などが置かれている。整理箪笥には祭壇のように白いシーツがかけてあり、ここに愛しい者たちの思い出の品や遺品がならんでいる。ヴィクトルがお土産にくれた貝殻細工の箱、幼いポールとヴィルジニーの持ち物だった如雨露や風船、書き方のノート、版画入りの地理の本、そして小さなブーツ。鏡の留め金には、少女のビロードの帽子がリボンでひっかけてある！　と、なぜか羅列の大詰めには、感嘆符までついている。この賑やかな部屋の暖炉のそばに特別の台をしつらえて、鸚鵡が安置された。

神秘としての死を描く

聖なるものと俗悪なものが無秩序に充満する屋根裏部屋は、いかにも「純な心」に似つかわしい。フェリシテは相変わらず熱心に教会に通っているが、鳥のかたちをして現れるとされる「精霊」のことが気にかかって仕方がない。鳩の姿をしているというけれど、たまたま見つけたイエスの洗礼のエピナル版画では、精霊の羽は深紅で胴はエメラルド色。

ルルーにそっくりではないか。だいいち、鳩は鸚鵡とちがって言葉を話さない、精霊はきっと鸚鵡なのだ、というのがフェリシテの理屈だった。彼女は、そのありがたい版画を買いこみ、そちらに向かってお祈りをした。すると自然に鸚鵡のほうに体が向いてしまうのだった。やがて奥さまが亡くなり、いよいよ孤独になったフェリシテは、もはや買い手もつかぬ古い屋敷で信心深い日々を送っている。いつしか鸚鵡に祈る「偶像崇拝」の習慣が身についた。「ときたま天窓から陽光がもれてくると、これが鸚鵡のガラスの目玉に当たり、まばゆい光がほとばしる、そして彼女は恍惚となる」のである。

ついにフェリシテの命が尽きるときがやってくる。結末まで通してお読みいただこう。

牧草地から夏の匂いがはこばれてくる。羽虫はぶんぶんと音を立てている。太陽が小川の水をきらめかせ、スレート屋根を温めている。シモンのかみさんは部屋にもどると、静かにまどろんだ。

鐘の音で目がさめた。夕べの祈りがおわり、教会から人びとが出てくるところだった。フェリシテのうわごとは、すっかりおさまった。行列のことを考えると、自分がそのあとにつきしたがっているかのように、まざまざとその光景が見えてくる。

学校の児童全員と、聖歌隊員や消防士たちが両脇の歩道をあゆんでゆく。道のまんなかをすすむ者たちの先頭には、矛槍（ほこやり）をかついだ教会の守衛、大きな十字架をささげもつ堂守、腕白どもを監督する学校の先生、少女たちの世話を焼く修道女。なかでもいちばん可愛らしい三人の少女が、髪を天使のようにカールさせ、薔薇の花びらを空中にまきちらす。助祭は両腕をひろげて音楽の指揮をとっている。そしてふたりの香炉係は、一足ごとに聖体のほうをふり返る。四人の教会幹事にかつがれた深紅のビロードの天蓋のしたで、正装の司祭がその聖体をささげもつ。そのうしろには、家々の壁にかけられた白い垂れ幕のあいだを、人の波が押し合いながら流れていった。こうして一行は丘のふもとに到着した。

フェリシテのこめかみに冷たい汗がにじんでいた。シモンおばさんは、布きれでぬぐってやりながら、いずれは自分もこうなるのだと考えた。

群衆のざわめきが近づいてきて、しばし大きな物音が聞こえ、また遠のいていった。空砲が窓ガラスをふるわせた。御者たちが聖体顕示台に敬意を表したのである。フェリシテは目をきょろつかせ、できるだけ声を張りあげていった。

「あれ、いい具合かしら?」鸚鵡が気がかりなのである。

臨終の苦しみがはじまった。あえぎ声がせわしくなり、脇腹が波打った。唇の脇から泡があふれ、全身がふるえていた。

まもなくラッパのうなるような音や、子どもたちの澄んだ声、男たちの重々しい声がはっきり耳にとどいた。ときおり、こうした音や声がぴたりと止んでしまうことがある。

すると、まき散らされた花びらで和らげられた足音が、まるで芝草をふむ羊の群れの音のように、ざわざわと聞こえてくるのだった。

中庭に司祭たちの姿があらわれた。シモンおばさんは、椅子にのぼって円窓に身をよせた。こうすると祭壇をすっかり見おろすことができる。

緑の葉飾りが、イギリス編みのレースにおおわれた祭壇にかかっていた。中央には聖遺物をおさめた小さな筐（はこ）があり、祭壇の角にはオレンジの木が二本、縁にそって銀の燭台と磁器の花瓶がいくつもおかれ、ひまわり、百合、牡丹、ジキタリス、あじさいの花の房などが勢いよくあふれだしている。このあでやかな色彩の山は、祭壇の上部からなだれ落ちるようにして、敷石にひろげられた絨毯にまで達していた。いくつかの珍奇な品々が人目を惹いた。金めっきの砂糖壺は、すみれの王冠を頭にいだき、アランソン名産の切り子の水晶細工は、苔のうえで輝いており、二枚折りの中国の屏風には山水が描かれていた。ルルーは薔薇の花のしたにかくされて、青い額だけが見えており、それは群青色の石、ラピスラズリのようだった。

教会幹事たち、聖歌隊員たち、子どもたちが、中庭を三方からかこむように整列した。司祭がゆっくりと段をのぼり、祭壇のレースのうえに、大きな黄金の太陽をかたどった聖体顕示台がおかれると、まばゆいばかりに輝いた。一同はひざまずいた。しんと静まりかえった。吊り香炉が大きく左右にゆられ、鎖のうえですべっていた。

香の青い煙が、フェリシテの部屋にまで立ちのぼった。彼女は鼻孔をさしだすようにして、神秘の愉悦をおぼえながら、それを吸いこんだ。それから、まぶたを閉じた。唇は微笑んでいた。心臓の鼓動は、ひとつ、またひとつ、と間遠になってゆくのだが、そのつど、いっそう捉えがたく、いっそう穏やかになった。泉の水が涸れるように、谺が消えてゆくように。こうして最期の息を吐いたとき、なかば開かれた天空に、巨大な鸚鵡が一羽、頭上に翼をひろげているような気がしたのだった。

珍奇な品々をあふれるように飾った祭壇の描写など、どことなく「キッチュ」な雰囲気もただよっているが、もともと「キッチュ」とは冷徹で否定的な美意識ではない。司祭や町の信徒たちがたたずむ中庭、聖体が安置された祭壇、これを見おろす位置にある屋根裏部屋、まっすぐに立ちのぼる香の煙、ベッドに横たわる老いた女中、その肉体から今や抜け出してゆこうとする「純な心」という一連のイメージは、さらなる天空の高みに飛翔するはずの精霊をめざし、静謐で崇高な上昇運動を作り出している。『聖ジュリアン伝』の結末や、多くの名画に描かれた聖人の輝かしい昇天の場面を思いだしていただこう。フェリシテの死は、神聖なもののパロディにすぎないのだろうか。そうではあるまい。フェリシテの最期を見届ける語り手の視線には、お嬢さまの「初聖体拝領」を見守る女中を見習うかのように「本当に心優しい者だけがもつ想像力」が宿っているように思われる。

読書案内

①フローベール『三つの物語』（山田九郎訳、岩波文庫、一九四〇年）は、さすがに日本語がやや古風だと思われるかもしれない。最も新しい翻訳フロベール『三つの物語』（太田浩一訳、福武文庫、一九九一年）も、すでに品切れとなっている。さかのぼれば多くの版があるので、図書館や古書市場で探していただきたい。

②ジュリアン・バーンズ『フロベールの鸚鵡』（斎藤昌三訳、白水社、一九八九年）は、フローベールが『純な心』を執筆したときに手元に置いていたとされる鸚鵡の剝製をめぐる謎を追う。イギリスの作家による小説なのだが、フィクションでありながら、高級で機知にとんだフローベール論ともなっている。

9 ハーマン・メルヴィル『書写人バートルビー』

柴田元幸

ハーマン・メルヴィル
(1819—1891)

一八一九年生まれのハーマン・メルヴィルは、今日でこそ世界文学に名を残す大作家ということになっているが、『書写人バートルビー』を発表した一八五三年当時は、すでに世間から忘れられつつある作家だった。南洋で食人種と共に暮らした体験に基づくデビュー作『タイピー』（一八四六年）は好評を博したものの、その後、次第に内容が思索的・哲学的になっていくにつれて一般読者から見放されていき、畢生（ひっせい）の大作『白鯨』（一八五一年）も反響は冷淡だったし、読者獲得を狙って当時流行の家族小説に手を染めた『ピエール』（一八五二年）も持ち前の思索志向を抑えられず相当に難解かつ陰惨な小説となってしまい、評判も散々で、メルヴィルが発狂したと断じる書評まで現われた。以後、メルヴィルは急速に過去の人となっていき、一八九一年に他界した時点では、若いころ何冊か海洋小説を書いた作家、程度の報道がごく簡単になされたにすぎなかった。彼の真価が広く認められるのは、アメリカ文化の遺産を見直そうとする流れが生じた一九二〇年代を待たねばならなかった。

そんなわけで、法律文書の書写以外はいっさいやろうとせず、次第にそれすらやらなくなってしまい、最後は食べることさえやめてしまう不思議な男の物語『書写人バートルビー』の主人公に、作者メルヴィルの幻滅を読みとる読者も、以前はかなり多かった。とはいえ、作者の伝記的事実に還元してわかったような気になるには、この『バートルビー』という作品、あまりに不可解である。その不可解さゆえ、発表されて一六〇年以上経ったいまも、研究者から新しい解釈を誘発しつづけ、一般読者を戸惑わせ、不安にし、そして魅了しつづけている。

「動かない人」バートルビー

まず、ざっとストーリーを追っておこう。舞台はニューヨークのウォール街、時代はおそらく一八四〇年代末か、一八五〇年代初頭、アメリカの金融の中心がフィラデルフィアからニューヨークに移行しつつあった時期である。語り手は、その新しい時代の中心地で、法律事務所を営む弁護士。二人の書写人（当時、法律事務所の仕事のかなりの部分は、文書をひたすら書き写すことで占められた）と、使い走りの少年を一人雇って、そこそこに繁盛した商売をしていたが、さらに人手が必要となって、もう一名書写人を雇うことにする。こうして雇われたのが、バートルビーだった。

バートルビーは当初から、書写以外の仕事を言いつけられても、すべて「そうしない方が好ましいのです」（I prefer not to）と言っていっさいやろうとしない。何とも不可解な働き手なのである。

はじめのうち、バートルビーは驚くべき量の書写を行なった。書き写すべきものに長いこと飢えていたかのように、私の与える書類を貪り喰らわんばかりの勢いであった。消化のために手を休めたりもしない。日夜休みなく運行を続け、陽光の下で書写し、蠟燭の光を頼りに書写した。これでもっと陽気に仕事に励んでくれていたなら、その熱心さに私としても大満足だったであろう。だが彼は無言のまま、生気なく、機械的に書きつづけた。

言うまでもなく、書き写した文書の正確さを一語一語点検することは、書写人の仕事の欠かせぬ一環である。一般に、書写人が複数勤務している場合は、一方が写しを読み上げ一方が原文を手に持ち、協力して点検するのが慣わしである。これはひどく退屈で、くたびれる、盛り上がりを欠く作業である。血の気の多い気性の持ち主には凡そ耐え難い作業であることは容易に想像がつく。例えばあの血気盛んな詩人バイロンが、バートルビーと一緒に座って、ちまちました筆跡で書かれた五百ページに及ぶ法律文書を、嫌がりもせず吟味したとは到底思えない。

時折、仕事が忙しいときなど、短い文書であれば、ターキーかニッパーズを呼び入れて自分でこの作業を手伝うのが私の習慣であった。衝立のうしろの便利な位置にバートルビーを据えたのも、ひとつにはこういうちょっとした場合に起用するのが狙いであった。確か彼を雇って三日目だったと思うが、未だ彼自身の書写を点検する必要が生じる前のこと、手元の小さな書類を急いで片付ける必要に迫られて、私はさっそくバートルビーを呼んだ。何しろ急いでいたし、当然相手は言われた通りに動くものと決めてかかっていたから、座ったまま、机の上に置いた原文の上に屈み込んで、衝立の奥から出てきたバートルビーが直ちにそれを受け取って作業を始められるようにと、写しを持った右手をせかせかと横に突き出した。

　正にそういう姿勢で、私は彼に声をかけ、早口で要求を伝えた。この短い文書を私と一緒に点検せよ、と。私の驚きを、否、驚愕を想像してほしい。何とバートルビーは、衝立の奥から動きもせず、不思議と穏やかな、きっぱりした口調で「そうしない方が好ましいのです」と答えたのである。

　私は、しばし言葉を失ったまま、唖然として停止している頭を叱咤した。すぐに浮かんだのは、こっちが聞き間違えたのだ、でなければバートルビーが私の意向を勘違いしたのだという思いであった。そこで、この上なく明瞭な言い方で私は要求を繰り返した。だが等しく明瞭な言い方で、さっきの「そうしない方が好ましいのです」という答えが返ってきた。

「そうしない方が好ましい」と私は鸚鵡返しに言いながらカッとなって立ち上がり、大股で部屋の向こう側に歩いていった。「どういう意味だ？　気でも狂ったのか？　さあ、この書類を点検するのを手伝うんだ。受け取りたまえ」私は紙を彼の方に突き出した。

「そうしない方が好ましいのです」と彼は言った。

　私はじっと彼を見た。ほっそり痩せた顔、灰色の瞳は翳りある落着きを湛えている。気が昂ぶっている様子は微塵もない。あれでほんの少しでも、不安、怒り、苛立ち、不遜などがその物腰から感じられたなら、要するに少しでも人並みに人間らしさが漂っていたなら、私は間違いなく彼を叩き出していたことだろう。だが実際には、そうしようという気は、事務所に飾られたキケロの青白い焼き石膏の像を追い出す気にならぬのと同様、まるで起こらなかった。私はしばし立ちつくし、黙々と書写を続けているバートルビーに見入っていたが、やがて自分の机に戻った。何と奇妙なことか。どうしたらいいのか？　だが仕事は急を要する。この問題はひとまず忘れて、あとでまたゆっくり考えることにした。隣の部屋からニッパーズを呼んで、大急ぎで書類を点検した。

（柴田元幸訳、以下同）

しかもこの男、どうやら休日にもどこへも行かず、事務所に文字どおり住みついているらしい。だがまあ、書写の仕事だけは熱心にやるからということで、雇い主である語り手も大目に見ているが、やがてバートルビーは、書写の仕事さえ拒むようになり、ひたすら事務所の窓の外の壁を見つめて過ごすばかりになり、雇い主としてはいよいよ追い出さざるをえなくなってくるが、まさに暖簾に腕押し、何を言ってもいっさい反応のない相手にそう手荒な真似もできない。というわけで、何と自分が事務所を移ってしまう。結局バートルビーは、新しく事務所へ移ってきた人たちの手で、「墓場」と渾名されたニューヨークの牢獄に入れられ、そこでついには食べることも拒むようになり、壁に向きあったまま死んでいく……。

このように、バートルビーは徹底して「動かない人」である。普通、アメリカ文学の大きな特徴といえば、「動くこと」がほとんど無根拠に肯定されるという事実がまず真っ先に挙げられるし、どの小説でも人々は実際よく動く（ハックルベリー・フィンはミシシッピ川を筏で移動するし、メルヴィル自身の『白鯨』の船乗りたちなどはまさに七つの海をめぐっていく）。その中で、おそらくはアメリカ文学史における最重要短篇であるこの『バートルビー』が、まったく動かない人をめぐる物語であることは興味深い。「移動」が肯定されるという傾向は、アメリカにおいては自分というものも一から与えられるのではなく自ら作り上げるものだという通念とおそらく結びついている（要するに、物理的移動と社会的移動はたがいに関連しあっている）が、そうしたアメリカ的な自己創造の理念に、『バートルビー』という作品は、本当にそんなことが可能なのか、という疑問符をつきつけているように思える。

都市小説としての『バートルビー』

そうした文脈だけで考えるなら、この作品が、たとえばこのさらに五十年前にも書かれたとしても不思議はないことになる。だがやはり、『バートルビー』のような作品が書かれるには、十九世紀前半からなかばにかけてアメリカという国がどんどん都市化していき、個人の無名性ということが大きな問題になっていくという事態が生じる必要があったと思われる。次のような一節は、都市生活の孤独というテーマをいち早く捉えている。

にもかかわらず、私の心は安らがなかった。落着かぬ好奇心に駆られて、結局私は事務所に戻っていった。鍵は邪魔もなく鍵穴に収まった。私はドアを開けて中に入った。バートルビーの姿はどこにもなかった。私は不安な思いであたりを見回し、衝立の向こうを覗き込んだ。だが彼がいなくなったことは明らかだった。室内をもっと詳しく調べてみた結果、どうやら相当の期間バートルビーがこの事務所で食事し、身支度し、眠っていたものと――それも皿も鏡もベッドもなしに――私は推測した。隅に置かれたぐらぐらの古いソファの、クッションを入れた座部には、細身の体が横たわった凹みがうっすら残っていた。バートルビーの机の下には、毛布を巻いて仕舞ってあるのが見つかった。空っぽの火格子の下には靴墨とブラシ、椅子の上には石鹸とぼろぼろのタオルを入れたブリキの洗面器。ジンジャーナッツのかけら幾つかとチーズ一切れが新聞紙に包んであった。そう、間違いない、バートルビーはここを塒とし、一人で独身者の館を取り仕切っていたのだ。そしてすぐさま、私の胸に思いが湧いてきた。何と惨めな、友もなき寂しい人生がここに露呈していることか！　貧しさもさることながら、その孤独の何と恐ろしいことか！　考えてみてほしい。日曜になると、ウォール街はペトラのように

荒涼としている。他の日も皆、夜になれば空っぽそのものである。平日の昼間には勤労と生命に漲るこの建物も、夜が訪れるとともに底なしの空虚が谺を響かせ、日曜日ともなれば終始殺伐としている。そしてここをバートルビーは我が家にしているのだ。かつては人に溢れていた寂しき場を一人見守る者として——無垢なる、変身せるマリウスが、カルタゴの廃墟に囲まれて物思いに沈む！

生まれて初めて、圧倒的な、刺すような憂いの気分が私を襲った。それまで私は、快いとすら言える程度の哀しみしか味わったことがなかった。人間たることの共通の絆が、今や私を陰鬱な想念に導いていった。友愛ゆえの憂い！　私もバートルビーも、ともにアダムの子なのだ。その日目にした、白鳥の如く着飾って、ブロードウェーの大河を流れるように下っていく、艶やかな絹や光り輝く顔の数々を私は思い出した。そうした眺めを、青白い顔の書写人と対照させて、独り私は思った。ああ、幸福は光を招く、ゆえに我々は世界は華やかだと思い込む、だが不幸は人目につかぬ場に隠れる、ゆえに我々は不幸などというものは存在しないと思い込むのだ……。そんな物哀しい夢想が——明らかに、病める愚かな頭脳の産んだ幻影だったに違いない——バートルビーの奇癖をめぐる更なる想いにつながっていった。奇怪な発見の予感が、私の周りに漂っていた。かの書写人の青白い体が、彼のことなど一顧だにせぬ人々の只中に、震える屍衣に包まれて横たえられている情景が目に浮かんだ。

（中略）

こうした一切に思いを巡らし、彼が私の事務所に恒常的に居住しているという新発見の事実をそれらと組み合わせ、あの病的な陰気さも忘れずに付け加えてみると、ひとつの分別ある考えがだんだんと頭に湧いてきた。さっきまず私を捉えたのは、混じり気なしの憂い、掛け値なしに誠実な同情であった。が、バートルビーの寄るべなさが、私の想像力のなかでどんどん膨（ふく）らんでいくにつれて、その憂いは恐怖に、同情は嫌悪に溶け込んでいったのである。不幸を見たり想ったりすることは、ある一定の程度までは、我々の内なる最良の感情を引き出す。だが、もっと特別な、一線を越えてしまった不幸の場合にはもうそうではなくなる。誠に真なる、そして誠におぞましい事実と言う他ない。これも皆、人間の心というものが元来利己的に出来ているからだと説く人もいるが、それは間違っている。これはむしろ、あまりに大きな、根っから身に染みついた不幸を是正してやれぬゆえの無力感から来ているのである。繊細な人間にとっては、同情が苦痛と化さぬことはめったにない。そうした同情が、実効力ある援助につながり得ぬことが遂に明らかになると、健全な常識は魂に、その同情を取り除くべしと命じるのである。その朝目にしたものは、かの書写人が生来（せいらい）の、不治の病を患っていることを私に確信させた。彼の体に施しを与えることは私にもできよう。だが彼を苦しめているのは体ではない。病んでいるのは彼の魂なのだ。魂に届くことはできない。

バートルビーの過去について、雇い主はほとんど何も知らない。バートルビーの死後、ワシントンで配達不能文書を扱う仕事をしていたらしい、という噂を耳にするものの、それとて決して定かではないし、かりにその通りだったとしても、それが書写をやめ食べることさえやめた、というその後の行動（というか行動の欠如）を説明しているかどうかもわからない（おそらくしていないだろう）。

だが、都会に住んでいる限り、我々は街ですれ違うほとんどすべての人間について、雇い主がバートルビーについて何も知らないのとまったく同じように、何も知らないのである。伝統的な、小さな共同体であれば、一人ひとりが「誰それの家の一人息子」とか「川向こうのお屋敷のご隠居さん」とかいったように、いわばたがいがたがいに対して定冠詞的な（すなわち、英語でいえば the がつく）存在だが、都市にあっては、人はほとんどみな不定冠詞的（the ではなく a, an がつく）存在でしかない。

十九世紀半ばのアメリカ作家たちは、都市が生み出す人間のこうした新しいありように敏感に反応した。ナサニエル・ホーソーンは、妻の元を離れて隣の通りに部屋を借り、誰にも気づかれることなく二十年間過ごす男の奇妙な話『ウェイクフィールド』を一八三五年に発表した（ちなみに、現代アルゼンチンの作家エドゥアルド・ベルティが書いたパロディ『ウェイクフィールドの妻』では、妻ははじめから夫の居場所に気づいている、というさらに奇妙な話になっている)(読書案内③)。エドガー・アラン・ポーは一八四〇年代に、探偵小説という、まさに人がたがいに不定冠詞的な、不透明な存在になって初めて成立するジャンルを発明した。

『バートルビー』もそうした「都市小説」というジャンルに位置づけることができるだろう。そうしてみると、「ウォール・ストリート」という実在の地名にしても、「壁の街」、と都市生活の閉塞性(へいそくせい)を表わす象徴的な名前に思えてくる。バートルビーが入れられる刑務所の、「墓場」(the Tombs)というこれまた実在の俗称にしてもしかり。日曜のウォール街を語り手が廃墟(はいきょ)にたとえた一節など、大都市が誕生して間もない時期に、作者メルヴィルが、一気に都市文明の終わりまで幻視しているような印象すら受ける。

生きることの意味を問う

「都市の空気は自由にする」と、中世ドイツでは言われたわけだが、近代の大都市の空気は人を不透明にし、かつ、壁の中に閉じ込める。だが、それにしても、そのなかで人はある程度の自由を享受できるはずだし、ある程度たがいにわかりあえるはずではないのか。たとえば「バートルビー」にしても、ほかの誰一人バートルビーを理解できなくても、語り手だけは彼を理解できた、という話にすることも可能だったはずである。実際、以前はその偽善的物言い・功利主義ゆえに批判的に読まれることの多かった語り手だが、素直に読めば、他人のためにこれだけ尽くし、これだけ他人を理解しようと努力する人間はそういない。どこの世界に、使用人を追い出すのが嫌で、自分が出ていってしまう雇用主がいるだろう？　にもかかわらず、彼にはついにバートルビーという人間が理解できない――そして、我々読者も。

むろん、理解できないことであっても、どうでもいいことと、どうでもよくないことがある。ある猫がなぜある時点である通りを渡るのか、理解できる人はほとんどいないだろう。だがほとんどの人にとってそれはどうでもいいことだから、べつにそれが問題にはならない。ところが、バートルビーに関しては、なぜか読み手は、彼を理解したいという欲求に駆られ、理解しなくてはいけないのではないかという負い目を感じてしまうのである。

なぜか？　その答えは一人ひとり違うだろうが、ひとつのありうる答えとして、働かないこと、動かないこと、食べないことによって――要するに、生きないことによって――働くことと動くことと食べることの意味は何なのか？　生きることの意味は何なのか？　という問いをバートルビーが我々につきつけているから、ということは言えるだろう。そして言うまでもなく、我々はみな、生きることは意味あることだというふりをして日々を生きているけれども、実は誰も、生きることの意味など知りはしないのである。

バートルビーの末裔

その後、世界文学は、「食べない人」をめぐる傑作を少なくとも二つ生み出した。ひとつはノルウェーの作家クヌット・ハムスンの『飢え』(一八九〇年)、もうひとつはフランツ・カフカの短篇『断食芸人』(一九二二年)(第13章参照)。前者はつねに飢えを抱えて都市をさまよう若者の物語であり、後者は単に「自分に合った食べ物を見つけることができなかった」ゆえに断食するのが一番自然だった男の物語である。もちろんどちらも『バートルビー』とは趣を異にする作品だが、つきつめて考えれば、生きていくことに意味はあるのか、という問いにいずれは行き当たらざるをえない作品だと言えるだろう。これら三つの傑作を読む経験を通過したなら、おそらく世界の見え方は、少なからず違ったものになるだろう——それが、健全な社会生活を営む足しになるかどうかは保証できないけれど。

読書案内

①ハーマン・メルヴィル『書写人バートルビー』柴田元幸訳、『アメリカン・マスターピース 古典篇』スイッチ・パブリッシング、二〇一三年。

②ハーマン・メルヴィル『白鯨』千石英世訳、講談社文芸文庫、二〇〇〇年／八木敏雄訳、岩波文庫、二〇〇四年。「世界に意味はあるのか」という問いをいわばゼロの側から考えたのが『バートルビー』だとすれば、『白鯨』はそれを無限の側から考えようとする。小説の約束事を破りまくるスケールは圧巻。

③ナサニエル・ホーソーン、エドゥアルド・ベルティ『ウェイクフィールド／ウェイクフィールドの妻』柴田元幸、青木健史訳、新潮社、二〇〇四年。古典を女性の視点から語り直す、というのはたいてい興ざめだが、これは非常に斬新(ざんしん)。

マーク・トウェイン
(1835—1910)

10 マーク・トウェイン『ハックルベリー・フィンの冒険』

柴田元幸

アメリカ文学は伝統的に、孤児に惹(ひ)かれる文学である。貧しい靴磨きの少年の成功物語として広く読まれた、ホレイショー・アルジャーの『ぼろ着のディック』(一八六七年)のように文字通りの孤児をめぐる物語もあれば、F・スコット・フィッツジェラルドの『グレート・ギャツビー』(一九二五年)のように、いわば親がいないことにして一から自分を創造しようとする人物の話もある。メルヴィルの『白鯨』(一八五一年)の捕鯨船ピークォッド号の乗組員たちも、その大半は"isolato"(孤立者)たることを自負する一匹狼である(だからこそ、実はエイハブ船長には妻も子もいるのだと述べたくだりは、何度読んでも驚かされる)。アメリカという、個人が世界に丸腰で向きあうことをロマンチックに捉(とら)えがちな国ならではの傾向だろう。

マーク・トウェインの名作『ハックルベリー・フィンの冒険』のハックも、厳密な意味での孤児ではないが、母はいないし、父は時おりハックに金をせびりにくるだけの酒飲みの乱暴者である。『ハックルベリー・フィンの冒険』におけるハックの「冒険」は、彼が父親から逃れるところから本格的にはじまる。ハックもまた、限りなく孤児に近い存在だと言えるだろう。では、この丸腰の孤児は、どのように世界と向きあっているのだろうか。

求心的な孤児／遠心的な孤児

こうした孤児あるいは孤児志願者たちは、大きく二つのタイプに分けることができるだろう。ひとつは、社会へ取り込まれることをめざす、いわば求心的な孤児たち。裕福な紳士たちに助けられながら、「ぼろ着のディック」から立派な青年リチャードへと変身していくディックなどはその典型であり（「ディック」はリチャードの愛称であり、「リチャード」と呼ぶ方が立派そうに聞こえる）、愛する女性を取り戻すために地位と財産を築くギャツビーもこのグループに入れることができる。

そしてもう一方で、彼らを社会化しようとする人たちから逃れて、社会の外へ外へ出ようとする遠心的な孤児たちがいる。こちらは、陸の世界の束縛を嫌う『白鯨』の語り手イシュメールや、彼を養子にし、文明化する（この作品では sivilize と綴られる——綴りが間違っているのは語り手ハックが文明化を嫌っていることの表われ）ことを目論む人々から逃げつづけるハックがその典型である。ある意味では、ディックやギャツビーは孤児でなくなろうと努力し、イシュメールやハックはより孤児であろうとするとも言える。

こうした二つの傾向は、アメリカ文学、あるいはアメリカ的精神に深く根を下ろした二つの思いの端的な表われだと言ってよいだろう。すなわち、社会に取り込まれよう、成功の梯子をのぼろうとする姿勢は、しばしば「アメリカン・ドリーム」と呼ばれる、アメリカでは努力しさえすれば誰でも成功できるはずだという理念を映し出しているし、逆に外へ外へ向かおうとする傾向は、「文明」をうとましく思い「自然」や「荒野」に憧れる心性を反映している。ミシシッピの川沿いの自然を、少年の素朴な語りによって生き生きと語る『ハックルベリー・フィンの冒険』は、後者の心性の最良の表現にほかならない。もし、アメリカ小説の中でもっともアメリカ小説らしい情景をひとつ選べと言われたら、多くの人が、ハック・フィンが逃亡黒人奴隷のジムと二人で筏に乗ってミシシッピを下る情景を選ぶにちがいない。

それからおれたちは、ひざくらいのふかさの、砂っぽい川ぞこに腰をおろして、夜があけるのをながめた。どこからも、なんの音もしない——しーんとしずまりかえって、まるで世界じゅうがねむってるみたいだ。せいぜい、ときどきウシガエルがゲコゲコッと鳴くだけ。川のむこうに目をやると、まずみえてくるのは、なんかこう、どんよりくもったみたいな線で、これはむこう側の森だ。ほかはまだ何もみわけがつかない。それから、空に、ほんのり白っぽいところが出てくる。やがてその白っぽさがいちめんにひろがっていく。じきに川の色も、とおくのほうからやわらいできて、もうまっ黒じゃなく、灰色がかってくる。ちいさな黒っぽい点々が、ずうっと先のほうをゆっくりながれ

てるのがみえる。商売でつかってる平底船とかだ。それに、ほそながい黒いたてじま、こっちはいかだだ。ときおり、オールがぎぃっと鳴るのが聞こえる。それと、いろんな声がまじりあった音も。何しろすごくしずかだから、音はすごくとおくからとどく。そのうちにぽちぽち、水面に一本の縞がみえて、その縞の様子から、急流のなかに流木がしずんでいて、そこで流れがぶつかりあうせいでそんなふうに縞がみえるんだとわかる。それから、水面からもやが渦をまいてのぼっていくのがみえてきて、東の空が赤くそまって、川も赤くそまって、それから、川のむこう側の土手の先、森のはしっこに、丸太小屋が一軒みえてくる。たぶんそのへんは薪置き場なんだけど、インチキな奴らが薪をつんでるもんだから、犬が一匹なげこめそうなくらいおっきなすきまがあいてる。そのうちに、きもちのいい風がふいてきて、川のむこうからあおいでくれる。すごくひんやりとしていてさわやかで、森や花のおかげで匂いもステキだ。だけどときどき、そうじゃないこともある。だれかが魚の死骸を、ダツとかそういう魚の死骸をそこらへんに捨てていったりしたからで、これはそうとう臭う。そうこうするうちにすっかり夜もあけて、何もかもが陽をあびてニコニコほほえみ、ウタドリたちがめいっぱいうたう！

　この時間になるとちょっとくらい煙をたててもきづかれないから、釣り糸にかかった魚を何びきかはずしてアツアツの朝めしをつくった。それから川のさびしさをながめながら、のんびりすすんでいって、そのうちうとうとねむってしまう。またそのうち目をさまして、なんで目がさめたんだろうとおもってみてみると、蒸気船が上流に、こほこほセキでもするみたいにのぼっていくんだけど、ずっとむこうっ側を走ってるもんだから、船の外輪がうしろについてるか横っ腹についてるかくらいはわかるけどそれ以上は何もわからない。それから、一時間ばかり、何も聞こえないし何もみえなくて、ずっしり手にとれるようなさみしさがあるだけ。と、いかだがひとつ、ずっと向こうのほうですうっと流れていくのがみえて、どっかのおっさんがそのうえで薪をわってたりする。おちいかだのうえってたいていだれかが薪わってるんだよな。斧がきらっとひかって、それがみえていくのがみえる——音は何もきこえない。また斧があがるのがみえて、それがおっさんの頭のうえにもちあがるころに、カチャンク！と音がきこえる。音が水のうえをわたってくるのにそれだけかかったわけで。そんなふうにおれたち、のんびり静けさに耳をすましながら一日をすごしてた。あるとき、濃い霧がでて、とおりすがるいかだやら何やらがみんな、蒸気船にぶつけられないようブリキなべをがんがんたたいてた。平底船だかいかだだかがすぐそばをとおっていって、しゃべったりアクタイついたりわらったりするのがはっきりきこえるくらい近かったんだけど、姿はぜんぜんみえないんだ。なんだか薄気味わるかった。なんかまるっきり、亡霊たちが空中でさわいでるみたいで。あれはぜったい亡霊だとおもう、とジムはいった。でもおれは、こうこたえた——

「ちがうよ、亡霊が『まいったぜ、ひでぇ霧だなぁ』なんていうもんか」

（柴田元幸 訳、以下同）

マーク・トウェインの少年時代、蒸気船の水先案内人は子供たちの憧れの職業だったし、川はいまだ見ぬ外の世界に通じる夢と神秘の径路だった。マーク・トウェインはそうした川の情景をあくまでリアルに描くことで、そこに神話的な奥行きを与えている。

自然と文明

だが、この小説が発表された一八八〇年代なかば、そうした美しい自然はすでに失われつつあった。一八六〇年代に南北戦争が起こり、工業化に向かいつつあった北部が、いまだ農業中心だった南部に対し勝利を収めたこともあって、十九世紀後半のアメリカは急速に工業化・都市化していった。マーク・トウェインがハックの口を借りて愛情を込めて書いた自然描写も、彼が子供のころ知っていた一八三〇〜四〇年代のミズーリの、いまや姿を消しつつある自然のそれだった。

実際、『ハックルベリー・フィンの冒険』の中でも、ハックとジムは、いつも筏に乗って川を下っているわけではない。二人はその途中でさまざまな人々に出会い、ある時は陸に上がって、ジムを平気で売り飛ばそうとする人々や、無意味な殺し合いに明け暮れる人々とかかわらなければならない。むろんそうしたかかわりあいがあるからこそ、ハックルベリー・フィンの「冒険」も生まれる。いつもジムと二人の理想的な擬似家族で自己完結していられたら、牧歌にはなりえても、物語にはなりえない。『ハックルベリー・フィンの冒険』という作品は、美しい自然描写に貫かれた牧歌的・非物語的な要素と、おおむね醜悪な文明社会とのかかわりを描く小説的・物語的な要素とが交互に現われることで成り立っている。

そのなかで興味深いのが、「文明」とかかわっているとき、ハックがほとんどつねに、偽名を使い、他人になりすましていることである。女の子に化けたり、偽貴族の従者を演じたり、最後にはトム・ソーヤーと名乗ったり。むろんそこから生じるさまざまなドタバタが愉快な物語を生んだりもするわけだが、それだけでなく、おそらくハックは、自分の中の真に自分である部分、自然の中でのみさらすことのできる本当の自分を護るために、文明と接する際にはつねに何らかの仮面をかぶらざるをえないのだろう。

奴隷制

ハックは逃亡奴隷ジムとともに、ミシシッピ川にそってミズーリとイリノイの州境を下っていく。そして、ミシシッピがオハイオ川と交わる町ケイロまで来たらオハイオ川を北上しようと目論む。オハイオを経て、カナダまで行けば、ジムは晴れて自由の身となれるのだ。だが、いよいよケイロにさしかかったところで、作者トウェインは、霧によってハックとジムの視界を奪い、ケイロで川と川が交差する地点を見失わせ、奴隷制がむしろより苛酷な深南部へと二人を向かわせるという展開を選んだ。これはどういうことだろうか。

　この本を書きはじめた当初、トウェインは、『トム・ソーヤーの冒険』の気楽な続篇を書くつもりでいた。もし『ハックルベリー・フィンの冒険』がそのような本にとどまっていたなら、ハックとジムが自由めざして北上するという設定も可能だっただろう。だが、書き進めていくうちに、作品が持つ、自分でも気づいていなかった真剣な可能性にトウェインは目覚めていった。最初は迷信に囚われた喜劇的な人物でしかなかったジムは、だんだんとハックと対等の存在になっていき、さらには、ハックの飲んだくれの父親に代わる真の父親として、他人を人間らしく扱うというのはどういうことなのか、身をもってハックに示すようになる。そうやって新たに現われてきた、より真剣な『ハックルベリー・フィンの冒険』にあっては、ジムが奴隷でなくなるという設定は本当らしくなかった。ミシシッピを下る旅を二人に続けさせるなかで、トウェインは、奴隷制の現実に直面したのである。彼がこの本を書いたのは南北戦争後であり、制度としての奴隷制はすでに過去のものだったが、精神としての奴隷制は、あるいは奴隷制をはじめとする差別や非寛容や偏見は、まだいくらでも残っていることをトウェインは感じていたにちがいない（それらはいまも残っている——どころか、二十一世紀に入って以来ますますひどくなっているとすら言えるかもしれない）。

より真剣な『ハックルベリー・フィンの冒険』を書き進めるのは、しかし、決して容易な作業ではなかった。ケイロを過ぎて南部に入っていくあたりで、いつもは筆の速いマーク・トウェインが、にわかに書けなくなってしまった。一八七六年、執筆は中断され、ふたたび本格的に続きを書くには、七年の歳月が必要だった。そしてハックは、ジムが逃げて自由の身となるのを助けるか、持ち主の元に返すかをめぐってさんざん思い悩む。

おれもいったんは、どうせドレイでいなくちゃならないんなら、家族がいるところでドレイでいたほうがジムにとってもずっといい、だからトム・ソーヤーに手紙をかいてジムの居場所をミス・ワトソンにしらせてくれってたのもう、そうおもった。でも、ふたつあって、それはあっさりやめた。まず、ミス・ワトソンは、にげたジムを恩しらずの悪党だとおもってカンカンにおこるだろうから、またさっさとジムを川下に売りとばそうとするだろう。万一そうしないとしても、恩しらずの黒んぼなんて、とうぜんみんなに見下されるから、ジムは明けてもくれてもそのことをおもいしらされて、ああおれはロクでもないやつだ、もうみんなからもみはなされた、とおもってしまうだろう。それにおれはどうなる！　ハック・フィンは黒んぼが自由になるのをたすけたんだ、とみんなにしれわたるだろう。あの町の人間に出あったら、おれはじぶんを恥じて、ひざまずいてそいつのブーツをなめなくちゃって気になるだろう。いつだってそうなんだ——

人間、わるいことをする、でもそこからつぎに起きることには責任とりたくないんだ。かくれてさえいれば、べつに恥じゃないさっておもう。おれの厄介もまさにそういうことだ。こうしてかんがえればかんがえるほど、おれの良心はおれをぎりぎりいじめて、おれはますます、ああおれはわるいやつだ、悪党だ、ロクでもないやつだっておもった。そしてとうとう、おれはハッとおもった。これはぜったい、神さまがおれの顔をひっぱたいて、おまえの悪党ぶりは天からずうっとみてるんだぞってしらせてるんだ。おれに何もひどい仕打ちなんかしたことない罪のないバアさんの黒んぼを盗んだおれに、いつだってすべておみとおしなんだぞ、もうこれ以上そういう浅ましいまねはゆるさないぞ、そういってるんだとおもって、おれはものすごくこわくなってあやうくぶったおれそうになった。で、なんとかすこしは罪をかるくしようと、おれってうまれつき悪党ですから、だからおれがよわいってばっかりじゃないんです、といってみた。でもやっぱり、おれのなかの、何かがいっていた――「日曜学校だって、おまえ、いこうとおもえばいけたんだぞ。いってたら、あの黒んぼのことでおまえみたいなまねするやつは永遠の炎の責め苦にあうっておそわったはずなんだぞ」

おれはぶるっとみぶるいした。いのろう、そうしたらもうこんな悪党じゃなくてもっといい人間になれるかも、とおもった。だからおれはひざまずいた。でもことばが出てこなかった。どうしてだろう。神さまからかくれようったってむりなんだ。それに、おれじしんからだってかくれられやしない。どうしてことばが出てこないか、おれにはよくわかった。おれの心がまがってるからだ。おれがまともじゃないからだ。オモテとウラとでちがったまねしてるからだ。オモテでは罪をやめますとかいっといて、ずっと奥のほうでは、最高におおきな罪にしがみついてる。ただしいおこない、きよらかなおこないをします、黒んぼのもちぬしに手紙をかいて居場所をしらせますって口ではいおうとしてるけど、心の底では、そんなのウソだっておれにはわかってる。神さまだってわかってる。ウソをいのることなんかできない――おれはそのことをおもいしった。

そんなわけで、おれはもうこまりきってしまった。どうしたらいいかわからなかった。やっとのことで、ひとつおもいついた。まず手紙をかくんだ。そのあと、いのれるかどうかやってみよう。びっくりしたね、そうおもっただけでいっぺんに、羽みたいにかるい気分になって、くよくよしたおもいがあっさりきえた。で、すごくうれしい、わくわくしたおもいで紙とエンピツをとりだして、かきはじめた。

ミス・ワトソン、あなたのにげたドレイのジムはパイクスヴィルの二マイル川下にいて、ミスタ・フェルプスがつかまえています。ケンショウ金をおくればかえしてくれます。

ハック・フィン。

こんなにすっきりした、罪がぜんぶ洗い流されたみたいな気分になったのはうまれてはじめてだった。これならもういのれる、とおもった。でもすぐにはいのらずに、紙をおいて、かんがえた。こうなってほんとによかった、あやうく地獄におちるところだったなあ、とかんがえた。そして、もっとかんがえた。そのうちに、二人で川を下った日々のことをかんがえ出した。いつもいつもジムが目のまえにいるのがみえた。昼、夜、月が出てるとき、嵐のとき、ゆらゆら流れて二人でしゃべってうたってわらってるとき。でもなぜか、ジムをきりすてるとっかかりみたいなものがどこにもみつからないみたいだった。逆ばかりだった。ジムが自分のみはりだけじゃなくて、おれがねむっていられるようおれのぶんまでみはってくれてる姿がみえた。おれが霧から出てきてものすごくよろこんでいるジムがみえた。おれがいがみあいから逃げて沼地にもどってきたときだって、やっぱりすごくよろこんでくれた。おれのことをいつもハニーって呼んで、おれをかわいがってくれて、おれのためにおもいついたことはなんでもしてくれて、いつもすごくやさしかった。そしてとうとう、あの男たちに、筏でテンネントウが出たんだっていってジムをたすけて、ジムがものすごく感謝してくれて、あんたはおれの最高のともだちだ、おれのたった一人のともだちだっていってくれたときのことをおれはおもいだした。ふとそばをみると、あの紙がころがっていた。

きわどいところだった。おれは紙をひろって、手のなかににぎった。からだがふるえていた。ふたつにひとつ、どっちかに、きっぱりきめなくちゃいけない。息をひそめるみたいにして、おれはしばしかんがえた。それから、むねのうちでいった——

「よし、ならおれは地獄にいこう」——そして紙をびりびりにやぶいた。


ハック・フィンにとって、奴隷の逃亡を助ける、というのは、今日の人道主義的な考えから見るような単純に「正しい」行為ではない。奴隷は他人の「財産」であり、その逃亡を助けることは、他人の物を盗むに等しい。要するに、当時の倫理からすれば、「良心」はハックに、ジムを「持ち主」に返すよう命じるのである。ハックがとことんジムの逃亡を助ける決意をする時点で、「よし、ならおれは地獄にいこう」と胸のうちで言うのは、決して大げさなジェスチャーではない。それだけに、なおさら作者としても、ジムを安易に自由にすることは許されないと思えたにちがいない。

「今日のアメリカ文学はすべて『ハックルベリー・フィンの冒険』から生まれた」と断じたヘミングウェイも、「だが『ハック・フィン』の最後は読まなくていい」と言ったように、『ハック・フィン』最後の数章はいささか退屈である。実はジムがもう自由の身になっている(ジムの「所有者」が死に、遺言で彼を自由にした)にもかかわらず、トム・ソーヤーの先導によっておそろしく面倒な——そしてジムにはおそろしく苦痛な——方法で

「救出」が企てられる数十ページには、それまでの章に見られた緊張感はもはやない。おそらくこの落差も、ジムが自由となるという展開がリアリティを持ちえないという事実から生じている。

ハックの声

しかし、意図の変化はどうあれ、『ハックルベリー・フィンの冒険』に一貫して感じられる最大の魅力は、何といってもその語り口である。むろんそれまでの、メルヴィル、ホーソーン、ポーといったすぐれた作家たちの文章も、十分に魅力的ではあったが、彼らの文章は、先達との烈しい闘いの痕跡(こんせき)が見られるにせよ、基本的にはそれまでの英文学に見られた文章の延長線上にあった。

だが、マーク・トウェインは、中西部、南部、西部など各地域で話されている生(なま)のアメリカ英語を積極的に作品に取り込んで、時にはほとんどその語り口だけで読み手を魅了し読ませてしまう作品を書いた。前章で取り上げた『バートルビー』のような、人生の意味――あるいはその欠如――そのものを問う思想的にも重厚と言えそうな作品と較べると、トウェイン初期のユーモラスな短篇は、内容としてはほとんど無内容と言ってもいい（たとえば、蛙に鉛を呑(の)ませて跳べなくする話『ジム・スマイリーの跳び蛙』）。にもかかわらず、それらを小さな名作と呼べるのは、ひとえにその活(い)きのいい語り口、それまでの文学の約束事をあっさり無視してみせるその爽快感ゆえである。『ハックルベリー・フィンの冒険』は、そうした語り口の見事さを誇るトウェインの作品群のなかでも、ひときわ見事な「声」が達成された作品である。叙情、ユーモア、無学な少年が自分の雄弁さをまったく意識していないことから生じる本物の雄弁、どの点をとっても、折り目正しい語り手が外からトムやハックについて語る『トム・ソーヤーの冒険』とはまったく違っている。

若者文化もまだ生まれていない一九四〇年代の中流階級の子供として、保守的な大人社会に入ることを拒むもののさりとてほかに選択肢も見出せずにいるホールデン少年の苛立ちを描くサリンジャーの『キャッチャー・イン・ザ・ライ』(一九五一年)、現代の子供らしくドラッグやセックスの洗礼を早くから受けてはいても、無意識のうちに精神的な父を求めている点ではハックやホールデンと変わらない少年ボーンを描くラッセル・バンクスの『ルール・オブ・ザ・ボーン』(一九九六年)など、ハック・フィンを髣髴とさせる作品に共通しているのは、何といっても、それぞれ、少年自身の魅力的な声が全篇を貫いていることである。訳文でもその魅力はある程度伝わるとは思うが、できればぜひ、原文にも接してみてほしい。

読書案内

①マーク・トウェイン『ハックルベリー・フィンの冒険』西田実訳、岩波文庫、一九七七年。

②Mark Twain, *Adventures of Huckleberry Finn*, Dover, Bantam など、いくつもの出版社から安価なペーパーバックが出ているので、できたらぜひ原文で。

③『マーク・トウェイン ユーモア傑作選』有馬容子・木内徹訳、彩流社、二〇一五年／マーク・トウェイン『ジム・スマイリーの跳び蛙』柴田元幸訳、新潮文庫、二〇一四年。マーク・トウェインの真髄であるユーモアに焦点を当てた二作品集。

④亀井俊介『マーク・トウェインの世界』南雲堂、一九九五年。日本における最良のトウェイン理解者の一人による本格的作家論。

⑤J・D・サリンジャー『キャッチャー・イン・ザ・ライ』村上春樹訳、白水社［ペーパーバック・エディション］、二〇〇六年。ミシシッピはニューヨークに変容し、自然児は中流階級のお坊ちゃんに変わっているけれど、語り口のイキのよさではひけをとらない、二十世紀のハック・フィン。

⑥柴田元幸編『マーク・トウェイン』集英社文庫ヘリテージシリーズ ポケットマスターピース06、二〇一六年。

11 ジュール・ヴェルヌ『八十日間世界一周』

工藤庸子

ジュール・ヴェルヌ
(1828—1905)

さるイギリス紳士がふとしたはずみに、行きつけのクラブで世界一周が八十日間でできると主張して、二万ポンドという大金を賭(か)けたあげく、これを証明するために、ただちに出発するという話である。一八七二年の末、フランスの日刊紙に連載されたものだが、フィクションのなかの世界一周は、同じ一八七二年の十月二日の夜に始まっている。ここから八十日間というのだから、主人公がロンドンの「革新クラブ」に帰還しなければならぬタイムリミットは一八七二年十二月二十一日土曜日の夜ということになる。新聞連載の最終回は、その翌日二十二日の日曜日に設定されていた。

　物語のなかの世界一周には、あの手この手の障害があらわれる。はらはらしながら旅の行程を追ってきた読者は、いわばリアルタイムで賭けの結末に立ち会うことになる。フィクションの出来事とナレーションがほとんど同時に進行することで、ちょうどテレビの生放送のような臨場感が生じたにちがいない。みごとに仕組まれたメディア戦略のおかげで、作品は一八七三年、書籍が出版される以前から大評判になっていた。

　十九世紀後半、蒸気機関が普及してアメリカ大陸やインドでも鉄道が敷設され、グローバルな交通網ができてゆく。一八六九年にはスエズ運河が開通。理屈のうえでは、八十日間で世界一周ができるという話は一般に知られていたらしい。つまり、旅のアイデアそのものが奇抜なわけではない。ジュール・ヴェルヌの作品は、まさに「フィクション」として独創的に出来ているのである。

異国の女性を救出する「文明人」

主な登場人物は三名。主人公は冷静沈着なイギリス紳士、フォッグという名にふさわしく内面が霧につつまれたようで、何を考えているかわからない。旅のお伴（とも）をする召使いは、好奇心がつよく軽はずみなフランス人の青年で、名前は「合い鍵（かぎ）」という意味のパスパルトゥー。もう一人は刑事だが、銀行から大金を奪って逃走した紳士を追っており、ほかならぬフォッグ氏がその銀行強盗だと勘違いして、これまたフィックスという名に恥じず、べったりと地球の裏側までつきまとう。以上三名が、最短とみなされていた八十日の旅程をほぼそのままに踏襲し、スエズ、ボンベイ、カルカッタ、香港、横浜、サンフランシスコ、ニューヨークというコースを辿（たど）って、出発点のロンドンに帰還する。

フィリアス・フォッグ氏は、移動する機械のような人物である。時刻表は眺めるけれど、車窓の風景にも港町の観光スポットにも関心を示さない。ところが奇妙なことに、そのフォッグ氏がみずから選択して予定を遅らせるという話が、つまり時間を倹約するのではなく浪費するエピソードが、いくつか盛り込まれている。漫画のような誇張をともなって喜怒哀楽の感情をもたない人間として描かれるイギリス紳士が、じつは心情の赴くままに行動しているのである。

エピソードの舞台は英国の植民地インド。巨大な半島を横断するはずの鉄道が予想に反して完成しておらず、やむなくフォッグ氏は、大枚をはたいて一頭の象をチャーターする。パスパルトゥーのほか、同行するのは象使いの案内人で「パールシー」と名指される現地の青年、そしてイギリスの植民地官僚フランシス・クロマティー卿。深い森のなかで、不穏な気配を感じて木陰に身をひそめた一行の目の前を、バラモンの行列が通り過ぎる。

> 彫像をとり囲んで年老いた托鉢僧の一群が、動き、暴れ、ひきつったように身をよじらせていた。彼らは黄土色の帯を縞状に巻き付け、体中に十字の切開を施していた。切り口からは血が一滴一滴と落ちていた。それは、ヒンズー教の大祭礼には今でもジャガンナート〔ヴィシュヌ神の一化身であるクリシュナの異名。「世界の支配者」を意味する〕の山車の車輪の下に我がちに身を投げだそうとするおろかな狂信徒たちなのであった。
>
> その後ろには絢爛（けんらん）たるオリエントの衣装を着た何人かのバラモン僧がいて、彼らは、自分の体を支えることもままならぬ状態の一人の女性を引き連れていた。
>
> この女性は若く、ヨーロッパの女性のように色白だった。彼女の頭や首、肩、耳、腕、手、足の指は、一杯の宝石や首輪、腕輪、耳輪、指輪で飾られていた。薄いモスリンで覆われた金のラメの上衣が、彼女の全身の輪郭をくっきりと示していた。
>
> 見る者の目にどぎつい色彩のコントラストを描き出しているこの女性の背後には、抜

身の剣をベルトにさし、金銀の象嵌を施した長い銃で武装した衛兵たちが続いた。これら衛兵たちは輿に乗せて一体の亡骸を運んでいた。

それは一人の老人の亡骸で、豪華な藩王の衣服を纏い、生きていた時と同じく、真珠の装飾を施したターバンを巻き、絹や金糸の衣を身につけ、ダイヤの鏤められたカシミアのベルトをして、インド王侯の立派な武器を携えていた。

さらにその後に音楽家と狂信徒たちの護衛隊が続いて、行列の最後をしめくくっていた。狂信徒たちの叫びは時に、耳をつんざく楽器の大音響をもかき消すほどであった。

フランシス・クロマティー卿はこの行列をひどく悲しげな表情をして見守っていた。それから彼は案内人の方を向いてこう言った。

「殉死の儀式ですね。」

パールシーはそうですとばかりにうなずいてから唇に指を押し当てた。長い行列は木々の下をゆっくりと進んでいった。ほどなくして行進の最後の列が森の奥に消えた。

（第12章／鈴木啓二訳、以下同）

夫が死ぬと妻に殉死を強要する「サティー」の野蛮な風習に怒りをおぼえたヨーロッパの男性たちが、義侠心から介入するという話である。犠牲者を救い出すための決死の努力が空しくついやされたあと、うら若き女性が薪のうえに横たえられ、亡き夫とともにあわや炎につつまれようという瞬間に、死骸が幽霊のようにむっくり身を起こし、妻をかかえて立ちあがる……という顚末は、ぜひともご自分で読んでいただきたい。奇策を弄したのは、サーカスで曲芸をやっていたこともあるパスパルトゥー。表向きの主人公はフォッグス氏だが、フランスの少年文学なのだから、英雄はフランス人でなければならぬ。

文明論の視点から、いくつか指摘しておきたい。『ロビンソン・クルーソー』においても白人と原住民の対決が「文明」による「野蛮」への懲罰という性格をもつことは、以前に指摘した。『八十日間世界一周』より十年ほどあとに刊行された『ハックルベリー・フィン』と比較してみよう。急速に近代化の進むアメリカにおいて「文明社会」はむしろ疎ましいものであり、ハックルベリーの世界では「文明」の対立概念となるのは、排除されるべき「野蛮」ではなく、孤児のような少年も黒人の逃亡奴隷もつつみこんでくれる大いなる「自然」である。これに対してジュール・ヴェルヌが少年読者に教えようとする「文明」という価値は、もっぱら肯定的なイメージを伴っており、明るい未来へと時間軸をひたすら前進する運動とみなされているようだ。植民地でサティーを禁じるイギリス人は、善意あふれるロビンソンよろしく、後進国の野蛮な習俗と戦って先進国としての「文明化の使命」を果たしている。少なくとも、そう自負していることが読みとれる。

象使いの青年が「パールシー」であり、しかも民族名で呼ばれていることも見逃さぬようにしよう。語源は「ペルシア」だともいわれ、ゾロアスター教の伝統に立ち、今日も独自の文化を守りぬいているマイノリティ集団である。青年は、女性の救出作戦に賛同してくれるかとクロマティー卿から質問されると「私はパールシーです。あの女性もパールシーです。どうか何なりと私にお命じください」と気っ風のよい返答をして、みなを感動させる。民族のアイデンティティは命を投げ出しても惜しくない価値だと宣言することで、象使いは——銃を握ってロビンソンに付き随うフライデーと同じように——植民者でもあ

「八十日間世界一周」の劇場ポスター（1874年）

る「文明」の陣営に編入された。

その一方で犠牲者の女性は「ヨーロッパの女性のように色白」だとされている。当時の人種論的世界観によれば、パールシーの出身地ペルシアはアーリア人の故郷とみなされ、アジアではなく、ヨーロッパの起源に位置づけられているのである。いずれフォッグ氏の妻となるこの女性が、それにふさわしい身体と知性と教養のもちぬしであることは、登場の瞬間からそれとなく、そして周到に、読者に印象づけられるようになっている。美しいアウダ夫人は「ヨーロッパ的意味の全てにおいて、魅惑的と呼べる女性」であり、しかも植民地訛りのない「純粋な英語」を話す。言語はとりわけ貴重な美点なのである。

おわかりのように、インドでの冒険は、野蛮と文明との戦いという二項対立的な、わかりやすい構図からなっている。サティーの犠牲となる女性、そしてこれを救出する男性たちは、いずれも文明の論理を信奉し、人種的にはアーリア系である。命がけで救い出されたのは、たんに美しい異国の女性というだけでなく、文明という名のヨーロッパ的な価値だともいえる。

ヤンキー精神と吊り橋のわたり方

明治維新直後の横浜を経て、太平洋を横断したフォッグ氏たちは、いよいよアメリカに上陸するのだが、このときの一行は、四人連れ。相変わらず寡黙で本心の見えぬフォッグ氏のほか、命の恩人に密かな思いをよせているらしいアウダ夫人、今や高潔な主人にすっかり惚れ込んでいる召使いのパスパルトゥー。そしていつのまにか刑事のフィックスが旅の仲間になっている。

独立から一世紀を経たアメリカ合衆国は、対ヨーロッパ的にも固有のアイデンティティを獲得し、着々と巨大な国家を建設している新天地である。この国についての最新情報を、多少の皮肉を交えながら小説に盛り込めば、少年のみならず一般の読者を惹きつけることは確実だった。一行のアメリカ見聞録は、まさに盛りだくさんなのだが、ここではアメリカ人の国民性と「ヤンキー精神」のあらわれとみなされるエピソードをとりあげよう。読者に最も忘れがたい印象を残す、あのメディシン・ボーの壊れかけた吊り橋の話である。雪のなかでストップしてしまった列車から乗客たちが外に降り、がやがやと議論しているところ。

この事態をフォッグ氏に知らせに行く必要があると感じたパスパルトゥーは、うなだれながら客車の方に歩いていこうとした。とその時、ヤンキーという呼称がいかにもふさわしい、フォースターという名の機関士が声をはりあげてこう言った。
「皆さん、もしかすると渡るための方法があります。」
「渡るって、橋をですか。」旅客の一人が聞いた。

「橋をです。」

「我々の列車で？」大佐が聞いた。

「我々の列車でです。」

パスパルトゥーは立ち止まって、機関士の言葉をむさぼるようにして聞いた。

「しかし橋が壊れかけているということじゃないか。」運転士が言った。

「大丈夫ですよ。」フォースターが答えた。「最高の速度で列車を走らせれば、渡り切れる可能性はいくらかありますよ。」

「まさかそんな。」パスパルトゥーは言った。

しかし何人かの乗客たちはただちにこの提案に引かれた。中でもプロクター大佐はこの提案が気に入っていた。この無鉄砲な人物はこの試みを、全く実行可能であると思った。彼は、鉄道技師たちがかつて、本当に「橋のない」いくつかの川すらも、堅牢な車両を全速で走らせて渡らせようとしたことを引き合いに出した。

（中略）

「なるほど通れるには通れるかもしれませんが、でももっと慎重なやり方があるんじゃないかと思って……」パスパルトゥーが言った。

「なに？　慎重なやり方？」プロクター大佐はたまたま耳に入ったこの言葉にかっとなって叫んだ。「全速力だと言っているでしょう。おわかりですか。全速力ですよ。」

「わかってます、それはわかってますが、ただ……」パスパルトゥーは何度も繰り返した。必ずや誰かの邪魔が入って、彼の言葉が最後まで終えられたためしがなかった。「ただですね、慎重という言葉はお気にさわるようだから、慎重な方法とまでは言わないにせよ、少なくとももっと自然な方法があるんじゃないかと……」

「なに？　誰のこと？　何だって？　こいつの自然がどうしたって？」至る所から皆が大声で騒ぎだした。

あわれにも青年はもう誰に自分の話を聞いてもらえるかも、わからなくなってしまった。

「あなた、怖いんですか。」プロクター大佐が彼に尋ねた。

「怖いかだって。」パスパルトゥーが叫んだ。「そうですか、いいでしょう。この連中にフランス人が連中と同じくらいアメリカ人でもありうることをお目にかけようじゃないか。」

「発車します。車両にお戻り下さい。」運転士が大声で言った。

「そう、発車だ。」パスパルトゥーが繰り返した。「発車だ。それも今すぐに。がそれにしても私には、まず我々乗客に歩いて橋を渡らせてから、そのあとに汽車を走らせる方がもっと自然なやり方だと思えたんだ。」

が誰一人、この賢明な意見に耳を傾けはしなかった。それにもし耳を傾けたとして、

誰一人その意見の正当性を認めようとは思わなかったことであろう。　（第28章）

プロクター大佐は、西海岸サンフランシスコの政治集会で、たまたま見物にきたフォッグ氏と激しいやりとりをして、仇敵（きゅうてき）となってしまった喧嘩（けんか）っ早いアメリカ人である。まさに「ヤンキー」の代表格だが、負けず嫌いのフランス人も、興奮すればアメリカ人とどっこいどっこいの「ヤンキー」になってしまう、という展開は、細部ながら微妙な「国民性」の議論として見落とさないようにしよう。乗客たちが全員客車にもどり、いよいよ出発。

蒸気機関車は鋭く汽笛を鳴らした。機関士は蒸気を逆向きに送って、一マイル近く列車を後戻りさせた。列車はちょうど、はずみをつけようとしている軽業師のように後退していった。

それからもう一度汽笛が鳴って前進が始まった。列車は加速して進み、まもなくすさまじい速度となった。耳にはもはや、蒸気機関車が発するいななきのような音しか入ってこなかった。ピストンは毎秒二〇度のリズムで打ち、車輪の車軸は油箱の中で煙をあげた。あたかもこの列車全体が時速一〇〇マイルの速さで走り、線路の上で何の重みももたなくなっているかのような感じだった。速度が重力に勝（まさ）っていたのである。

そしてついに列車は橋を渡った。稲妻のような一瞬の出来事だった。橋の姿は一切目に入らなかった。言ってみれば、列車は岸から岸へと飛び越えたようなものであった。そして機関士はこの猛り狂ったような機械を、駅を五マイルも過ぎた地点でようやく停止させることができた。

一方、汽車が川を渡り切ったあと、完全に壊れた橋は、大音響とともにメディシン・ボーの急流の中に崩れ落ちていった。（同）

なぜ、このエピソードが忘れがたいのか。ひとつには、乗客たちの台詞（せりふ）のやりとりのなかで、競り市のように、成功率が五〇パーセントから、六〇パーセント、八〇パーセント、九〇パーセントと無根拠に引き上げられたりして、いわゆるドタバタ喜劇の醍醐味（だいごみ）が味わえるから。しかし、決め手はむしろフィクションの本質にかかわる「語りの技法」だろう。ジュール・ヴェルヌは、SFの開祖ともいわれ、たしかに科学技術の進歩が不可能を可能にするという話であれば、『海底二万マイル』や『月世界旅行』の乗り物は、サイエンス・フィクションの側面をもっている。だがアメリカを横断する鉄道はSFの乗り物ではないのだから、日常の論理を無視することはできない。このテクストは、じつは肝心要（かんじんかなめ）のところで、小説だけに可能なトリックを使っている。つまり、汽車が川を渡るところは、すっとばしてしまったのである。「速度が重力に勝っていた」というあり得ないことが平

然と保証されたところで、文章は改行し、「そしてついに列車は橋を渡った」と語り手は断言する。演劇など、リアルタイムで展開される芸術とちがって、小説のなかでは「橋の姿は一切目に入らなかった」と書いておけば、そこは描写文を省略できる。読者は、それこそ目をつぶったまま、川を渡らされてしまったのである。一ヵ所ぐらいは、こういう荒唐無稽な飛躍があってもよい、この強引な語りに身をゆだねることが「フィクション」にひたる快感なのだ。そう、作家は考えていたのかもしれない。

二十四時間のトリック

いよいよ旅の大団円。アメリカ東海岸から貨物船をチャーターし、その木造部分をすべてひっぺがしてボイラーの燃料に投じ、猛然と海を越えた一行は、十二月二十一日の午前十一時四十分、リヴァプールのホームに降り立った。ロンドンまで、汽車で六時間の距離。革新クラブには、夜の八時四十五分に着けばよい。すでに賭けの勝負はあったのだろうか。ここで思いもかけぬことに、刑事のフィックスが携えていた逮捕状を提示する。国外では令状を執行できないという条件に刑事は縛られており、フォッグ氏が帰国する瞬間を待ちかまえていたのである。万事休す、というところで、またもやどんでん返し。銀行強盗の真犯人が逮捕されたという報せを受けて、フィックスが留置場にかけつける。が、解放されたフォッグ氏がロンドンに着いたとき、時計は八時五十分をさしていた。五分遅れで賭けに負けたのである。

さて『八十日間世界一周』という小説は、この後に、最大のトリックを仕掛けているのだが、ひとりの読者として、律儀にページをめくってゆくことにしよう。第35章は、ひっそり自宅に戻ったフォッグ氏の翌日である。アウダ夫人がフォッグ氏に愛を打ち明け、翌日にも結婚しようということになり、パスパルトゥーが挙式を依頼するために牧師の家に走ってゆく。第36章は、ところ変わって革新クラブ。十二月十七日に真犯人が逮捕されたことにより、それまで疑惑の対象だったフォッグ氏の賭けというトピックへの注目がにわかに高まり、いよいよ二十一日の夜、路上にも群衆が興奮して待ち受けている。


時計の針はこの時八時四二分を指していた。

競技者たちはカードをとった。しかし彼らの視線は休みなく大時計に注がれていた。彼らが実際にどれだけ勝ちを確信していたかはともかく、彼らにとってこれほどまでに時の経つのがゆっくりと感じられたことはなかったと断言することはできる。

「八時四三分。」ゴーティエ・ラルフの差し出したカードをカットしながら、トマス・フラナガンが告げた。

それから一瞬の沈黙が訪れた。クラブの大広間は静まりかえっていた。外には群衆のどよめきが聞こえていた。時々そのどよめきの中で、鋭い叫び声が優勢となった。時計の振り子は一秒一秒を数学的正確さで刻んでいた。競技をしていた者たちは全員、彼らの耳を打つ、この六〇の刻みをひとつひとつ数えることができた。

「八時四四分。」ジョン・サリヴァンが言った。その声には無意識の動揺が感じとられた。

あと一分で賭けに勝つことができるのだった。アンドリュー・ステュアートと彼の会員仲間たちはもうゲームを止めていた。彼らはカードを放り出していた。そして彼らは秒を数えた。

四〇秒まできた。何事も起きなかった。五〇秒になった。まだ何事も起きない。

五五秒となったところで、外に、雷のように大きな拍手と歓声、さらには罵りの声が聞こえた。そしてそれがひとつの連続する音となってあたりに広がっていった。

競技者たちは立ち上がった。

五七秒目で広間の扉が開いた。そしてまさに振り子が六〇秒目を刻もうとしたその瞬間、フィリアス・フォッグが姿を現した。彼の後には熱狂した群衆が続き、クラブの扉を無理やり開いて中に入ってきた。そしてフォッグは落ちついた声でこう言った。

「皆さん、帰って参りました。」　（第36章）

読者は唖然（あぜん）として狐につままれたような感じになるだろう。種明かしをするまえに、これも「語りの技法」という観点から考えてみたい。第36章の冒頭は、じつは真犯人逮捕のニュースが流れた十二月十七日に時計の針が逆戻りしており、そこから「実況中継」のような語りが進行する。しかもこのように明確な「フラッシュバック」の技法が使われているのは、この章だけなのである。それ以外は、旅の初日から、叙述が後戻りすることはなく、ひたすら前進する。時間の流れに沿って出来事を順番に追ってゆく記述を「クロノロジック」な語りというのだが、鉄道の比喩（ひゆ）を使えば、これは「単線運転」の記述であり、同じ時間帯に別の場所で起きた出来事を、前に戻って報告することはない。

もっとも、香港でパスパルトゥーがフォッグ氏とはぐれてしまい、横浜のサーカスで偶然、主人に見いだされたという話に関しては、それぞれが別のところで行動しているから、第20章から第23章までは、記述が「複線運転」になっていると思われるかもしれない。ただし、フォッグ氏たちの旅の経緯は、パスパルトゥーが後からアウダ夫人の口を通して説明してもらった、と語り手はわざわざ第24章の冒頭で断っている。つまり、少なくとも建前としては、語り手は登場人物の報告をつなぎ合わせただけなのだ。

さて、ここからが謎解きである。なぜフォッグ氏が決定的な瞬間に出現したのだろうか。謎の答えは、次の第37章の冒頭で明かされる。読者に対して語り手は「もう一度思い出していただきたい」と直接に語りかける。帰宅の翌日、夕刻の八時を回ってから、牧師館に使いにいったパスパルトゥーは、血相を変えて駆け戻ってくる。そして、明日は日曜日だから結婚式はできない、つまり今日は土曜日です！　と叫ぶ。事態を理解したフォッグ氏は、十分で革新クラブに到着して賭けに勝つ。

おわかりだろうか。じつは、フォッグ氏は八十日ではなく、七十九日で、世界一周を成し遂げていた。東に向かって地球上を移動する場合、一日は二十四時間より、少しだけ短くなる。そのため元の地点に戻ると、ちょうど二十四時間分、時間を稼いでしまったことになるのである。地球を一周すると二十四時間のずれが生じるというアイデアを、ジュール・ヴェルヌはエドガー・アラン・ポーから借用したのだといわれるが、ヴェルヌの作品が傑作なのは、フォッグ氏と革新クラブのメンバーを決定的な瞬間に合流させる「語り」のトリックが、予想もできぬやり方で、読者を不意打ちするからにほかならない。

すでに見たように、第35章の最後と第37章の冒頭は、パスパルトゥーが牧師の家に走ってゆく行為によって、時間の流れが切れ目なくつながっている。つまり第36章は、語り手が強引に挿入したフラッシュバックなのだ。ここには宙に浮いたような格好で、二重化された時間の流れがあるともいえる。これとは逆に、メディシン・ボーの吊り橋では、一瞬とはいえ、かき消されてしまった時間の流れがあった。こうした語りの構造を分析することは、パズルやミステリーの謎解きに似て、なかなか楽しい作業ではないだろうか。

読書案内

①ジュール・ヴェルヌ『八十日間世界一周』(鈴木啓二訳、岩波文庫、二〇〇一年)は、端正で信頼のおける翻訳。児童文学のリライト版ではなく、完訳版を読んでほしい。『気球に乗って五週間』『地底旅行』『海底二万里』『十五少年漂流記』(『二年間の休暇』)など、ジュール・ヴェルヌの代表的な作品に親しもう。

②フィリップ・ド・ラ・コタルディエール著、ジャン＝ポール・ドキス監修『ジュール・ヴェルヌの世紀――科学・冒険・《驚異の旅》』(私市保彦他訳、東洋書林、二〇〇九年)。ヴェルヌの人と作品。宇宙、地球、地底、空といった具合に章立てをして、豊富な図版を添えた総合的な入門書。

③石橋正孝『〈驚異の旅〉または出版をめぐる冒険――ジュール・ヴェルヌとピエール＝ジュール・エッツェル』左右社、二〇一三年。〈驚異の旅〉シリーズは、作家ヴェルヌと編集者エッツェルの「合作」とまで言われる共同作業のなかから誕生した。たかが少年文学などと侮るなかれ。当時の出版事情をふくめ、徹底した資料調査に基づき、作品の生成を跡づける。その上で展開される鋭利な読解は、国民文学の一翼を担った教育的なジャンルに照明を当てる一方で、根っからのヴェルヌ好きも納得させるにちがいない。

12 フランツ・カフカ『変身』

池内 紀

フランツ・カフカ
(1883—1924)

フランツ・カフカはチェコのプラハに生まれたが、チェコ人ではなかった。ドイツ語が「母国語」だったが、ドイツ人ではなく、小説を書いたが、作家として生活したわけではない。チェコ人のなかのドイツ系ユダヤ人であり、プラハ大学法学部を出たあと、半官半民の役所に勤め、四十歳前に病気のため早期退職をした。そののち一年あまりで世を去った。

友人・知人の伝えるカフカは、もの静かで、いたって謙虚な人だった。仕事のつまらなさをボヤきながら、きちんと勤め、退職のときは部長待遇になっていた。

独身で通したが、何度か激しい恋愛をした。女性を愛するたびに誠実に悩んだ。当時、「死の病い」であった結核にノドを冒されながら、我慢づよく苦痛を耐えた。

勤め先から帰ってくると仮眠をとり、夜中にはね起きて、せっせとノートに小説を書いていた。ときおり小さな雑誌から依頼を受けた。プラハのドイツ語新聞に書いたこともある。薄っぺらな本にまとめたら、評価する人もいたが、おおかたは無視された。

夜明けごろに執筆を中止。短くひと眠りしてから勤めに出た。それを二十年ちかく続けた。おそろしく無理な生活をしたわけだ。ひそかに野心をたぎらせてのことにちがいない。いずれ自分の時代がくると、かたく心に期していたのではあるまいか。

死後二十年あまりしてから、たしかにそうなった。二十世紀文学は「フランツ・カフカ」なしには考えられない。

フシギな小説の誕生

出だしからしてショッキングである。

「ある朝、グレーゴル・ザムザが不安な夢から目を覚ましたところ、ベッドのなかで、自分が途方もない虫に変わっているのに気がついた」

寝ているあいだに虫に変身していた。固い殻をもち、無数の細い脚があって、ベッドの上でその脚を、しきりにワヤワヤと動かしている。

およそ突拍子もない書き出しである。現在ではさして珍しくないかもしれないが、カフカがこれを書いたころ、つまり百年以上も前のことだが、誰もこんなふうに書き出して、一篇の小説ができるとは思わなかった。変身のモチーフそのものは昔ばなしや童話におなじみである。しかしカフカは昔ばなしや童話を書いたわけではない。それは次のくだりではっきりする。

「テーブルには布地の見本が——ザムザはセールスマンだ——乱雑にひろげてあって……」

洋服の布地をトランクにつめてセールスに廻る。上役は口うるさいし、月ごとにノルマがあって、それが達成できないと、さんざっぱらイヤみを言われる。へたをするとクビがとびかねない。

なんとも風変わりな出だしだが、メルヒェンではなく、いたって現代的な小説である。今日のサラリーマンの多くが、まさしくこの主人公と同じように、上役の顔色をうかがいながら、ノルマを達成するためにアタッシェケースをかかえてとびまわっている。カフカがこれを書いたとき、二十九歳。三年ばかりして小さな雑誌に発表したが、ほとんど注目をひかなかった。

成立の経過を少したどっておくと、そのころカフカは長篇小説に熱中していた。死後、『アメリカ』のタイトルで出されたものだが、カフカ自身は『失踪者』の標題を考えていた。それをかなり書き進めたころに、ある日、『変身』が割って入った。ベッドで「あれこれ考えていたときに思いついた」という。はじめは「小さな物語」と名づけていた。ベルリンの恋人にしきりと手紙を出していたころで、その手紙のなかで述べている。「ぼくの小さな物語をかたわらに置いている。この二晩は手をつけなかった。いつのまにか、もっと大きな物語になりかけている」

そのうちタイトルが「変身」に決まった。二人だけの秘密を打ち明けるようにして恋人に伝えている。仕上げたら読んで聞かせたいが、きみはきっと気味悪がって、こんなお話はまっぴらだと言うだろう――。

途中で一度、勤め先から出張を命じられて執筆を中断した。カフカはくやしがっている。この手の小説は、せいぜいのところ、「一度の休憩をはさみ、十時間ずつ二度あてて書き上げる」べきものだという。そのときはじめて物語が自然に流れていく。書き上げたのは十二月初めのこと。「小さな物語」が終わりをみた、と手紙に書いている。ただ結末がややうれしくない。もっとよくできたかもしれない、といった思いがあるのだが、「さしあたりはこれでよし」としよう。やや冷めた言い方だが、それなりに満足していたことがうかがわれる。

ある朝、グレーゴル・ザムザが不安な夢から目を覚ましたところ、ベッドのなかで、自分が途方もない虫に変わっているのに気がついた。甲羅のように固い背中を下にして横になっていた。頭を少しもち上げてみると、こげ茶色をした丸い腹が見えた。アーチ式の段になっていて、その出っぱったところに、ずり落ちかけた毛布がひっかかっていた。からだにくらべると、なんともかぼそい無数の脚が、目の前でワヤワヤと動いていた。

「どういうことだろう？」

と、彼は思った。夢ではなかった。たしかに自分の部屋であって、少しちいさすぎるにせよ、いつもながらの部屋である。まわりはおなじみの壁、これも変わらない。テーブルには布地の見本が——ザムザはセールスマンだ——乱雑にひろげてあって、壁に絵がかかっていた。つい先日、グラフ雑誌から切り取って、きれいな金ぶちの額に入れたばかりだ。毛皮の帽子と毛皮の襟巻をつけた女の像で、きちんとすわり、両腕の半ばまで毛皮のマフに入れ、それを前につき出している。

それからグレーゴルは窓をながめた。いやな天気で――窓を打つ雨のしずくの音がする――気がめいってしまった。

「もうひと眠りすれば、こんなバカげたことなど、きれいさっぱり忘れられる」

そんなふうに考えた。だが、そうはいかないのだ。というのは彼はいつも右側を下にして寝ているのに、いまの状態では、いつものようにならないのだ。全力をこめて右側に寝返りを打とうとするのだが、そのたびにシーソーのようにもどってしまう。何度も何度もやってみた。ワヤワヤしている脚を見たくないので目を閉じていた。そのうち脇腹に、これまでついぞなかったような鈍い痛みを覚え、寝返りを打つのはやめにした。

「まったくなあ」

と、彼は考えた。

「なんてひどい仕事にとっついたものだ！　くる日もくる日もセールスに出る。旅廻りは本店勤めよりも気が疲れる上に、旅廻りにつきものの厄介なことがある。列車の接続は悪いし、三度の食事もままならず、やっとありついてもひどいしろものだ。入れかわり立ちかわり人と会っても、長つづきする仲じゃなし、心を打ち明けるなんてこともない。まったく、イヤになっちまう！」

腹の上のほうが軽くヒクついている。あお向けのままベッドのはしへにじり寄り、首をグイともち上げてみると、かゆいところがわかった。いちめんに白い斑点がちってい る。何とも判断しようのない斑点である。脚の一つでそっとさわりかけ、あわてて脚を引いた。ヒヤリと冷たくてハッとした。

背中でにじって、もとの位置にもどった。

「むやみに早起きしなくちゃあならないのが、そもそものまちがいだ」

と、彼は思った。

「人間ってやつは眠らなくちゃあならない。よそのセールスマンたちは気楽なもんだ。やっとこさ取りまとめた注文を連絡するため、昼間にいちど宿に立ちもどると、やっこさんたちはやっとお目覚めで、朝食をとっている。うちでそんなことをやってみろ、たちどころにクビがとぶ。とんじまったほうがよかろうってものだ。両親のことがなければ、とっくにやめていた。社長の前で洗いざらい、ぶちまけてやる。ぶったまげて、机から落っこちるぞ！　そもそも机に腰かけるのがまちがっている。高いところからお説教をしたがる。しかもお耳が遠いときているから、こちらが近寄らなくてはならない。まあ、それはそれとして、まるきり希望を捨てたわけじゃないのだ。金を貯めて、親の借金を返しさえすれば――もう五、六年はかかるだろうが――何としてもやってみせる。目にもの見せてやろうじゃないか。しかし、いまは起きなくてはなるまい。列車は五時だ」

それから時計に目をやった。戸棚の上でチクタク音をたてている。

「ウッヒャー！」

彼はたまげた。もう六時半。時計はたえまなく動いていて、みるまに半をすぎ、四十五分に近づいている。目覚ましが鳴らなかったのか？　ベッドからでも、ちゃんと四時に合わせてあるのが見てとれた。むろん、鳴ったにちがいない。天地をふるわすようなあのベルの音を聞きすごすなんてことがあるだろうか？　スヤスヤ寝ていたわけではないが、そのぶん眠りが深かったのかもしれない。さて、どうしたものか？　次の列車は七時である。まに合わせるためには、とことん急がなくてはなるまい。商品見本だって荷造りしていないし、われながらどうも気がのらない、何かだるいのだ。たとえ七時にまに合っても、きっと社長に大目玉をくらうだろう。使い走りが五時の列車に待機していた。乗り遅れたことを、とっくに伝えただろう。あの野郎、おべっか使いのワケのわからぬ男ときている。病気のせいにするのはどうだろう？　いや、ダメだ。怪しまれるだけだ。勤めだして五年間、グレーゴルは一度も病気をしなかった。社長はきっと保険医をつれてやってくる。両親に怠け者の息子のことをなじるだろう。病気の口実には、医者が首を振る。あの保険医にとって人間はみな健康、ズル休みをしたがるだけなのだ。それはともかく、いまはそれが当たっていないわけでもないのではあるまいか？　眠りすぎてかえって眠いということはべつにして、なんとも気分爽快だし、あまつさえ腹がへってたまらない。

　ベッドを出る決心がつかないまま、とつおいつ、こういったことを考えていると——時計がちょうど六時四十五分を知らせた——ベッドの頭のところのドアを、そっとノックする音がした。

（池内紀　訳）

「虫男ザムザ」のおかしさ

物語が動き出すのは、ザムザが戸棚の上の目覚まし時計に目をやってからである。

「ウッヒャー！」

びっくり仰天した。六時半を指している。一時間以上も寝すごしている。早朝の列車でセールスに出かけるはずだった。寝るとき、ちゃんとセットした。けたたましい呼び鈴が鳴ったはずだ。どうして気づかなかったのか？

小説『変身』のとりわけおかしいところである。へんてこな虫になってしまったというのに、ザムザはそのことに驚かない。彼が驚くのは、時計を見て、寝すごしたことに気がついたときだ。主人公は自分の変身をいぶかしがっても、そのこと自体には驚かない。まさにそのことに、読者が驚く。

他の者たちはどうだろう？　ザムザのほか、両親と妹一人の四人家族だ。長男がへんてこな虫になってしまった。一家の働き手を失って両親は困惑する。妹は悲しむ。しかし、変身そのものには、やはり誰ひとりとして驚かない。

いったい、どのような虫に変身したのか？　カフカは『変身』を三度書いた。最初はノートだった。三年後に雑誌に発表する際にタイプで打ち直した。それを薄っぺらな本にするとき、また少し手直しをした。

だが、虫に関しては、いかなる変更も加筆もしていない。最初に書いたままである。つまり、

甲羅のように固い背中
こげ茶色をした丸い腹
かぼそい無数の脚

ゴキブリのようでもあれば甲虫ともとれる。三つの特徴は、ふつう「甲殻類」と分類されるもののおおかたにあてはまる。

カフカはいたって慎重に書いている。日常におなじみの虫を連想させるだけでいい。具体的な虫であってはならない。作者は固定されるのを嫌っている。

薄い小さな本にするとき、出版者が表紙に主人公の絵をつけることを提案したところ、

カフカは大あわてで「それだけはダメ」と断った。無名作家の本を売るためには、せめて表紙絵でもないと困るといわれ、やむなく一つの条件つきで承知した。「決して主人公を描かないこと」。そのせいだろう、『変身』初版の表紙には、寝乱れた髪の男がガウン姿で立ち、両手で顔を覆っている。背後に半開きのドアがあって、黒々とした闇がのぞいている。

『変身』初版本（1916年）の扉

誰が、そして何が変わるのか

注意して読むと、小説全体にわたり、時間が微妙に変化しているのがわかってくる。目覚まし時計が動きのきっかけであったように、初めは時間が切れ目なしに進んでいた。十五分、三十分、一時間と、時計がせき立てる。虫になる前がまさにそうであって、時間に追われながらセールスにまわり、あわただしく一日が終わった。あっというまに一週間が経ち、ひと月が過ぎていった。

虫になってからは、時の流れがガラリと変わる。「虫男ザムザ」は薄暗い部屋でブラブラしているだけ。退屈しのぎに天井を這(は)ってみたりする。小説はⅠ、Ⅱ、Ⅲの章立てになっているが、章が進むにつれて、時の経過がノロノロと遅くなる。やがてザムザには、いつ日が暮れ、いつのまに夜になったのかもわからない。どれほど日が経ったのか、クリスマスはもう過ぎたのか。

ものすべてが深い眠りにある夜明け前のこと、つまり時が停止したころ合いにザムザは首をガクンと落とし、ひっそりと息をひきとった。時の経過に目をとめて読むと、これが「時間の変身」物語でもあることがわかる。

さらにもう一つ、「家族の変身」も見落としてはならないだろう。ザムザ一家の変わりぶり。

長男がセールスに駆けずりまわっているころ、父親はノラクラしていた。朝の新聞を読み終わると昼寝をする。散歩に出る。母親は家事を手伝い女にまかせていた。妹は音楽家志望で、ヴァイオリンをキーキー鳴らしている。

一家の働き手が虫に変わってのち、母親は内職を請けおった。妹は店員になる。老いた父親は銀行の雑務係の口を見つけ、金ボタンつきの制服を着て出かけていく。帰宅してからもぬごうとしない。いまや固い甲羅のような制服に身をつつんだ「金ボタン人間」へと変身した。

虫になった主人公に目をとられがちだが、もしタイトルがザムザの変身を指すのなら、出だしの一行ですでに終わっている。つづいて起こる「変身」こそ、カフカが書きたかったことではあるまいか。

さらに注意深く読むと、気がつくことがある。甲羅のような背中や、こげ茶色の腹や、モジャモジャした脚を見定めたのは、ザムザ当人だけなのだ。この点でもカフカは、この上なく慎重に書いている。ザムザ以外、誰もそんなふうには述べていない。

「虫男ザムザ」がやっとドアを開けて出てきたとき、父と母と勤務先の支配人がいた。支配人は「おっ！」と声を上げ、じりじりとあとずさりする。母親は二歩ばかり近づきかけたが、そのましゃがみこんだ。父親は拳（こぶし）をつくって追い返すしぐさをして、つぎには両手を目にそえて泣き出した。

べていない。

カフカが書いているのは、ただこれだけである。日ごろとはちがった「別のもの」を目にして、三人それぞれが恐れ、驚き、悲しんだ。しかし、誰ひとりとして「虫だ」とは述べていない。

働き者のセールスマンだったのが、まるきり別のヘンなものになった。セールスどころか、日常のこともろくにできない厄介者。

そんなふうに読むこともできる。とするとザムザ的人間は、どっさりいるのではなかろうか。就職せずフラフラしているプータロー、ひきこもり症の息子、あるいは娘。突然、リストラされたお父さん、日ごとに認知症のすすむ老父母……。いずれも虫人間と同じである。家族の希望、一家の柱だった者が、人さまに見せられないヘンなものになった。家族は、はじめこそ悲しむが、しだいに邪険にしはじめる。とどのつまりカラカラに干からびて死んだのを見届けてホッとした。

カフカの『変身』は、まさしく現代の物語である。とびきり皮肉で、猛烈におかしい小説である。

13 フランツ・カフカ『断食芸人』

池内 紀

『断食芸人』は現実の素材によっている。当時、断食を芸にした見世物があった。一般には「骸骨男（がいこつおとこ）」などと呼ばれていた。カフカは広告を見て、出かけていった。

ふつう興行の芸ごとは、何か余人にできないワザをする。この芸人は「何もしない」という芸を見せる。食べることすらしない。カフカはその不思議なパラドックス（逆説）に興味を惹かれたらしい。実社会における悲喜劇を物語にした。物語に終わらなかった。みずからでそのパラドックスを生きて、そして死ぬことになった。

何もしないという芸

カフカは自作に厳しかった。生前、活字にしたのは短篇のみで、それも書き上げたうちの何分の一かにすぎない。初期の傑作『変身』は、書き終えてから三年あまりノートにとどめられていた。

長篇『失踪者』『審判』『城』のうち、みずから発表したのは『失踪者』のうちの第一章と、『城』の終わりちかくに語られている二頁ばかりのエピソードだけ。カフカの意志としては、ほかは読むに堪えず、「焼却されて当然」のものだった。

そのなかで『断食芸人』は気に入っていた。一九二二年の執筆になり、『変身』からちょうど十年後にあたる。二年後に、他の三篇と合わせて短篇集にまとめた際、『断食芸人』を全体のタイトルとした。

「この何十年かの間に、断食芸人に対する関心がすっかり薄れてしまった」

「断食芸」とは聞きなれない芸であるが、実際に断食を売り物にしている芸人がいた。サーカスや曲馬団と同じように興行主がいて、各地を巡回していく。カフカはサーカスが好きで、一座がプラハにやってくると、いそいそと出かけていた。そんなおりに断食芸人を見かけたらしい。

興行の仕方も小説にあるとおりであって、断食芸人が大きな檻のようなものに入っていて、格子ごしにまわりから見物できる。断食の日数を書いたプラカードが掲げてあって、数を増すほどに人々の関心が高まってくる。

問われると、低い声で答える。格子ごしに腕をのばして、痩せぐあいを検分させる。おかたは目を半ば閉じて、じっと前方を見やっている。おりおり小さなグラスをとり上げて唇をしめした。「断食芸人」あるいはもっとあけすけに「骸骨男」などと称していた。出だしの一行のあと、過去にもどり、けっこう人気のあったころのことが語られていく。

「昔は町じゅうが沸きたっていたものだ」

黒いトリコット地のタイツをはいていて、肋骨が浮き立っている。入れかわり立ちかわり見物人がやってくる。誰もが日に一度は見にこないではいられない。

サーカスの曲芸をはじめとして、芸人はふつう余人にできない芸を見せて金を稼ぐ。そのなかで断食芸は、とびきり奇妙な芸である。たしかに余人にまねのできない芸当ではあるが、これは何か特別のことをするというのではなく、何もしないという芸なのだ。徹底して何もしない。食べることすらしない。何一つしないということを売り物にしている。

しかも、いたって厄介な見世物であって、本当に断食をつづけているのかどうか、誰にもわからない。ひと目がとだえたときに、こっそり何かを食べているのではないのか。断食を保証するためには誰かが昼も夜も見張っていなくてはならない。それも興行主に鼻グスリをかがせられていない厳正中立な見張りにかぎる。カフカの小説では三人組が見張っている。しかし、三人が組になっていても、当番制で入れかわる。見張りを徹底するとなると、連日連夜、昼夜兼行で目を光らせていなくてはならず、そんなことは到底できっこないのである。とすると、断食が一点の疑いもなしに継続していると、誰が断言できるのか。それができるのは皮肉なことに一人だけ、当の断食芸人のみ。

「彼だけが同時に心から満足した見物人というものだった」

奇妙な芸人物語がまさに「カフカの小説」になるのは、この一行がはさまってのちである。

　この何十年かの間に、断食芸人に対する関心がすっかり薄れてしまった。以前なら自分で大々的に興行を打って、けっこうな実入りにありつけたものだが、今ではそんなことはとうてい不可能である。時代がすっかり変わってしまったのだ。昔は町じゅうが沸きたっていたものだ。断食の日数（ひかず）が増していくにつれて、目に見えて関心が高まっていく。誰もが一日に一度は断食芸人を見ないではいられない。そのうち席を予約して、のべつ格子つきの小さな檻の前にへばりついている連中があらわれた。夜中も興行中も炬火（たいまつ）が赤々と燃えていて、なおのこと見物（みもの）というものだった。天気がよければ檻は外へ引き出された。こちらの見物人は、もっぱら子供たちで占められた。大人にとっては流行（はや）

っているからには見逃す手はないといった式のおたのしみだったのに対して、子供たちにはそうではなかった。ポカンと口をあけ、互いに手を握りあい、身じろぎ一つせずにながめていた。黒いトリコット地のタイツをはいた断食芸人は、床にまき散らした藁の上にすわっていた。椅子など御免こうむるという次第。顔は蒼白く肋骨が浮き立っている。ゆっくりとうなずきながら、無理に微笑をうかべて質問に答えたりした。格子ごしに腕をのばして、自分の痩せぐあいをさわらせてみせることもあった。そのあとは、またもやもの思いに耽ったきり、もはや何ひとつ気にならない。檻の中の唯一の家具であり、少なからず意味深いはずの時計にもさっぱり興味を示さず、目を半ば閉じて、じっと前を見つめている。おりおり小さなグラスに入った水を啜って唇をしめらせた。

　入れかわり立ちかわりやってくる見物人のほかに、常時、見張りが詰めていた。推されて引き受けた人々で、妙な話だがきまって肉屋、三人が一組になり昼夜兼行で目を光らせている。断食芸人がこっそりつまみ食いをしないようにと見張っていた。とはいえそれは、見物人を納得させるための単なる手続きというもので、知る人ぞ知るとおり断食の期間中、断食芸人は決して食べ物を口にしなかった。たとえ無理強いされようとも、ほんの一かけですら拒み通した。芸の誇りが許さないのである。とはいえ見張り役の誰もがこのことを理解していたわけではない。夜の当番のなかには、見張りのほうはなげやりなふぜいで、隅っこでわざとトランプに熱中する者もいた。気つけ薬用のつまみ食いを大目にみてやろうというつもりらしかった。その連中の意見によれば、どこか誰も知らないところに食べ物が納いこまれているにちがいないのだ。断食芸人にとっては、このような親切こそとりわけ辛い仕打ちというもので、彼は悲しくなった。こんなとき、ひときわ断食が耐えがたいのである。気力をふるい起こして飢えを呑みこみ、自分に向けられた疑惑がいかに不当であるか示すために歌を口ずさんだりした。だが、それが何になるだろう。連中ときたら、歌を口ずさみながらつまみ食いする芸当に改めて感心する始末だった。見張り役が格子のすぐそばに陣どって、疑わしげに目を光らせているときの方が楽だった。この種の当番は会場の弱い明かりが不満で、興行主から懐中電灯を借りてきて、じかに照らしつけて見張っていた。まばゆい光など何でもなかった。断食芸人はとっくの昔に眠りと縁を切っていた。そのかわり、どんな光の下でも、どの時刻でも、超満員のにぎやかな会場でも、うつらうつらすることができた。疑り深い見張り役といっしょに夜明かしするのは、もっとも好むところだった。〔冗談を言ったり、これまでの自分の放浪生活のことを話したり、あるいはお返しに話を聞かせてもらったりしたいものではないか。そうすれば当然、相手もまた眠らず、その結果、檻の中に食べ物などまるでないこと、そしてこの自分がおよそ類のない断食をつづけていることを納得するにちがいないのだ。やがて朝がくると断食芸人のおごりで見張り役に、たっぷり食事が振舞われる。健康な男たちが寝ずの番のあとの猛烈な食欲とともに、いそいそと朝食にとりかかる。断食芸人にとってはそんな光景をながめるのが、なによりもよろこばしい瞬間だった。代金が相手もちの食事をいただくなんて手ごころを加えている証拠だと言い張る人がいないわけではなかったが、不当な言いがかりというしかない。ただ見張りをするだけ、朝食もつかない不寝番を、どこの誰が引き受けるというのだろう。そのことを指摘すると、連中はなおも疑り深げな面もちでこっそりと退散した。

とはいえこれは断食芸につきものの疑いであって、連日連夜、片時も目をはなさず見張っているなど出来るものではない。だからして断食が一点の疑いもなしに継続しているとは、誰にも断言できないのだ。それが出来るのは、ひとり当の断食芸人だけであり、彼だけが同時に心から満足した見物人というものだった。しかしその当人にしても別の理由からではあれ、決して満足していなかった。いかにも彼は正視に堪えないほどに痩せていた。あわれみの気持から見物を控えている人もいたほどである。だが、断食のせいで痩せたのではなく、より多く、むしろ自分に不満でそうなったのかもしれないのだ。というのは彼はひそかに誰も知らないことに気づいていた。つまり、いかに断食がたやすいことであるかであって、それはこの世でもっともたやすいことと言ってよかった。当人みずからそのことを口にしたりもした。だが人々は信じなかった。謙遜していると考えるのが関の山で、たいていは宣伝上手だとか山師の言い草だとかいうのだった。たやすいのは、たやすくする奥の手があるからだろうし、しかもわざわざそれとなく匂わせておくなんて、なんとも知能犯だというわけである。断食芸人はそんな声すべてを甘受しなくてはならなかった。永い歳月のあいだにそれなりに慣れたとはいえ、たえず不満に苦しんできた。断食期間が終わっても——その旨の証明が交付されるのだが——彼は自分から檻を出ようとしなかった。興行主は断食の期間を最高四十日と限っていた。それ以上つづけることはない。大都市での興行においても例外ではなかった。理由あってのことである。これまでの経験によると、四十日間程度なら、徐々に宣伝を高めていくにしたがって、それなりに人気をあおることができた。だが四十日以上となるとパタリと客足がとまる。この点、町であれ田舎であれ、ほとんど違いはないのである。だからして期間は四十日が相場だった。さてその四十日目、花で飾られた檻の扉が開かれる。円形劇場にはぎっしりと観客がつめかけて、今かいまかと待っていた。まずは軍楽隊の演奏がある。つづいて二人の医者が檻に入って、しかるべき診断がとりおこなわれ、その結果がメガフォンで高らかに告げられる。しめくくりは、くじで選ばれた若い女性二名の登場とあいなる。選ばれたことの喜びで顔をほてらせた娘二人は、断食芸人を檻から出して、二、三段下へと案内するのが役割だ。そこには小さなテーブルに、えりぬきの病人食が用意されていた。まさにこのときである。断食芸人はきっと逆らった。彼はなるほど、若い女性二人がかがみこんで迎えてくれるのに対して、ともかくも骨と皮だけの腕を差し出す。しかし立ち上がろうとはしないのだ。四十日を過ごしたというのに、どうして今になって止めなくてはならないのだ？　もっと永く、限りなく永くつづけられるのだ。今まさに至福の時を迎えたというのに、なぜ中止しなくてはならないのか？もっと断食しつづける栄誉を、なぜ奪おうとするのか。この世で最高の断食芸人であることはすでに疑いをいれないにせよ、さらにそれを凌駕して、限りなく自分を超えるという名誉を、なぜ許さない。断食の能力に対して、彼はいかなる限界も感じていなかった。人々は感嘆してながめていたはずではないか。どうしてこんなにも辛抱がない。自分といえば、さらにさらに断食を耐えるつもりなのに、なぜ人々は耐えようとはしないのだ。たしかに自分は疲れている。しかし藁の中にきちんと坐っているではないか。だのにいま立ち上がり、食事のところまで行かなくてはならない。それを思うだけで嘔吐を覚えたが、目の前の若い女性をおもんぱかってようやくこらえた。いかにもやさしげであるが、実のところは残酷きわまる女どもだ。断食芸人は女性の目を仰ぎみた。頭は一段と重みをました。しかし委細かまわず、いつものことが引きつづく。興行主が登場、やおら断食芸人に両腕を差しのばす。音楽にかき消されて声は聞こえないが、天に向かって藁の上のこの生きもの、哀れなこの受難者を照覧あれ、とでもいうかのようだ。この点、まるきり別の意味合いであれ、彼はいかにも受難者だった。それはともかく、ついで興行主は断食芸人のかぼそい胴をかい抱く。わざと慎重この上ない手つきでもって、いま自分が、いかにこわれやすいシロモノを手中にしているかを見せつける。のみならずこっそりと左右に揺さぶってみせるので断食芸人の足と上体がねじれて揺れる。そのあとで、いまや色を失って突っ立っているくだんの娘たちに引きわたすのだ。断食芸人はこういったすべてをじっと我慢していた。顔をガックリと胸に落とした。頭が勝手に胸元へころがり落ちて、かろうじてそこにひっかかったかのようだ。からだは空洞、足は自己保存の本能によって膝に支えられていたが、よって立つべき確かな足場を求めるかのように、空しく足元を掻いていた。全身の重量といってもまことに軽いものだったが、それが一方の女性におっかぶさる。娘の一人がおぶっていかなくてはならない。目を白黒させ、息をはずませて——こんな役目とは思ってもみなかった——よろよろと歩く。顔が触れ合うのがいやなものだから懸命に首を突き出している。それでも顔と顔が触れ合わずにはいないのだ。幸運なもう一方の娘は助けてくれない。小骨を束ねたような断食芸人の手を、ふるえながら押しいただいてついてくるだけ。場内が笑いの渦につつまれたとたん、おぶった娘がワッと泣き出す。かわって介添役が駆けつける。次はいよいよ食事の段である。うつらうつらの状態の断食芸人に、興行主が手ずから口に流しこむ。断食芸人の半眠りの状態から注意をそらすため、興行主は陽気にしゃべりづめ。つづいて見物衆の健康を祝して乾盃となるのだが、その音頭とりは断食芸人がささやきかけるという段取りになっている。楽隊が晴れやかに音楽でしめくくって幕となり、打ち出し。人々は満足して帰っていく。満足しない者など一人もいない。ただひとり断食

――芸人だけ。彼だけがひとり不満だった。
（池内紀 訳）

小説は作者を語る

断食期間は最高四十日と限られていた。そのあいだなら宣伝を高めていくにつれて人気も高まるが、四十日をすぎると、客足が少なくなる。興行上の理由しか述べてないが、もう一つ別の理由があった。それは誰もが知ることなので、ことさら触れるまでもない。聖書のなかのとりわけ有名なところである。

「ここにイエス御霊（みたま）によりて荒野（あらの）に導かれ給ふ。悪魔に試みられんとするなり。四十日四十夜断食して、後に飢え給ふ」

「マタイ伝」の一節。このあと「人の生くるはパンのみに由（よ）るにあらず」の名句が出てくる。イエス・キリストはいわば断食芸人の元祖であって、身を捨て、食を断ち、みずからを浄化した。宗教的儀礼が特異な「芸」として見世物になった例は少なくないが、断食芸もその一つだろう。

「さてその四十日目、花で飾られた檻の扉が開かれる」

楽隊つきのセレモニーがあって、見物の人々は満足して帰っていく。

「満足しない者など一人もいない。ただひとり断食芸人だけ。彼だけがひとり不満だった」

どうしていま中止しなくてはならないのか？　もっと永く、かぎりなく永く続けられる。

まさにいま至福のときを迎えているのに、なぜやめなくてはならない？

「次はいよいよ食事の段である」うつらうつらの状態の断食芸人に、興行主が手ずから口に流しこむ。

優れた小説は、つねにどこか作者自身を語っているものだが、『断食芸人』がまさしくそうである。カフカが「二つの肺にまたがる結核」と診断されるのは、一九一七年夏のこと。昼の勤めと夜の執筆という無理な生活が、「死の病い」を招き寄せた。

そののち勤め先から長期休暇をとりながら療養につとめたが、一進一退をくり返した。一九二三年、結核が喉にひろがり、食道を冒される。食べ物が喉を通らない。わずかに医者が「手ずから口に流しこむ」方式で食事をとった。

『断食芸人』を書いたのは、その前年のこと。小説がそのまま以後の作者を正確に予告していた。

断食芸人の死とフランツ・カフカの死

小説の後半では、かつての人気者が「歳の市の見世物ふぜい」に身を落とす経過が語られる。そこでこれまで相棒であった興行主と別れ、大きなサーカス一座に加わった。むしろおなさけで引きとられた。

新しい居場所は晴れの舞台ではなく、動物小屋の並ぶ通路ぎわで、人はただ通りすぎるだけ。いまやあまりものの芸人であって、「小さな邪魔もの、それも日を追ってますます縮んでいく邪魔ものだった」。

判決を下されたも同然であって、となれば全力をつくして断食をつづけ、この上なくみごとにやってのけるしかないだろう——。

『変身』の場合と同じように、ちょっとしたエピローグがつく。ある日、サーカスの監督が檻に目をとめた。立派に使えるものなのに、中にはワラくずが入っているだけ。ためしにそれを棒でかきまわすと、断食芸人が出てきた。

「まだ断食しているのかね」

と監督がたずねた。

「いつになったら止めるんだ?」

断食芸人がささやくように言う。断食せずにいられなかっただけ。ほかに仕様がなかったからだ。

「自分に合った食べ物を見つけることができなかった。もし見つけていれば、こんな見世物をすることもなく、みなさん方と同じように、たらふく食べていたでしょうね」

とたんに、息が絶えた。薄れゆく視力のなかに、ともあれさらに断食し続けるという「断固とした信念のようなもの」が残っていたという。

『断食芸人』の校正刷りが残されていて、そこには"26. Mai 1924"のスタンプが捺(お)されている。著者より印刷所にもどってきた日付であって、一九二四年五月二十六日のこと。カフカは翌六月三日に死んだから、ちょうど一週間前である。

喉頭結核が進行して、カフカは食事がとれなかった。水を飲もうとしても、喉が焼けつくように痛む。声帯保護のため言葉を禁じられていた。やりとりは小さな紙に書いた。看護にあたっていた友人が、やりとりの紙を保存していた。校正刷りが届いたときのこと。

「いま、何としても手を入れなくては」

べつの一つには、こうある。

「もう一度読み返したい。気持が乱れるかもしれないし、きっと乱れると思うが、でも、もう一度」

食べられない人が、食べない男をめぐる小説の校正をしている。二十世紀の文学的風景のなかで、もっとも特異な一つにちがいない。それはカフカ自身の自画像であるとともに、人間の運命にまつわる、もっとも象徴的なシーンではなかろうか。

友人は目にとめたそうだ。毛布にくるまれ、膝に紙の束を置いた人が彫像のようにすわっている。よく見ると、閉じた両の目から、とめどなく涙が頬をつたっていた。

友人は足音をしのばせてその場を離れた。しばらくしてもどってくると、その人は再び校正刷りを膝にひろげていた。

読書案内

①K・ヴァーゲンバッハ『若き日のカフカ』中野孝次、高辻知義訳、ちくま学芸文庫、一九九五年。
②A・ノーシー『カフカ家の人々——一族の生活とカフカの作品』石丸昭二訳、法政大学出版局、一九九二年。
③J・チェルマーク他編『カフカ最後の手紙』三原弟平訳、白水社、一九九三年。
④池内紀『カフカの生涯』白水Uブックス、二〇一〇年。

14 女性と文学

——ヴァージニア・ウルフとコレット

工藤庸子

ヴァージニア・ウルフ
（1882—1941）

コレット
（1873—1954）

先進国においては建前上、両性は平等ということになっているが、現実には社会的にも経済的にもジェンダーによる格差は歴然と存在する。近現代の文学をふり返ってみれば、ここでも男性作家と女性作家のあいだに均衡のとれた関係があるわけではない。本書をふくむ文学の啓蒙書（けいもうしょ）や文学史を一瞥（いちべつ）しただけで、まずは女性比率の圧倒的な少なさという事実によって、そのことが実感できる。

ヴァージニア・ウルフとコレットという英仏の作家を参照しながら、ペンによって生きる女性たちについて考えてみたい。二人はほぼ同世代だが、ヴィクトリア時代の末期に成長したヴァージニア・ウルフが、知的特権階級のなかでもとりわけエリートとみなされる集団に属していたのに対し、田舎育ちのコレットは、学歴は中学卒業ていどであり、大衆作家の幼妻というかっこうでパリに出て、劇場の舞台裏や怪しげな出版の世界を知ることになる。『ジェイン・エア』で使われていた用語によれば、ヴァージニア・ウルフはどこから見ても教養のある「レディ」だったけれど、一方のコレットは、最初の夫と別れてミュージックホールの舞台に立ち、二度の離婚と三度の結婚で世間を騒がせた。

ウルフとコレットをへだてる距離は、社会の良識という観点で測るなら、きわめて大きい。にもかかわらず、自由と自立を求める強靭（きょうじん）な意志と、文筆により自己を実現する聡明（そうめい）さという二点において、二人の作家は姉妹のように似通っているともいえる。

女性というテーマをめぐる「奇妙な事実」

ヴァージニア・ウルフの『自分だけの部屋』（一九二九年）をとりあげよう。女子学生をまえに「女性と小説」というテーマの講演をすることになり、そのときの講演原稿をフィクション仕立てにして大きくふくらませたものであるという。語り手は架空の名前をもつが、ウルフ自身の経験が元になっていることはたしか。講演の依頼を受けたその女性は、資料を探すために大英博物館の図書館を訪れる。そして厳めしい知の殿堂に、女性をテーマとする蔵書があふれるほどあることに呆然としたという経験が語られる。

カウンターに行って、細長い紙を一枚取ります。それからカタログの一冊を開きます。それから……この五つの点は、茫然自失として、驚き、うろたえた五分間を指し示すものなのです。あなた方は、一年間に女性に関する本がどのくらい書かれているか、御存知ですか？　そうした本が男性によってどのくらい書かれているか、見当がつかれますか？　御自分たちが、おそらく世界中で最も多く論じられている動物であることにお気付きですか？

（中略）

本の題名ですら、私にとっては考える材料になります。性とその本質が医者や生物学者の興味をそそるのは、尤もなことでしょう。ところが、意外で説明し難いのは、性——すなわち、女性——が、愛想のよい随筆家や手先の器用な小説家や文学修士の学位を取った青年のほか、何の学位も取っていない者や女性ではないという以外に何の資格もないような人々の関心をも惹きつけている事実です。これらの本の中には、一見したところでは、不真面目でふざけたものもあります。しかし、他方には、真面目で予言に満ち、道徳的で忠告に富んだものもたくさんあります。本の題名を読むだけでも、数知れぬ教師や数知れぬ牧師が教壇や説教壇に上がり、この一つの題目についての講演に通常割り当てられる時間を遥かに越える饒舌ぶりを発揮しているところが目に浮かびます。
(ヴァージニア・ウルフ『自分だけの部屋』/川本静子 訳)

図書館にはおびただしい数の「女性本」がある、というだけの話だが、いかにもイギリス的なユーモアと諧謔(かいぎゃく)の精神をまず味わっていただきたい。男性は資格があろうとなかろうと、女性について本を書いているのだが、男性について書かれた本はそもそも少ないし、女性が男性について書いた本というのは見つからない、と語り手は指摘する。要するに、女性が男性の興味を惹(ひ)く度合いは、男性が女性の興味を惹く度合いよりはるかに大きいということか? そうだとしたら「奇妙な事実」ではないか、というのが、ひとまず著者の

問いかけたいことなのだ。女性について、これほど圧倒的な量の本が書かれているのに、なぜ今さら「女性と小説」の話をしなければならないか、という悪戯っぽい仄めかしもあるだろう。なるほど、すでに語り尽くされている問題であるならば、わたしたちも『世界の名作を読む』と題した本書の一章を、わざわざ女性作家というテーマのために割く必要はないはずだ。

しかし笑いを誘うパラドックスの背後に読みとれるのは、じっさいには、重大で深刻な事態である。歴史的に見ても、そもそも女性は、ごく少数の例外をのぞき、ものを書く人ではなかった。女性が男性に関心がないのではなく、たんに本を書く機会に恵まれた女性が、ほとんどいなかったのである。それだけではない。女性が女性のことを語るのであれば世間は大目に見てくれるけれど、かりに女性が男性の作家を辛辣に批評したりすると、これは厄介な問題になる、とウルフは別のところで語っている。そんな差別は昔のこと、よその国のことだ、とわたしたちは断言できるだろうか。

ヴァージニア・ウルフとその夫

ところで十九世紀の女性作家たちが、韻文の詩歌や演劇ではなく、小説という散文の形式を選んだのはなぜなのか。ウルフは女性の生活環境の問題から、この謎を解き明かす。女性作家たちは、共同の居間で出入りする人々に邪魔をされながら、身の回りの素材を使って小説を書いた。視野を広げるために、あるいは作品執筆の取材と称して、何ヵ月も国外を旅行するなどということは考えられなかった。女性とはこのように、物理的に自由を奪われた存在なのであり、その女性が、ようやく手に入れた表現形式が小説だった。「小説だけが歴史が浅く、女性の手で左右できた」ものだったからである。

「家庭の天使」を殺さなければならなかった

ウルフは『ジェイン・エア』を素材にして、家庭に閉じこめられた女性の「怒り」について語っている。ヒロインがロチェスターの屋敷に住むようになって間もない頃の、もやもやした心境を述べているところ。人から「足るを知らぬ者」ととがめられるとしても言わずにはいられない、という導入につづくジェインの独白を、まず読んでいただこう。

人間は平穏に満足すべきだ、などといっても意味がない。人間は行動せずにはいられない。もし行動できないときには、自分で作り出すことになるだろう。わたしより静穏な運命に定められた人は無数におり、自分の運命に無言の反抗をする人も無数にいる。

政治的な反乱以外に、人々の間に燃え立っては消される反乱がいかにたくさんあることだろう。一般的に女性は穏やかだと思われているが、女にも男と同じ感情がある。能力を発揮し、努力の成果を生かす場を、男性同様に必要としている。あまりに厳しい束縛やあまりに動かぬ沈滞には、男性同様に苦しむのだ。女は家に閉じこもって、プディングを作ったり、靴下を編んだり、ピアノを弾いたり、布袋に刺繡(ししゅう)をしたりしているのが当然だなどというのは、より多くの特権を享受している男性側の偏狭な考えだ。慣習によって必要と認められているより多くのことを行いたい、より多くのことを学びたいと願う女性を責めたり笑ったりするのは、心ないことである。
　こうして一人でいるときに、グレイス・プールの笑い声を聞くことがよくあった。

（シャーロット・ブロンテ『ジェイン・エア』第12章／河島弘美　訳）

　ウルフは、むろん深い共感とともに女性の人権宣言のような断章を引いているのだが、真の狙いは、ジェイン・オースティンとシャーロット・ブロンテとの比較から「女性作家」のあるべき姿を導くことにある。『自負と偏見』は「一八〇〇年頃、憎悪も、恨みも、恐れも、抗議も、説教もこめずに、ものを書いていた一人の女性が現に存在した」ことを証している、とウルフは断言する。これは「シェイクスピアがものを書く態度」であり、この態度こそが、オースティンの作品の「最大の奇跡」だというのである。これに対してシャーロット・ブロンテは、ヒロインの口を通して自分の本音を語り、自分の「激怒」を露わにしてしまっているが、それはまずい。しかも話が一段落すると、改行して唐突に、ロチェスターの妻の看護人に話が飛躍する。これは小説の技法として欠陥ではないか、というのが『ジェイン・エア』に対するウルフの批判である。

『ダロウェイ夫人』を読めば納得できるはずだが、ウルフ自身は、作中人物の瞑想や、とりとめのない物思いを「意識の流れ」と呼んで、いかにしてこれを、ありのままのかたちで小説の言語に変換することができるのか、さらに、どうしたら登場人物の内面と外の世界の出来事とを、なめらかにつなぐことができるのか、という創作上の課題にとり組んでいた。当然のことながら、批評家としての目の付け所は、作家としての探究の主題に連動するのである。女性と男性が異なる経験から異なる視点を導き出すことは、まったく自然なのだけれど、「女性作家」が「シェイクスピアがものを書く態度」を模範にしていけないはずはない。ある男性作家による『女性作家』と題した著作についての書評において、ウルフはこうも語っている――「男性あるいは女性が書いた本を、著者が男だからとか女だからということで批判することは、自分が男あるいは女であるという事実からくる偏見を、ほぼ例外なく辛辣に述べたにすぎない」。(読書案内②)

しかし、そうはいっても女性作家は宿命的に、男性作家とは異質な闘いに挑まなければならない。ヴィクトリア朝とは、一八三七年から一九〇一年まで、長く君臨した女王の名をとって呼ばれる時代だが、当時の理想的な女性像について補足しておくなら、「レディ」たる者、礼儀作法をわきまえた品位ある女性であることはもちろんだが、それだけでなく、人文的な素養があり、フランス語など外国語を習得し、ピアノ、絵画などの芸術的な技能も身につけていなければならない。そのような立派な女性たちが、社会的な活動は遠慮して、もっぱら夫の世話と子育てに専念し、控えめに「家庭の天使」という役割をつとめるべきだというのである。なんとまあ、男に都合のよい社会秩序であることか。

「女性にとっての職業」と題したエッセイで、ウルフは、自分のなかにいる「家庭の天使」を殺さなければならなかった、そうしなければ自分は「天使」に殺されていた、職業人としての作家にはなれなかった、と述懐する。男性作家を辛辣に批判するな、と囁くのは、じつは自分のなかの「家庭の天使」だというのである。（読書案内②）「天使」に殺されるか、それとも「天使」を殺すか。二者択一を迫られたことがある、と思い当たる女性が、今の日本にはいないと誰が断言できるだろう。

さて『自分だけの部屋』の作品タイトルについては、最後に近いページに種明かしがある。「小説なり詩なりを書こうとするなら、年に五百ポンドの収入とドアに鍵のかかる部屋を持つ必要がある」。さらに二ページほど先に「年収五百ポンドとは瞑想する力を表わし、ドアの鍵は自分で思考する力を意味する」と解説されている。これが、本当に言いたかったことの全てなのだろうか？　年収五百ポンドと鍵のかかる部屋をもつ女性ならば、自動的に作家になれるわけではない、という自明の事実を思いおこそう。作家となるための工夫や苦労、反省やアイデアは、『自分だけの部屋』の本文の一行一行に書き記されている。エッセイのようなフィクションのような不思議な語りの全体が、いわゆる教科書的な「文学史」の記述、男性作家中心のヒエラルキーにしばられた年代順の配置に対する挑発的かつ痛烈な批判になってもいるのである。

「高級娼婦」の視点から世界をとらえる

ベル・エポックのパリで、「レディ」とも「家庭の天使」とも無縁な環境に生きる女性作家が、マージナルな視点から独自の文学世界を立ち上げた。社会的には貶められた職業にたずさわる人びとの日常生活や、身体の微妙な感覚、束の間の印象、秘められた官能の悦びよろこび、ひそかな性的欲望などが、小説の素材として、いかに豊潤であるかを、作品の創造をとおして証明したともいえる。参照する『わたしの修業時代』は、すでに国民的な作家とみなされていた晩年のコレットが、みずからの出自と自立の過程をふり返った回想録のような作品である。

冒頭で語り手は、自分は無名の人々から人生を学んだ、と述べ、記憶に残る風味ゆたかな友人との交流を紹介する。たとえば「ココット」と呼ばれる女性たち。一般に「高級娼婦」という訳語が当てられており、男性の相手をすることで生活の資を得る女性たちを指す。アレクサンドル・デュマ・フィスの『椿姫』は、世の男たちの期待に応え、罪の意識にうちひしがれて死んでいく。これに対してコレットの描くザザは堂々としたものだ。それは「男にとっては緑ゆたかな牧場、万一にそなえた穀物倉のような女たち」のひとりである。Aと呼ばれる男は、そのようなザザと「長閑な関係」を長らくもっていた。そのAが友人Bをザザに紹介する。

ザザとさしむかいになったBは、彼女が呼びさます警戒心と畏怖のまじった敬意について仄めかした。「貴女みたいな女性は……男を骨抜きにしてしまうんでしょうね……だってそうでしょ！……Aの奴は馬鹿だから、いい奴だけど鈍いからね、なんにもわかっちゃいないんだ……なんですって？……とぼけないで下さいよ！……ありがたいことにこれでもまだ人を見る目はあるんでね……」等、等。

夜中の零時ころ、Bはザザの白い手のうえに、はらはらと涙をこぼしていた。彼女は人の好さそうな大きな口をすぼめて彼をみおろしていた。われらの友人Aには、何も報告しなかった。そして彼女は、Bに対してだけ、ファム・ファタルの大仰で時代おくれの衣装を完璧にまとうことにしたのである。彼女は彼をおびきよせ、追放し、呼びもどし、あわれな男の手首にガラスの破片で自分の名前の四文字をきざみ、タクシーのなかで逢引きの約束をし、赤毛に漆黒の羽根をさし、シャンティイ〔繊細なレース作りで名高いパリ北方の町）の黒レースの下着を身につけ、なんともスキャンダラスなことに肌を許そうとしなかった。そんなわけでBは、迷いから覚めるどころか、自分ででっちあげた女吸血鬼をいよいよ信じる羽目になったのである。そこでAがBのことを心配した。

「どうしたんだよ、きみ？　肝臓かい？　膀胱かい？　温泉にゆくか、医者にかかるか、なんとかしたらどうだい！　ほっておいたら駄目だぜ、もうご臨終って顔つきだもの！」

言った本人が考える以上に、これは図星だった。なぜならBは、食事も喉をとおらず、夜は眠れず、ちょいちょい風邪を引き、そのうちに呪いをかけられた者が衰弱するような具合になって、ぽっくり死んでしまったからだ。枕のしたからも私信のなかからも、あるいは仕事の書類にまじり、ぞくぞくとあらわれたザザの写真は、B未亡人の悲嘆を治療するのに、すくなからぬ効果があった。

（コレット『わたしの修業時代』／工藤庸子 訳、以下同）


「ファム・ファタル」は訳せば「宿命の女」、男を破滅させる魔性の女を意味することはご存じだろう。世間でいう「ファム・ファタル」などというのは、男の被害者意識と自虐的な欲望が生んだ幻想にすぎないのであって、女がその気になれば演じることも可能な役割のようなものだ。そんな人生哲学を、ザザという名のココットが「空色の小さなプルオ

コレットとその夫

ーバー」を編みながら、のんびりした口調で教えてくれた、という話である。犠牲者のBは死んでしまったのだから、本格的なマゾヒズムの短篇小説でも書けそうな素材なのだが、あっけらかんとした調子や「黒のシャンティ・レースがめろめろに好きだってわけじゃないけれど、あれロマネスクな感じでしょ……」などという合いの手が、小気味よい効果を上げている。「たとえ出来心にしたって、悪魔に手を出すようなことしたらいけないのよ。お馬鹿さんのBときたら、悪魔に手を出してみたんだわ……」という捨て台詞にも、凄みがある。

コレットの代表作『シェリ』は、

親子ほども歳のちがう美青年との愛と別れを描いた物語だが、ヒロインは財産をたくわえて引退したココット。ここでも作家は、自立して端正に生きようとするレアの視点を全面的に生かして物語の世界を構築する。娼婦、芸人、麻薬常習者、老いた道楽者、あるいは同性愛者など、マージナルな存在を共感をもって描くこと、しかも豪奢で官能的で洗練された生き方を提示してみせること。二つの課題は一見、矛盾するようだけれど、これが自然に折り合いをつけているところが、コレットならではなのである。

離婚と自立——逡巡する心をいかに語るか

『ジェイン・エア』は、結婚をゴールとする「恋愛小説」の模範であり、『ボヴァリー夫人』は、結婚という契約への違反という意味で「姦通小説」の代表格。これに対してコレットが『わたしの修業時代』のなかで描いたのは、結婚の解消というテーマである。決意して、ついに独りになったとき、若き時代の「修業」が終わり、わたしは一人前の女になった。これが作品の終着点に浮上する心象風景だが、回想の本体は、葛藤と逡巡の日々の記憶からなっている。

なにしろ逃げる気はなかったのだ。どこへ行って、どうやって生活しろというのだろう？　それにいつものことだがシド〔語り手の母親の愛称〕が心配だった……。彼女の

ところにもどって、すべてを打ち明けるなんて、絶対にいやだ……。わかっていただきたいのだが、わたし自身は無一文だった。さらにわかっていただきたいのだが、動物であれ、人間であれ、囚われの身にあるものが、たとえ外見はどうであろうと、つまり、格子のうしろで行ったり来たりして、壁の彼方の遠くにむけて、物思わしげなまなざしを投げたりしていても、だからといって、ひっきりなしに脱出を夢見ているわけではない……。それはむしろ習慣ゆえに、牢獄のかぎられた寸法ゆえに、自然と身についてしまった反射運動なのだ。リスか、鹿のような野生動物か、あるいは小鳥であってもよい、日頃から彼らが目ではかり、身体(からだ)を押しつけ、哀願しているように見える扉を、不意に開けてごらんなさい。あなたが期待するように、前に跳びだし、飛んでいってしまうことは、ほとんどなくて、それどころか動物はとまどって身動きせず、むしろ檻のおくへとあとずさりするだろう。わたしにはありあまるほど考える時間があり、しかもしょっちゅう聞かされていたのである。尊大で嘲るようなあの言葉、締めつける輪のようにぎらぎらとしたあの言葉を。「要するに、あなたはまったく自由なんだよ……」

逃げるって?……どうやって逃げることができるだろう。わたしたち田舎育ちの娘というものは、一九〇〇年のあの当時、結婚生活から逃げだすということに関しては、なにか途方もなく厄介なものという感じしかもっていなかった。憲兵さんとか、ぱんぱんのトランクとか、顔をおおう厚いヴェールとか、それに加えて汽車の時刻表とか……。

逃げる……そうはいっても、わたしの血管のなかに流れている一夫一婦制への執着が、なんと邪魔になることか……。逃亡という言葉、その蛇のようなささやきが、ほかならぬこの血によって、わたしに吹きこまれるはずはないのである。

コレットは、結婚生活からの脱出という無意識の願望を、アトリエでの無意味な体操の仕草に託し、逡巡する精神のありようを、檻のなかの小動物の動きによって描き出す。人間は、はたしてどの程度、言語を使って分析的にものを考えるか、という疑問を抱いたことがおありだろうか。たとえば離婚を決意する過程で、別れるべき相手について不満や恨みの言葉が怒濤のようにあふれることはあるかもしれない。その一方で、未知の世界に踏み出すことへの戸惑いや恐れといったレヴェルのことは、雄弁に解説し、冷静に分析してしまったら、かえって真実味を失うかもしれない。シャーロット・ブロンテは「家庭の天使」という拘束から解放されたいという強烈な思いを、ヒロインの口を借りて理路整然と語ってしまったことで、ヴァージニア・ウルフの批判を招く。これはヒロインが生身の女性として考えている言葉ではない、作家が原稿用紙に向かって自分の考えを書いている文章だという含意である。批判の意味するところは、コレットが見いだした叙述の技法と比較してみれば、いっそう明確になるだろう。

コレットはヴァージニア・ウルフのように文学評論を手がけることはなかったが、文壇での評価は晩年にますます高くなり、第二次世界大戦が終結したのちは、ゴンクール賞の審査委員長までつとめている。

①ヴァージニア・ウルフ『自分だけの部屋』(川本静子訳、みすず書房、一九九九年)は名著だが、古典文学や文学評論に親しんだ人でないとわかりにくいかもしれない。「訳者あとがき」を先に読むことで全体像がつかみやすくなるだろう。

②ウルフの評論集をもう一つあげるとすれば『女性にとっての職業』(出淵敬子、川本静子訳、みすず書房、一九九四年)。表題作の巻頭エッセイで「家庭の天使」が話題になるが、その内容は古びていない。

③コレット『わたしの修業時代』(工藤庸子訳、ちくま文庫、二〇〇六年)は、すでに品切れになっている。

④コレット『シェリ』(工藤庸子訳、岩波文庫、一九九四年)のほか、映画公開を機に出版した新刊がある(左右社、二〇一〇年)。朗読向きになるよう訳文に手を加え、現代日本の一般読者にむけたコレット論を「訳者解説」として書き下ろした。

15 マルセル・プルースト『失われた時を求めて』

工藤庸子

マルセル・プルースト
(1871—1922)

『失われた時を求めて』（一九一三―一九二七）全七篇は、翻訳を四百字詰原稿用紙で数えれば一万枚、常識的な長篇小説十冊分である。病身のマルセル・プルーストはコルク張りの部屋にこもってベッドに横たわり、この畢生の大作を執筆した。作品の後半は死後出版である。

　時間をテーマとした抽象的で晦渋な哲学小説という見方もあるのだが、じつは身近な日常の経験が作品の素材となっている。まずは身構えずに読んでみよう。たとえばプチット・マドレーヌの味覚から不意に甦る子どもの頃のあざやかな記憶、あるいは作品の冒頭におかれた夢と覚醒の境界に漂う精神の曖昧な状態……。

　この小説は、一人称の回想という体裁をとってはいるけれど、十九世紀のリアリズム小説のように、時間の流れに沿って順番に過去の出来事を想起したものではない。はじめての読者は、一直線には進まない、まるで渦巻きのような話題の進展に、ちょっと戸惑うかもしれない。作品に内包された「記憶とは何か」という探究のテーマと、この独特な物語の構造には関連があるにちがいない。

　最もよく知られた冒頭部分はやや丁寧に読んでみる。百人以上の人物が登場する風俗小説的な側面にふれたあと、もう一つ、語り手の祖母の死をめぐる断章を取りあげよう。肉体の病と精神の孤独という深刻なドラマに混入する喜劇的な要素、死者の安らかな顔、愛する者との離別と記憶の甦り……。どんな人にも何かしら思い当たるところ、身につまされる話があるにちがいない。

「知性の記憶」と「無意志的な記憶」

幼少期の懐かしい想い出や成人してからの苦労話を語りたい、人生をふり返る「回想録」を書きたいという人間の欲求は、文明の歴史と同じぐらいに古いものだろう。プルーストにとっても、文学の素材は自分自身の生きてきた人生だった。

『失われた時を求めて』は、記憶の小説であるといわれているが、叙述の形式は一般の「回想録」とは似ても似つかない。小説の語り手にとって最終的な目標は、自分の人生の出来事を、詳細に客観的に想い出し、時間の流れにそって記録することではないからだ。本当に生き生きとした記憶、過ぎ去った昔の時間が今、ここに甦るような記憶とは、どのようなものか、と語り手は自問する。実際に過去のある時間が、今、ここで、生命の通う時間として甦ったとしたら、それは「失われた時」がふたたび「見出(みいだ)された」ということであり、つきつめればそれは、生命の再生にも等しい、奇蹟(きせき)のような何かであるとさえいえる。『失われた時を求めて』の最後にあたる第七篇は『見出された時』というタイトルになっており、小説の全体が、この主題に収斂(しゅうれん)してゆくのだということを、まず念頭においていただきたい。

プルーストによれば記憶には二つの種類がある。一方は「知性の記憶」、もう一方は

「無意志的な記憶」。誰にでもありそうな経験を例に挙げるなら、たとえば古いアルバムを見て、おぼろげな記憶を辿りながら、そこに写っている人たちが誰なのか、いつ頃、どんな状況で撮った写真だろうか、などと頭をひねって考える。これは「意志的な記憶」であり、つまりは「知性の記憶」でもあるのだが、一方の「無意志的な記憶」というのは、その名のとおり、私たちの「意志」とは無関係にむこうからやってくる、不意打ちのように私たちを襲う記憶である。ふと何かのメロディを耳にした時に、不意に切ないような、甘酸っぱいような、仕合わせな想いが胸にひろがったとしよう。それが、子どもの頃のピアノのお稽古や、あるいは青春の出会いの想い出に結びついた旋律であることに気づくまで、何秒か、もしかしたら何分か、かかるかもしれない。忙しい日々の生活のなかでは、その旋律が、どんな具体的な想い出に結びついているのか、探すのも億劫で、結局わからず仕舞いになり、一瞬、胸のうちにひろがった甘酸っぱい感情も、そのまま忘れてしまうことのほうが多いだろう。このメロディの役割を、プチット・マドレーヌの味覚におきかえてみれば、有名なエピソードのおよその輪郭が推測できる。

プチット・マドレーヌの味と匂い

理詰めで努力すれば想い出せる「知性の記憶」は、過去の時間をいわば死んでしまったものとして羅列し、反芻しているにすぎない。何かを想い出したという満足感はあるかもしれないが、それ自体は、つまり記憶のメカニズムとしては、不毛で、何の歓(よろこ)びももたらさない。これに対して「無意志的な記憶」こそが、過去の時間を甦らせる魔力をもっているのだが、そこでは「知性」ではなく「感覚」が、たとえば聴覚や、触覚や、そして味覚などの、どちらかというと曖昧な感覚が、きっかけを与えてくれる。ちなみにプルーストは「視覚」による記憶、つまり「目の記憶」は「知性の記憶」に近いと考えている。前述のアルバムの例とメロディの例からも、それは推測できるだろう。

さて問題のプチット・マドレーヌの断章は、第一篇「スワン家のほうへ」の第一部「コンブレー」の導入部分を締めくくる。コンブレーというのは、作者が少年のころ家族でヴァカンスを過ごした小さな町を指す架空の名。もともとイリエと呼ばれていた町は、今日ではプルーストにちなんでイリエ＝コンブレーと呼ばれている。

語り手がある日、母にすすめられた紅茶にプチット・マドレーヌをひたして口にはこんだとたんに、それはおきたのだった。

コンブレーにかんして、就寝の悲劇とその舞台以外のものがすべて私にとって存在しなくなってから、すでに長い歳月が経っていたが、ある冬の日、帰宅した私が凍えているのを見た母が、私の習慣に反して、紅茶をすこし飲んでみてはと勧めてくれた。最初は断ってみたものの、なぜか思い直して飲んでみることにした。そこで母が持って来さ

せたのは、溝のあるホタテ貝の殻に入れて焼きあげたような「プチット・マドレーヌ」という小ぶりのふっくらしたお菓子だった。やがて私は、その日が陰鬱で、明日も陰気だろうという想いに気を滅入らせつつ、なにげなく紅茶を一さじすくって唇に運んだが、そのなかに柔らかくなったひとかけらのマドレーヌがまじっていた。ところがお菓子のかけらのまじったひと口が口蓋（こうがい）にふれたとたん、私は身震いし、内部で尋常ならざることがおこっているのに気づいた。えもいわれぬ快感が私のなかに入りこみ、それだけがぽつんと存在して原因はわからない。その快感のおかげで、たちまち私には人生の有為転変などどうでもよくなり、人生の災禍も無害なものに感じられ、人生の短さも錯覚に思えたが、それは恋心の作用と同じで、私自身が貴重なエッセンスで充たされていたからである。というよりこのエッセンスは、私のうちにあるのではなく、私自身なのだ。もはや自分が凡庸な偶然の産物で、死すべき存在だとは思えなくなった。この強烈な歓びは、いったいどこからやって来たのだろう？

（第一篇『スワン家のほうへ』第一部「コンブレー」／吉川一義 訳、以下同）

「えもいわれぬ快感」とか、「もはや自分が凡庸な偶然の産物で、死すべき存在だとは思えなくなった」といった表現は、ずいぶんと大袈裟（おおげさ）に思われよう。要するに「あっ、これは何だろう」というときめきをひとまずこう説明してみたのである。このあと、口に含んだお菓子の香ばしい味わいが、子どもの頃のある想い出に結びついていることを発見するまでに、文庫本で三ページ以上あるのだが、無理を承知で要約してみよう。マドレーヌを口に含んだとたんに自分の内部を満たした強烈な歓びはなんであったのか。問いかけてみようと、二口（ふたくち）、三口（みくち）と、紅茶に浸したマドレーヌを味わってみるが、かえって、その効力は弱まってゆくように思われる。そこで私は一休みして、自分の精神を一口めを飲んだ瞬間に立ち戻らせ、もう一度、その味わいと向きあってみる。すると自分のなかで、何ものかが身震いし、それが移動し、立ち現れようするのが感じられる。そこで「錨（いかり）のように引き揚げようとするのだが、よほど深いところにあるらしい」ものが、ゆっくりと「それが通過してきた距離のざわめき」を伝えながら上がってくる。さて、皆さんはこの感覚、身体の奥底から何かがこみあげてくる、喉元（のどもと）にまで静かにズーンとこみあげてくるという感覚がなんとなく思い当たるだろうか。

ようやく深いところで震えているのが「イメージ」であり、「視覚的な想い出」でもあることに気づくのだが、さらに逡巡（しゅんじゅん）と試行錯誤がつづいたのち。

すると突然、想い出が私に立ちあらわれた。その味覚は、マドレーヌの小さなかけらの味で、コンブレーで日曜の朝（というのも日曜日は、ミサの時間まで私は外出しなかったからである）、おはようを言いにレオニ叔母の部屋に行くと、叔母はそのマドレー

ヌを紅茶やシナノキの花のハーブティーに浸して私に出してくれたのである。その後もプチット・マドレーヌを見てはいたが、味わうまではなにも想い出すことがなかった。以降も食べはしなかったがしばしば菓子屋の棚で見かけていたので、そのイメージはコンブレーの日々を離れ、ごく最近の日々と結びついていたのかもしれない。あるいは、記憶のそとに長いあいだ放置されたさまざまな想い出にはなにひとつ生き残るものがなく、すべてが崩れ去り、さまざまな形も——厳格で信心ぶかい襞につつまれながらも、むっちりと官能的な、あの小さな貝殻状のお菓子の形もまた——消え去ったり深い眠りに就いたりして、ふたたび意識にのぼるだけの活力を失っていたのかもしれない。ところが、古い過去からなにひとつ残らず、人々が死に絶え、さまざまなものが破壊されたあとにも、ただひとり、はるかに脆弱なのに生命力にあふれ、はるかに非物質的なのに永続性があり忠実なものとは、匂いと風味である。それだけは、ほかのものがすべて廃墟と化したなかでも、魂と同じで、なおも長いあいだ想い出し、待ちうけ、期待し、たわむことなく、匂いと風味というほとんど感知できない滴(しずく)にも等しいもののうえに、想い出という巨大な建造物を支えてくれるのである。

それが叔母が私に出してくれたシナノキの花のハーブティーに浸けたマドレーヌのかけらの味だとわかったとたん(この想い出がなぜ私をあれほど幸福な気分にしたかは、まだわからなかったし、その理由を発見するのはずいぶん後に先送りするほかなかったけれど)、たちまち叔母の寝室のある、通りに面した灰色の古い家が芝居の舞台装置のようにあらわれ、その裏手の庭に面して両親のために建てられた小さな別棟がつながった(それまで私が想いうかべていたのはこの一角だけで、ほかは欠けていたのだ)。そして家とともに、朝から晩にいたるすべての天候をともなう町があらわれ、昼食前にお使いにやらされた「広場」はもとより、私が買い物に出かけた通りという通り、天気がいいときにたどったさまざまな小道があらわれた。そして日本人の遊びで、それまで何なのか判然としなかった紙片が、陶器の鉢に充たした水に浸したとたん、伸び広がり、輪郭がはっきりし、色づき、ほかと区別され、確かにまぎれもない花や、家や、人物になるのと同じで、いまや私たちの庭やスワン氏の庭園のありとあらゆる花が、ヴィヴォンヌ川にうかぶ睡蓮が、村の善良な人たちとそのささやかな住まいが、教会が、コンブレー全体とその近郊が、すべて堅固な形をそなえ、町も庭も、私のティーカップからあらわれ出たのである。　(同)

マドレーヌの匂いと風味は「ほとんど感知できない滴(しずく)」のようなものではあるけれど、それが身体の深みに魂のように潜んで待ちうけており、しかもその上に「想い出という巨大な建造物」がのっかっていたというのである。少年が家族とともに夏の季節を過ごしたレオニ叔母の家、近所の街並み、知り合いの家、教会、そして「コンブレー全体とその近郊」が、こうして「私のティーカップ」からとび出してくる。「日本人の遊び」なるものが、決定的な比喩として使われていることにお気づきだろう。年配の人ならご存じかもしれないが、昔、縁日に夜店で売っていた「水中花」と呼ばれるもので、水に入れると水を吸って開き、草花の形になる造花。タラノキの芯や細い木の枝に彩色して作り、コップの中に入れて観賞するという。

小説の書き方、書き始め方

『失われた時を求めて』の語り手は物書きということになっており、この小説には、プルースト自身の小説の書き方について、謎を解くヒントがあちこちに秘められている。たとえば、人は自分の書き方を顕微鏡を使って書いていると形容するが、じつは望遠鏡を使っているのだ、と語り手は述懐するのである。じっさい顕微鏡は至近距離におかれた物体を拡大するが、自分は眼前にあるものを克明に描写する作家ではない。一方、想い出は遠い彼方にあり、しかも望遠鏡が捉えるのは、プレパラートのうえに置かれた微細な物体ではなくて、それこそ一つの天体のような、巨大な対象なのだ。そうプルーストはいいたいのだろう。マドレーヌのエピソードは、少年時代という大きな世界を、望遠鏡でしっかり捉えるプロセスとして位置づけられる。これは大仕事なのであり、長々と描写される精神のダイナミックな仕草は、馴染みのある用語を使えば、とてつもなく強力な「ズームアッ

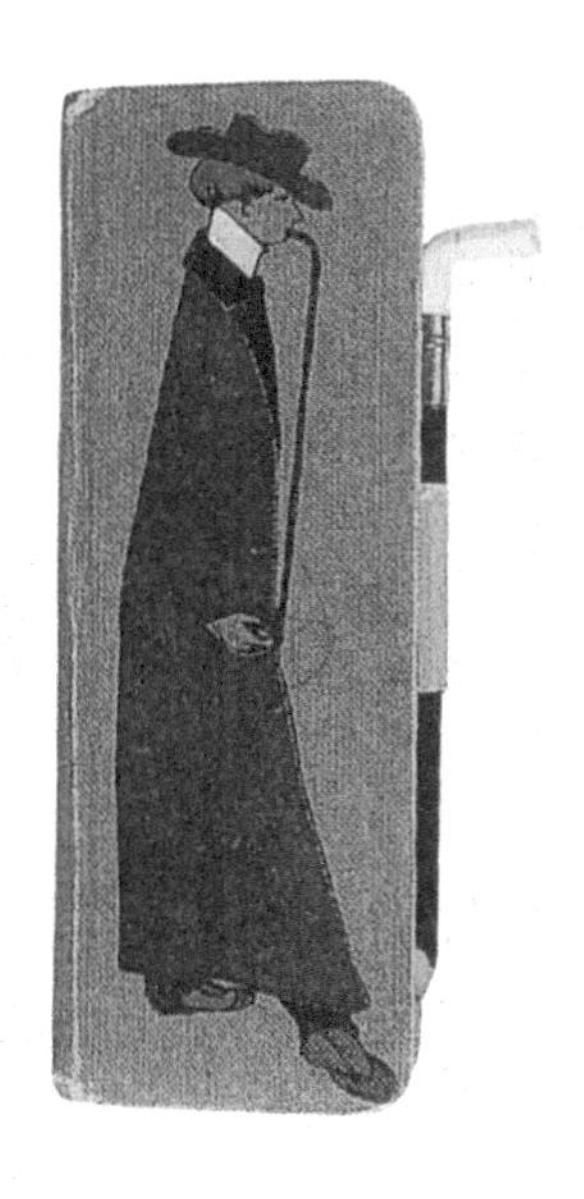

プルーストが作品の構想を書き留めた手帳

プ」のような作業に当たるのだろう。

プルーストのテクストは、いつもこんな調子で書かれているのかと恐れをなした方がいるかもしれないが、じつは、そんなことはない。雑駁な言い方になるけれど、しだいにバルザックのような古典的小説に似てくることはたしかなのだ。作品の冒頭近くに置かれたプチット・マドレーヌの断章は、いわば扇の要のようなものであり、しかも第一部「コンブレー」では、プルーストの構想した前代未聞の小説の書き方が、いわば凝縮したかたちで実践されている。はじめての読者をとりわけ困惑させるのは、幕開けの一文だろう。

長いこと私は早めに寝むことにしていた。ときにはロウソクを消すとすぐに目がふさがり、「眠るんだ」と思う間もないことがあった。ところが三十分もすると、眠らなくてはという想いに、はっと目が覚める。じつは眠っているあいだも、いまだ手にしているつもりの本は下におき、灯りを吹き消そうとする。じつは眠っているあいだも、さきに読んだことをたえず想いめぐらしていたようで、それがいささか特殊な形をとったらしい。つまり私自身が、本に語られていた教会とか、四重奏曲とか、フランソワ一世とカール五世の抗争とかになりかわっていたのである。目が覚めても、数秒の間はそのような想いが残り、べつに私の理性に齟齬をきたすこともなく、目の上にうろこのように重くかぶさり、そのせいかロウソクが消えているのもわからない。ついでその想いも、やおら理解できなくなるのは、

霊魂が転生したあとでは前世で考えたことがわからなくなるのと同じである。本の主題は私から離れ、私がそれにこだわるもこだわらないも自由になる。やがて視力が回復すると、まわりが真っ暗なのに驚きはしても、私の目には優しい安らぎの暗闇で、もしかすると精神にとっては一層そうだったかもしれない。それは根拠のない、理解不能の、まさしくわけのわからない真っ暗闇としてあらわれたからである。いったい何時になるのだろうか、と私は思った。

（第一篇『スワン家のほうへ』第一部「コンブレー」）

ベッドに入り、ふと寝込んでしまったけれど、浅い眠りが断ち切れて、どうやら自分は目覚めているらしい。それにしても、自分は、どこで何をしているのだったか、自分のいる場所の記憶が失われ、自分の位置する時間が見失われてしまったような、不思議な感覚に包まれる。

人は眠っていても、自分をとり巻くさまざまな時間の糸、さまざまな歳月と世界の序列を手放さずにいる。目覚めると本能的にそれを調べ、一瞬のうちに自分のいる地点と目覚めまでに経過した時間をそこに読みとるのだが、序列がこんがらがったり、途切れてしまったりすることがある。

（同）

皆さんは、こうした感覚そのものを意識して、なるほどと確認したことがあるだろうか。目覚めと睡眠の中間に位置する半分眠ったような、半分目覚めているような状態というのは、どんなに寝付きのよい人でも経験があるはずだ。このふわふわした感覚を「半覚醒」の状態と呼ぶことにしよう。それにしてもなぜ、プルーストは、この「半覚醒」の状態から、小説を書き始めたのだろう。プチット・マドレーヌのエピソードと何か関連があるだろうか。

「回想録」という文学のジャンルについて冒頭で言及したが、一般に小説は、過去形で書かれているのだから、広い意味では、すべてが「回想」であるともいえなくはない。小説とは、誰かが、過去に起きた出来事を想い出しながら順番に語っている、というスタイルのフィクションである。いつ、誰が、どこで、何をしたかを報告する語り手の精神は、当然のことながら覚醒しており、完全に目覚めた知性の活動が記憶をたぐり寄せている――私たちは、ごく自然に、そのように了解していると思われる。ところがプルーストは、いつ、誰が、どこで、という小説の基本的な設定を徹底的に曖昧にするところから書き始めようというのである。

ここで「知性の記憶」と「無意志的な記憶」という対立を想い出していただきたい。十九世紀のリアリズム小説の語り手は、原則として「知性の記憶」をたよりに物語を構成する。ところがプルーストは、「無意志的な記憶」を主題とする小説を書こうというのである。そのため小説の幕開けには、理詰めの思考にしばられぬ特別の状況を設定し、そこから言葉を紡ぎ出そうとしたのだろう。それが、眠りと目覚めのあわいに位置する「半覚醒」の状態である。

こうして曖昧で安らかな闇につつまれた精神のようなものが、冒頭のページに置かれたのだった。そのまま夢うつつの状態にある語り手は、ベッドに横たわったまま「身体的な記憶」をたよりに自分がこれまでに知ったあの部屋のこと、また別の部屋のことなどを、想いおこしている。「身体的な記憶」などというと、よほど高級な話のようだけれど、これも「無意志的な記憶」と同様に「知性の記憶」の対極にあることはおわかりだろう。プルーストのテクストに書いてあることは、きっと誰にでも身に覚えのあることにちがいない。まずはそう考えて、批評や哲学的な解釈は脇におき、作品に向きあっていただきたい。小説冒頭の、時間も空間も特定できない曖昧で安らかな闇から『失われた時を求めて』の一万枚の時空が花開く。その華麗な手法に息を呑み、ここにも日本の「水中花」がある、と感嘆するだけで、読書の経験として充分なのである。

賑やかな風俗小説

『失われた時を求めて』には、年齢も職業も社会階級もさまざまの、百人以上の人物が登場する。これだけ多彩な人びとが登場するのだから、小説の舞台や風景が単調なはずはない。たとえば閑静な田舎町コンブレーでヴァカンスを過ごす家族の生活や、大金持ちのブルジョワのサロンや、閉鎖的な貴族の社交界や、海辺の避暑地での出会いなどが描かれる。若い男女の恋愛や、恐ろしく執拗（しつよう）なジェラシーという心理的なドラマもある。画家と作家と作曲家が登場し、それぞれの芸術をめぐる思索が展開されてゆく。同性愛の問題と、人種として定義されたユダヤ人の排斥という問題は、フランス世紀末の思想や科学のパラダイムを照らし出す。さらに、これも発端はユダヤの問題だが、ドレーフュス事件が社会に与えた衝撃や、第一次世界大戦という人類史的な事件までが、たんなる舞台背景にとどまらず、小説の構造そのものにかかわる本質的な主題を構成する。

世相風俗を捉えるプルーストは、第一級の「モラリスト」だった。「モラリスト」といえば、モンテーニュ、パスカル、ラ・ロシュフコーなどの名が挙げられることが多いけれど、要するに、人間の本性や情念を不断に観察し、鋭く分析することを指す。『失われた時を求めて』は、あくまでもフィクションだから「語り手」である「私」は同時に作中人物でもある。そして当然のことながら、そこには作者マルセル・プルーストの人生が色濃く反映されている。とりわけプルーストが幼少期から病弱であり、母親に対する強い執着を見せていたことは、重要な事実として強調しておきたい。その最愛の母は一九〇五年に他界し、数年後に『失われた時を求めて』の第一巻『スワン家のほうへ』が刊行された。その頃すでに、プルーストの健康は最悪の状態にあった。軽妙なユーモアと痛烈な皮肉、そして命あるものへの賛歌にあふれたこの長大な作品は、死の恐怖と向きあってベッドに横たわる作家の日々の生活から生み出されたのだった。ここでとりあげる祖母の死をめぐる回想は、第三篇『ゲルマントのほう』の第二部の冒頭部分にあるが、この巻が出版されたのは一九二一年の五月。著者の死まで一年半という時点である。

重い病と他者としての身体

すでに体調が悪く、不吉な予感を抱いていたらしい祖母が、語り手とともにシャンゼリゼの公園に出掛け、発作を起こす。語り手は、ただならぬ事態であることを直感的に見抜き、祖母をいたわりながら自宅にもどるのだが、つづく部分に重い病をめぐる省察がある。

私は、それ以来、祖母にとってこの発作の瞬間はかならずしも不意打ちだったわけではなく、祖母はずいぶん前からこのときを覚悟し、このときを待ち受けながら生きてきたのかもしれないと考えた。もとより祖母は、この死という運命の時がいつ到来するのか知るよしもなく、恋する男がこれと同種の懸念にとり憑かれ、理屈に合わない希望と謂われなき嫌疑とをこもごも根拠にして恋人の貞節を知ろうとするのにも似た、不確かな心境に置かれていた。だが、今しがた祖母をついに真っ向から襲ったような大病ともなると、たいてい、病人を死に至らしめるずっと前から体内に居を定めていたはずで、

その存在は、「愛想のいい」隣人ないし間借人と同じく、かなり早くから病人に知られているものだ。この同居人が手に負えないのは、苦痛をもたらすからというよりも、むしろ異様な斬新さで生命に決定的制約を強いるからである。そうなると人は、死の瞬間だけではなく、この同居人が忌まわしくも自分の身に住み着いてから何ヵ月にもわたり、いや、ときには何年にもわたり、死にゆく自分を見つめるはめになる。病人は、脳裏を行き来する足音を聞いて、このよそ者が何者なのかを知るに至る。もちろんそのすがたを見たわけではないが、よそ者が決まって立てる足音からその習性を推測するのだ。悪者なのだろうか？　ある朝、その足音がふと聞こえなくなる。出て行ったのだ、ありがたい！　このまま永久に戻って来なければいいが！　ところが夜になると、戻ってきている。なにを企んでいるのか？　主治医に助言する顧問医師は、まるで熱愛された恋人のように質問攻めにされ、誓いのことばを口にするが、それが信じられる日もあれば疑わしくなる日もある。もっとも医者の演じているのは、恋人役というより、むしろ詰問される従僕役であろう。それは第三者にすぎない。われわれがほんとうに責め立てたい相手、いまやこちらを裏切ろうとしているのではないかと疑う相手、それは命それ自体であり、もはや以前とは同じ命ではないと感じられるにもかかわらず、われわれはいまだにその命を信じ、いずれにせよ懸念にとり憑かれたまま、命がついにわれわれを見捨てる日を迎えるのである。

（第三篇『ゲルマントのほう』第二部）

ある人間が死者の世界に向けて決定的な一歩を踏みだしてしまってから、その人間のなかで、どのような自問自答がつづけられるのかを、語り手が推測するというスタイルで問題の断章は書かれている。身体に巣くう病魔を発見した衝撃は、「異様な斬新さ」と形容される。さながらそれは、突然、我が家に見知らぬ他人が住みついてしまったような具合だというのである。たしかに病状の一進一退は、本人の意志とは無関係な現象であり、そのことを、私たちは常識として知っている。しかし、みずからの身体を制御できない理不尽さ、すこし抽象的な用語を使えば、病によって明らかになる「身体の他者性」を、このような言葉で考察し、死の到来を不実な女の裏切りになぞらえることは、プルーストでなければできることではない。

愛する者の死

誰にとっても、自分自身の死は究極の謎だけれど、そのことをのぞけば、愛する者の死は、私たちの人生の最も悲痛な体験、最大の悲劇だといえる。文学にとって永遠の主題である肉体の死について、プルーストはいかに語るのか。祖母がシャンゼリゼで発作を起こしてから、その死にいたるまで、文庫本で数十ページの長さがある。この章の全体はじつに多様な要素からなっており、病の経過だけが深刻な口調で語られる闘病記のようなものではない。

奇妙な不協和音のように喜劇的な要素を提供しているのは、医者という職業である。じつはプルーストの父親と弟は名高い医学博士なのだが、だからといって本人の重い喘息と神経症的な症状が改善されたわけではない。母親は、癌の大手術を受け、最後は小説のなかの祖母と同じく、尿毒症のために辛い思いをしたらしい。ひと言でいえば、マルセル・プルーストは医者をまったく信用しなかった。そして、恨みがましい気持を辛辣なエピソードに託し、滑稽な挿話のサンプルを貯め込んでいたものと思われる。たとえば全ての病気は鼻の病気に起因すると主張して、健康な人間に治療を施してはあちこちで鼻炎を感染させて歩く医者。

俗に言う、どの聖人にすがっていいのかわからない、つまり途方に暮れる事態が訪れ、祖母がひどく咳きこみ、しきりにくしゃみをするようになったので、鼻の専門家のＸに診てもらえば三日で治ると請け合うひとりの親戚の助言に従うことになった。社交界の人たちは自分のかかりつけの医者のことをそう吹聴するものだし、それを聞いた人も、フランソワーズが新聞の広告を信じていたようにそれを信用してしまう。その専門家は、アイオロスの革袋よろしく往診カバンに自分の患者の風邪をすべて詰めこんでやって来た。祖母はその診察をきっぱり断った。そこで私たちは、無駄足をふんだ臨床医にたい

して申し訳なく、私たち全員の鼻を診てやろうという医者の表明した希望に従うことにしたが、もとよりだれの鼻にもなんら異状はない。いや、そんなことはない、と医者は言い張る、偏頭痛にせよ腹痛にせよ、心臓病にせよ糖尿病にせよ、いずれも鼻の病気を誤認したものだという。その医者は私たちひとりひとりを診て、こう言う。「ここにちょっとコルネがありますな、これはもう一度診せていただけるといいですね。放っておいてはいけません。焼いた針先でつついて治してあげますよ。」私たちはもとよりうわの空だった。それでも「なにを治してくれるというのだ？」といぶかしく思った。要するに私たちの鼻はどれも病気だ、という。医者が間違ったのは、それを現在形で言ったことだけである。というのも早くも翌日、医者の診察と応急処置がその効果をあらわしたからである。私たち全員がひどい風邪になったのだ。すると医者は、通りで咳きこみ身体を揺らす父を見て、無知な輩は俺の診察のせいで病気になったと思うかもしれぬと考えて、にやりとした。診察したとき私たちはすでに病気だった、というのだ。（同）

あるいは上流社会の臨終の場面には欠かせぬ上品な医者が、謝礼を手品師のようにしまいこむ素早い仕草。「それでいてその威厳が損なわれるどころか高まったのは、さすが絹の裏地の長めのフロックコートを身にまとい、美しい顔に高貴な憐憫（れんびん）をたたえる偉大な立会い医だけのことはある」とのコメントがついている。ところどころに挿入される皮肉で軽妙な小咄は、肩の力を抜いて読むことにしよう。人間観察に長けたプルーストは、ちまたに流通する相当に低次元のジョークや法螺話や駄洒落や言い間違いなどを、結構面白がって収集していたにちがいないのである。こんなふうにして、祖母の病状が絶望的に悪化する一方で、奇妙にあっけらかんとした日常の時間が流れ去ってゆく。モラリストの観察眼によれば、その悲喜劇的な全体が、人生の普遍的な姿なのだろう。ご記憶のように『ドン・キホーテ』における主人公の最期にも、それは暗示されていた。

しかしあるとき人間は、否応なしに死のおぞましさと向きあうことになる。死とは肉体の破壊であるだけでなく、人格の破壊であり、死との葛藤のなかで、人間としての尊厳さえも失われてしまう瞬間があるものだ。粛然としてそう思わざるをえない恐ろしい断章を読むことにしたい。

私たちは寝室にはいった。ベッドのうえに半円形に身を折りまげている祖母とはべつの存在、獣としか言えぬものが、祖母の髪をかぶって祖母のシーツに横たわり、あえぎ、うめき、痙攣しては毛布をゆらしている。両の瞼は閉じているが、そのあいだから瞳の隅が見えているのは、瞼が開いているからではなく、うまく閉じていないからで、その瞳の一角は、ぼやけて目やにがたまり、そこに映し出されているのは器官としての視覚の暗さと内なる苦痛の暗さである。こうしたあがきは私たちに向けられているのではな

い。私たちなど見えもしなければ知りもしないのだ。こうしてうごめいているのが獣にすぎぬなら、祖母はどこにいるのか？　とはいえ祖母の鼻の形は見分けられる。いまや顔のほかの部分とは釣り合わない鼻ではあるが、ちゃんとその片隅にほくろがついている。毛布を払いのける手の仕草は、以前ならその毛布が邪魔だという意志を表明していたのに、いまやなにも意味していない。（同）

やがて臨終を迎えようとする肉体の唯物論的な描写である。宗教の救いを当てにすることをやめてしまった人間にとって、死とは人間から動物への頽落であるということか。このあとも、モルヒネや酸素ボンベを使った延命治療の様子が克明に記述されてゆくのだが、そこには医療によって簒奪された病人の身体という、きわめて今日的な問題が浮上する。それにしても『失われた時を求めて』における祖母の死は、ボヴァリー夫人のそれのように、虚無の経験として提示されているわけではない。章をしめくくる位置に置かれた次の文章は、死の神秘的な静謐という切々たる感覚のなかに哲学的な救済の可能性を見出しているように思われる。

数時間後、フランソワーズは、最後に、今度はもう痛めつけることもなく、美しい髪をとかすことができた。その髪には白いものがまじってはいたが、これまでは実際の歳より若い人の髪に見えていた。ところが今や、逆にその髪だけが、若返った顔が戴くただひとつの老いの印であり、その顔からは、積年の苦痛によって加えられたしわも、ひきつりも、むくみも、こわばりも、たるみも、跡形もなく消えている。遠い昔、両親が夫を選んでくれたときのように、祖母の目鼻立ちには、純潔と従順によって優雅に描かれた線がよみがえり、つややかな両の頬には、長い歳月がすこしずつ破壊したはずの、汚れなき希望や、幸福の夢や、無邪気な陽気さがただよっている。生命は、立ち去るにあたり、人生の幻滅をことごとく持ち去ったのだ。ほのかな笑みが祖母の唇に浮かんでいるように見える。この弔いのベッドのうえに、死は、中世の彫刻家のように、祖母をうら若い乙女のすがたで横たえたのである。(同)

苦痛にもだえる肉体から魂がはなれたとき、不意に訪れる、清らかで平和な死者の表情を、経験的に知っている者は多いだろう。こうした文学テクストを読むときに覚える静かな感動は、それゆえ未知の何かを発見した喜びではないだろう。なるほど人生とは、人間の死とは、このようなものだろうと納得し、そのことで慰めがもたらされるのかもしれない。

心の間歇

しかし愛する肉親の死という物語は、ここで終わらない。語り手は、死者の弔いに心を砕くこともなく雑事にかまけて日を過ごしていたのだが、祖母の死後一年以上たったころ、かつて祖母とヴァカンスを過ごした海辺の町に赴いた。そしてホテルでハーフブーツをぬごうとしてかがみこんだ瞬間に、生前の祖母がこの同じホテルで、語り手の同じ仕草を押しとどめ、みずからの手でブーツをぬがせてくれたときのことを、大きな衝撃とともに想い出す。ごく日常的な全身の運動感覚が、プチット・マドレーヌの味覚と同様に、「無意志的で完全な記憶」をもたらしたのである。

私という人間全体がくつがえる事態というべきだろう。最初の夜、疲労のせいで心臓の動悸が激しくて苦しくなった私は、その苦痛をなんとか抑えながら、ゆっくり用心ぶかく身をかがめて靴をぬごうとした。ところがハーフブーツの最初のボタンに手を触れたとたん、私の胸はなにか得体の知れない神々しいものに満たされてふくらみ、身体は嗚咽（おえつ）に揺さぶられ、目からは涙がとめどなく流れた。私を助けに来て、魂の枯渇から私を救おうとしている存在、それは数年前、同じような悲嘆と孤独にうちひしがれ、私がすっかり自分を見失っていたときにやって来て、本来の私をとり戻してくれた存在だった。というのもそれは、私であると同時に、私以上の存在だったからである（中味以上

であり、中味とともに私に運ばれてきた容器だった)。今しがた私は、記憶のなかに、私の疲労をのぞきこんだ、愛情にあふれ、心配げな、がっかりした祖母の顔、あの到着した最初の夜のままの祖母の顔を見たばかりだ。私がその死をちっとも嘆き悲しまないのを自分でも不思議に思い、それゆえ気が咎めていた、祖母と呼ばれていたにすぎない人の顔ではなく、シャンゼリゼで発作をおこして以来はじめて、意志を介さず完全によみがえった回想のなかで、生きたその実在が見出された正真正銘の祖母の顔である。この実在は、われわれの思考によって再創造されてはじめて、われわれにとって存在するものとなる(そうでなければ尋常でない戦闘に加わった人間はだれしも偉大な叙事詩人になってしまう)。そんなわけで私は、祖母の両腕のなかに飛びこみたいという狂おしい欲求に駆られつつ、たった今――事実のカレンダーと感情のカレンダーとの一致をしばしば妨げるアナクロニズムのせいで埋葬から一年以上も経って――ようやく祖母が死んだことを知ったのである。(第四篇『ソドムとゴモラ』第一部)

人間は、過去に経験した喜びや苦悩の一切合切を自分の肉体のなかに財産のようにしまい込んでいると考えがちである。しかしそれらの感情は、かりに自分の内部に潜んでいるとしても、おそらくもう自覚されることはなく、いわば潜在的なものとなり埋葬されてしまっている。ところが、ある日、何かの原因で、その感情を体験している自分が不意に甦ることがある。語り手は、ブーツをぬごうとしてかがみこんだ瞬間に、優しい祖母にすがりつきたい、接吻をしたいという強烈な願いに身を震わせた。ところがその欲求が甦ってきた今という瞬間に、祖母が死者であり、いつまで待っても帰ってこないことを、自分は知っている。祖母に再会した喜びと永遠の別れの悲しみが一挙に胸のなかにわきあがり、渦巻き、ぶつかり合った。この出来事があってから語り手は、あらためて祖母の死について反芻し、想いをめぐらせ、不思議な夢をみたりして、愛する者の死という出来事を、本当の意味で生きなおすことになる。

こうした現象をプルーストは「心の間歇」と名づけたのだった。不規則に間をおいて、どっと湯が湧き出る「間歇泉」をイメージしていただきたい。医学の用語では、発作のようにくり返し熱が出るとか、脈拍が途切れ途切れになるときなどに使うのだが、長いこと眠り込んでいた感情が、ちょうど病気がぶり返すような具合に、不意に呼び覚まされることを指す。懐かしい故人への愛着にかぎった話ではない。特定の人への熱い想い、哀しいほどの愛おしさ、あるいは強烈な嫉妬や恨めしさも、考えてみれば、四六時中同じ強度で私たちの心の琴線を震わせているわけではない。それが次第に微弱になって、いつしか忘却の淵に沈んでしまったのちも、いつまた思わぬときに、どっとこみ上げてくるか、予測できないのである。

こんなふうに例を挙げようとすれば切りがないけれど、プルーストは、本当に身近で切実な問いを分かちあってくれる作家のように思われる。言われてみればその通り、とうなずくような話ばかりなのである。それはそれとして、かつて誰も書いたことのない小説、二度と書けないような小説を、プルーストが書いてしまったことは疑いようがない。

読書案内

①マルセル・プルースト『失われた時を求めて』全七篇。引用したのは吉川一義訳、岩波文庫。全十四巻で、二〇一〇年に刊行がはじまった。プルースト研究の第一人者による訳文は端正で読みやすく、豊富な注は現時点の学問的成果を踏まえたもの。フランス語の原典にもない貴重な図版が多数ついている。完訳としては、井上究一郎訳（筑摩書房）と鈴木道彦訳（集英社）と二種類の個人訳がある。両者とも美麗なハードカヴァーと文庫版が出版されている。井上訳の粘り強い日本語と、鈴木訳の明解で歯切れのよい訳文を読みくらべてみよう。

②鈴木道彦『マルセル・プルーストの誕生』藤原書店、二〇一三年。「新編プルースト論考」との副題がつけられており、『プルーストを読む――『失われた時を求めて』の世界』（集英社新書、二〇〇二年）など、これまでに執筆した数多くの論考の集成である。作家と作品に関する基礎知識を提供する啓蒙書であると同時に、深い洞察にささえられたプルースト論でもある。

③井上究一郎『ガリマールの家』筑摩書房、二〇〇三年（初版は一九八〇年）。プルーストの出版元だったガリマール社にまつわる個人的な思い出から始まるエッセイ風の小説だが、『失われた時を求めて』の世界を彷彿させる幽玄な書物として愛読されている。

④吉川一義『プルーストの世界を読む』岩波書店、二〇一四年（初版二〇〇四年）。一般読者向

きの入門書。『プルースト《スワンの恋》を読む』（白水社、二〇〇四年）は、フランス語の対訳と朗読CD付き。

⑤フィリップ・ミシェル＝チリエ『事典 プルースト博物館』保苅瑞穂監修、筑摩書房、二〇〇二年。作家の生涯、作品の成り立ち、小説の舞台、そして批評まで、アカデミックな研究成果を活かしたプルースト百科。

16 イタロ・カルヴィーノ

『魔法の庭』『楽しみはつづかない』
『ある夫婦の冒険』

工藤庸子

二十世紀イタリア文学の最も偉大な作家、いやむしろ国民文学の枠組みを超えて、ポストモダンの世界を担う創造者のひとりと呼ぼう。イタロ・カルヴィーノ（一九二三―一九八五）はムッソリーニの政権下で少年期を過ごしたが、両親は学者で家庭には反ファシズムの思想があった。第二次世界大戦のとき二十歳の青年はパルチザンに参加する。戦争という極限的な体験が核となり、作家固有の文学的宇宙が形成されていったことはまちがいない。

最初期のネオレアリズモから寓話的、幻想的な作風へ、あるいは空想科学小説やフィクションのあり方そのものを問うメタフィクションまで、創作のスタイルは一見めまぐるしいほどに変容し、そのかたわらで、古今の世界文学についての評論も着々と執筆されていた。

ここで取りあげる三つの作品は、一九五八年の『短篇集』原典にふくまれる。カルヴィーノが編集者から作家へと転身する時期の作品を中心に編纂した書物だが、未来の「文学の冒険」を予言する貴重な素材や発想の宝庫ともいえる。

邦訳では三篇のうち最初の二篇は『魔法の庭』という表題の短編集に、もう一篇は『むずかしい愛』という表題の短編集に収められている。前者は少年少女ものだが、後者はおとなのショート・ストーリー。登場人物の世代もさることながら、あざやかに変わる物語の「語り方」にこそ、カルヴィーノの醍醐味がある。

子どものまなざしは何を捉えるか

『魔法の庭』の幕開けには、爽（さわ）やかな青空と海、そして少年と少女の姿がある。

ジョヴァンニーノとセレネッラは線路を歩いていた。下には一面、ふかい青と明るい空色のうろこ模様の海、上にはうっすら白い雲のたなびく空。レールはきらめき、灼けそうに熱かった。線路を歩くのは楽しいし、遊びだっていろいろできた。片方のレールに男の子が、もう片方に女の子がのって手をつなぎ、釣り合いをとりながら歩いてみたり、砂利に足をつかずに枕木から枕木へ跳び移ったりするのだ。ジョヴァンニーノとセレネッラは蟹採りの帰り道、今度はトンネルのなかまで線路を探険することにした。セレネッラと遊ぶのは楽しかった。ほかの女の子たちのように何でも怖がったり、ちょっとからかっただけで泣きだしたりしないからだ。「あそこへ行こうぜ」とジョヴァンニーノがいえば、セレネッラはいつだってぐずぐずいわずについてきた。

ガシャン！　ふたりはどきっとして上を見た。信号機の先端で転轍器の円盤が跳ねたのだ。嘴を突然閉ざした鉄製のコウノトリみたいだった。ふたりはしばらく顔を上げたままみつめていた。ちぇっ、見逃しちゃった！　転轍器はもう動かなかった。

「汽車が来るぞ」ジョヴァンニーノがいった。

セレネッラはレールに突っ立ったまま訊ねた。「どこから？」

ジョヴァンニーノは訳知り顔であたりを見まわした。かれが指差したトンネルの黒い穴が、道の石から立ちのぼる見えない蒸気のゆらめきのむこうで、澄んだり曇ったりして見えた。

「あそこからさ」かれは応えた。早くもトンネルのなかからくぐもった蒸気音が聞こえてくるようで、いまにも突然目の前に、煙と炎をはきだし、情け容赦なくレールを車輪がたいらげながら、汽車が迫ってくるような気がした。

「どこへ行こう、ジョヴァンニーノ？」

海側には、肉厚の毒針が放射状についた大きな灰色の竜舌蘭があった。山側には、花のついていないサツマイモの生け垣が葉をたわませ連なっていた。汽車の音はまだ聞こえてこなかった。たぶん機関車の火を落として音を立てずに走ってくるから、出し抜けにふたりの前に飛びだしてくるはずだ。だがそのときにはジョヴァンニーノのほうは生け垣に狭い通路があるのを見つけていた。

「あそこだ」

蔓の下の生け垣は、倒れかけた古い金網だった。その一か所が、本のページの角のように地面からめくれあがっていた。ジョヴァンニーノのからだはもう半分くらい隠れていて、むこう側にすり抜けようとしていた。

「手を貸して、ジョヴァンニーノ！」

どこかの庭の一画に出た。相手の顔を見ると、ふたりとも花壇を這ってきたものだから、髪の毛に枯れ葉や土くれがいっぱいついていた。あたりには物音ひとつなかった。葉音ひとつしなかった。

「行こう」とジョヴァンニーノがいうと、「うん」とセレネッラが応えた。

肌色のユーカリの老大木が並び、その間を縫うようにして砂利を敷いた細い並木道が走っていた。ジョヴァンニーノとセレネッラは足元の砂利が軋まないように爪先立って歩いていった。でもこの庭の持ち主たちがやって来たらどうしよう？

なにもかもが素敵だった。ユーカリのたわんだ葉むらと空の切れはしとがつくりだす、はるか頭上の細い円蓋。ただあの不安だけがたちこめていた――この庭はぼくらのものじゃない、だからすぐにも追いだされることになるかもしれない。けれど物音は何ひとつ聞こえなかった。曲がり角のヤマモモの茂みからスズメが飛び立ち、さえずり合った。そしてふたたび静寂がよみがえった。もしかしたら見捨てられた庭なのだろうか？

（『魔法の庭』／和田忠彦 訳、以下同）

子どもたちは足音をしのばせて奥へと進み、碧々（あおあお）と澄みきったプールを見つけて、そっと身をすべらせる（先ほどまで水着で蟹採りをしていたのである）。水から上がると卓球台があり、ふたりはさっそく遊びはじめるが、打ち損じた球が遠くに飛んで、庭のドラを鳴らしてしまう。と、こもった音に応えるように、どこからか召使があらわれて、紅茶とスポンジケーキを丸テーブルに置いてゆく。

　こんなふうに出来事だけを追うならば、まるでメルヘンか民話のような展開で、宮沢賢治の世界さながら、といいたくなるところだが、決定的にちがうのは、子供たちの感じる「もやもやした不安」、いっこうに楽しめない、おやつの味さえわからないという怯えのような感情である。

　その庭にあるもの全部がそうだった。美しいのに味わうことができないのだ。これは運命のいたずらにすぎないのではないか、すぐにでも釈明を求められるのではないか、そんな窮屈な感じと不安とがつきまとって離れないのだ。

　足音を忍ばせてふたりは屋敷に近づいていった。鎧戸の格子の桟を透かしてふたりがなかを見ると、そこは綺麗な部屋で、薄明かりのなか、壁いっぱいに蝶のコレクションが飾られていた。そしてその部屋のなかに青白い少年がいた。きっと屋敷と庭の持ち主にちがいない、仕合わせものだ。デッキ・チェアに腰掛け、挿絵入りの分厚い本をめくっていた。華奢な白い手をしていて、夏だというのに立ち襟のパジャマを着ていた。

桟ごしに少年の様子をうかがっているうちに、ふたりの子どもの動悸も少しずつおさまってきた。事実その裕福な少年は本の頁を繰りながら、ふたりよりもっと不安そうにそわそわして周囲を見まわしているようにみえた。そしてまるで今にもだれかが自分を追いはらいにやってくるのを怖れてでもいるかのように、立ち上がって背伸びをした。まるで、その本も、そのデッキ・チェアも、あの額に入れて壁に飾った蝶たちも、そして噴水におやつにプールに並木道つきの庭も、なにか大きな手違いで自分に与えられているだけなのだと思っているようだった。だからかれには味わうことができなくて、ただその過ちの苦渋を自分の罪ででもあるかのように我が身に引き受けて咬みしめているだけなのだ。

青白い少年は薄暗い部屋のなかを忍び足でまわりながら、その白い指で蝶がちりばめられたガラスケースの縁をいとおしげになぞっていたが、時折立ち止まって耳を澄ましていた。ジョヴァンニーノとセレネッラのおさまっていた動悸が前より激しくぶりかえしていた。なにやら魔法のようなものが、その屋敷と庭に、ありとあらゆる美しく心地よいものたちに、昔犯した悪事かなにかのように重くのしかかっている、そんな恐怖がたちこめていた。

雲で日が陰った。ジョヴァンニーノとセレネッラはひたすら押し黙ってその場を離れた。もと来た細い並木道を急ぎ足で、だがけっして走らず引き返した。そして金網をくぐってあの生け垣に出た。竜舌蘭のあいだに一本、浜辺につづく小道があった。その短い砂利道に海藻が積み上げられ、海辺までつづいていた。そこでふたりはとびきり楽しい遊びを考えだした。海藻で戦争ごっこだ。ふたりは日が暮れるまで海藻をつかんでは相手の顔めがけてぶつけあった。収穫はといえば、セレネッラが一度も泣かなかったことだ。（同）

こうして『魔法の庭』の幕が下りる。物語は少年のまなざしが捉えた世界の記述から構成されており、不思議な庭の謎は説かれぬままである。ご記憶のように『ハックルベリー・フィンの冒険』も、少年の視点から語られているのだが、何かがちがう。マーク・トウェインは――訳者の柴田元幸さんも――「ハックの声」が聞こえてくるような文体を編みだした。少年の台詞や内面の言葉、そのナイーヴともいえる論理から、何か大切なもの、重大なことが浮上してくるのである。これに対してカルヴィーノの子どもたちは、黙っている。プールから出たあとは最後まで、まったく台詞がないというだけでなく、念を押すかのように「ひたすら押し黙ってその場を離れた」という指摘がある。美しい部屋にいる「青白い少年」の所在なさそうな様子を見つめながら「過ちの苦渋を自分の罪ででもあるかのように我が身に引き受けて咬みしめている」かのようだと感じ、「なにやら魔法のようなものが、その屋敷と庭に、昔犯した悪事かなにかのように重くのしかかっている」と解説しているのは、いったい誰なのか？　答えは当然「目に見えない語り手」ということになる。しかし『ジェイン・エア』にせよ『罪と罰』にせよ、語り手が物語を構成し、記述の言語を選択するというやり方は、近代小説の約束事であり、『ハックルベリー・フィンの冒険』が斬新なのは、これに違反しているからだ。とすればカルヴィーノは伝統に回帰したのだろうか？　いや、『魔法の庭』の語り手は、世界を捉える少年の視線や感覚を借用することで、そうでなければ描き出せないような何か、人間の根源的な不安のようなものを言葉にしていると思われる。

転轍機の荒々しい音が目に見えぬ汽車の到来を予告したときに、暗い穴から突進してくる鉄の怪物が線路のうえで子どもたちを轢き殺すかもしれない、という想像が一瞬、読者の脳裏をよぎったかもしれないし、浜辺にもどった少年と少女が興じる「とびきり楽しい遊び」が「戦争ごっこ」というのも不穏な話だが、いずれの場面でも、手応えのある現実が子どもたちを包み込んでいた。その一方で美しい庭園は、日常の論理を越えた異界なのであり、そこにただよっているらしい「過ちの苦渋」「罪」「昔犯した悪事」などは、想い出している者も特定できぬ人類の記憶に由来する。無垢な子どもたちは「恐怖」に脅え、言葉を失っている。しいていうならフィクションが造形するのは、この状況、この沈黙にほかなるまい。

戦争体験の語り方

ひとつの短篇を読むことと、その短篇を収めた書物を読むことは、読書経験として同じではないだろう。『魔法の庭』を表題作とする邦訳短篇集は、一九五八年に出版された原典短篇集の第一部「むずかしい牧歌」を編纂したものである。なるほど「牧歌的」と呼べる風景がそこにはあるのだが、『不実の村』『小道の恐怖』など暗示的なタイトルがつけられた一連の作品において、一見のどかな田園はドイツ兵や警察が徘徊する不穏な場となっている。主人公は疲労の極にあるパルチザンの男だったり、「役立たず」と呼ばれるドジな男だったり、あるいは子どもたちだったりで、そうしたマージナルな存在や社会から疎外された人間が、ふとしたことから危険に満ちた世界に迷いこむ。

『魔法の庭』と同じ少年と少女が主人公となる『楽しみはつづかない』を冒頭から読んでみよう。

ジョヴァンニーノとセレネッラは戦争ごっこをしていた。涸れた小川の両岸にびっしり葦が生い茂り、川床から灰色と黄色の土くれがのぞいていた。本物の敵がいるわけでも、始まりと終わりのある実際の戦闘があるわけでもなく、ただ葦を一本片手にかざし、思いつくままに戦争の場面を演じながら川を下っていくだけのことだ。

葦はどんな武器にもなった。銃剣ならば、ジョヴァンニーノが喉から奇声をあげて砂地の河原に身を躍らせて白兵戦にうって出たし、機関銃なら、岩の間の窪みに据えて、ダダダダダッと叫びながら機銃掃射をしてみせ、旗なら、自分が旗手になって中州のこぶによじ登っていき、頂上に旗を立ててから、片手を胸に当てて倒れてみせるのだった。「赤十字！」助けをもとめる声がした。「きみが赤十字だ！　来いよ！　怪我をしたのが分からないのか？」

つい今しがたまで敵の機銃兵をしていたセレネッラはジョヴァンニーノに駆け寄ると、かれの額にハッカの葉を一枚、絆創膏にして貼った。

ジョヴァンニーノはとび起きて、まっすぐな葦を手に取ると、両腕をいっぱいに広げて走りだした。「爆撃だ！　爆撃命中！　ヒュウー……ボン！」といって白い砂粒をひとつかみセレネッラの上からばらまいた。（『楽しみはつづかない』／和田忠彦 訳、以下同）

「戦争ごっこ」の記述は、さらに二ページつづく。真に迫った戦場のドラマを演出することに、ふたりは夢中になっている。手製の葦笛(あしぶえ)で突撃ラッパを吹いたとたんに、本物の兵士が三人あらわれた。少年は「灰色の悲しい眼をして、サクランボの葉を一枚」口にくわえた兵士に「戦争してるの？」と話しかけてから、こっそり先に進み、いつのまにか司令官が作戦命令を発しているところに来てしまう。

道の片側に桑の木で日陰ができていて、その根元に床几が一脚、司令官がすわっていた。上着を脱いだ太った男が双眼鏡をのぞきこんでいた。サングラスは額に上げていたが、しばらくすると元に下ろしてハンカチで額の汗をぬぐってから、その同じハンカチでこれまた汗でびしょぬれのサングラスを拭いた。そして膝の上にひろげた地形図のうえで両手を動かしながら、鼻息を荒げて味方の参謀本部になにかいっていた。将校たちは司令官の足下に座り込んで、両手を作戦鞄にのせたり、双眼鏡を握りしめたりしていた。

ジョヴァンニーノとセレネッラは将軍の背後で、葦をぴんと立てて〈捧げ銃〉の姿勢でじっとしていた。

「ふうぅ……敵の弾は」司令官は言葉をつづけた。「充分わが軍の背後までとどくからして……ふうぅ……」それからまだなにやらいっていたが聞き取れなかった。赤い産毛のまばらに生えた短い指が大きな毛虫みたいに地図の上を這いまわっていた。(同)

地図上で指し示された場所は、本物の爆弾で吹き飛ばされてしまうのだ。そこは知り合いのおじいさんの家だったが、これはもはや「戦争ごっこ」ではない。司令官に追い払われた子どもたちは、戦場の外に出て、ふたたび「戦争ごっこ」をやってみる。が、なぜかまったく気乗りがしないのである。

ふたりはうなだれて地面にへたりこみ、草をむしった。さっきはあんなに楽しかった戦争ごっこが、いまはあの葉をくわえた兵士の悲しい眼や、ブドウ畑や農家を消していった司令官の毛深い指がどうしても頭から離れない。ジョヴァンニーノはなにかほかに遊びはないか考えてみたが、なにを考えている最中にも、あの悲しい眼と赤い両手がよみがえってきてしまうのだった。

考えが浮かんだ。「新しい遊びだぞ！」少年は跳び上がった。スイカズラの蔓がびっしりからまった壁があった。ジョヴァンニーノはスイカズラの長い蔓の先をひっぱると、ちぎれないように気をつけながら、すこしずつ後退して壁からひき剝がそうとした。

「これなんだかわかるかい？」

「なんなの？」

「導火線だよ、ものすごい高性能爆弾につながってる。軍団の参謀本部の地下に隠してあるんだ」

「それでどうするの？」

「耳をふさいでろよ。ぼくが点火したら、数秒で軍団がまるごとふっとんじゃうから」

セレネッラはすぐに耳をふさいだ。ジョヴァンニーノはマッチを擦る仕草をして、火を導火線に近づけると、シュルシュルシュルシュル……といって、導火線に炎が走っていくのを眼で追っていた。「地面に伏せろ、はやく、セレネッラ！」自分も両手で耳をふさいだまま少年が叫び、ふたりはそろって身を躍らせ腹這いになった。

「聞こえた？　すごい音だろ！　軍団はもうないぜ」

セレネッラは笑った。これならさっきよりずっと楽しい遊びだ。

ジョヴァンニーノがまた蔓を一本ひき抜いた。「この導火線、どこにいくと思う？あの軍団の参謀本部の下さ」

セレネッラはもう両手を耳にあてていた。ジョヴァンニーノが点火の動作をした。

「はやく伏せて、ジョヴァンニーノ！」少年を突き飛ばしながら少女が叫んだ。

その軍団もふっとんだ。

「じゃあ、こいつは師団の参謀本部の分だ！」

ほんとうにわくわくする遊びだった。

「で、今度はなにをふっとばすつもり？」と訊ねると、セレネッラはからだを少し起こした。

師団の上になにがあるのか、ジョヴァンニーノは知らなかった。

「もうこれ以上なにも残ってないんじゃないかな」少年はいった。「みんな吹っ飛んじゃったもの」

そしてふたりは砂のお城をつくりに海のほうへ下りていった。


（同）

こうして子どもたちは、思いつくかぎりの軍隊を、つまり戦争を破壊した。それにしても作家はなぜ子どもの視点を借りたのか。深刻な戦争体験をはじめから堂々と「わたし」の体験として語ろうとしなかった理由はどこにあるのだろう。それが正面からは語り得ない体験だったから、というのが、とりあえず可能な答えかもしれない。トルストイの『戦争と平和』を挙げるまでもなく、戦場を描いた小説はあまたある。登場人物の限られた視野を再構成するか、語り手の超越的な視点からパノラマのように捉えるか、あるいは事後の回想というスタイルをとるか。

カルヴィーノには『サン・ジョヴァンニの道』という死後出版の本があり、「書かれなかった［自伝］」という不思議な副題がついたそのエッセイ集のなかに「ある戦闘の記憶」と題した文章がある。それは「わたし」が絶句するにちがいない、ある衝撃的な記憶に辿り着くことをひたすら回避するために、つまり肝心の物語を先延ばしにするために、あえて断片的な出来事と異様に詳細な細部の描写をならべてゆくのだとでもいいたげな、奇妙な構成の文章なのである。

短篇と断片とポストモダン小説

「ある戦闘の記憶」のなかで著者は、当時の戦況やパルチザンの活動などを縷々解説することは、「記憶を目覚めさせるどころか、あと知恵の言葉の殻でふたたび覆い隠すことになり、できごとを整理して、すべてを過去の歴史の論理にしたがって説明するだけになってしまうだろう」と述べている。いわゆる「近代小説」をひと言で定義しようというつもりはないけれど、一般に「できごとを整理して、すべてを過去の歴史の論理にしたがって説明」することを「近代小説」の一般的傾向とみなすことはできるだろう。主人公と副次的人物がヒエラルキーをなすように配置されており、出来事の原因と結果、心理の綾など が明かされて、ドラマが決着すると幕が下りるという段取りである。

「昔は物語の終わり方が二つしかありませんでした、いろんな試練を経て、主人公と女主人公が結婚するかそれとも死んでしまうかでした」という警句のような指摘が、長篇小説『冬の夜ひとりの旅人が』の結末部分にある。ちなみにこれは『冬の夜ひとりの旅人が』と題した作品を結末近くまで読んできたらしい読者が、いきなり作品に介入して、小説の終わり方について主人公に意見を述べるという奇想天外な設定の台詞である。さすがカルヴィーノ、『ドン・キホーテ』における後篇の開幕を思わせる仕掛けではないか。ともあれ、半分ジョークのような定義だが、「主人公と女主人公が結婚するかそれとも死んでしまうか」という書き方が、およそのところ「できごとを整理して、すべてを過去の歴史の論理にしたがって説明」する書き方に対応していることは、おわかりいただけよう。

それはそれとして、こうした尺度で「近代」と「現代」の小説を分類しようとすれば、かならず破綻する。つまり「歴史の論理」も「二つしかない結末」の話も、あくまで理念型として想定されているだけのこと。たまたま『ジェイン・エア』と『八十日間世界一周』はいかにも「近代」的な体裁をもっているけれど、『ボヴァリー夫人』の場合、ヒロインが死んでも小説は終わらないし、「歴史の論理」に相当する恋愛心理の因果律を描こうという意図もないらしい。メルヴィルの『書写人バートルビー』やカフカの二つの作品は、そろって主人公が死んだところで終わっている。しかし、その死はいずれも不条理なものであり、いってみれば「できごとを整理して、すべてを過去の歴史の論理にしたがって説明」するという小説技法への異議申し立てのような死に方ではないか。当たり前のことながら、どこかで「近代」が終わって「近代以降」に突入するかのように、時代区分を設定できるはずはないのである。とりわけ小説に関しては「近代」の伝統そのものが含有する「ポストモダン性」に目をとめるべきだろう。カルヴィーノにとって「近代」が終焉した過去でなかったことは『なぜ古典を読むのか』『カルヴィーノの文学講義』などの評論集を開いてみれば一目で確認できる。

しかしだからといって、この作家の「ポストモダン性」を、たとえば形式的な特徴から探ることができないわけではない。近代ヨーロッパの「国民作家」の代表作が、そろって長篇小説であることにお気づきだろう。短篇が固有の意味をもつのは、理詰めの長篇小説にありがちな「すべてを過去の歴史の論理にしたがって説明」するという要請を否応なく切断するからにちがいない。長篇か短篇かという選択は、相対的に長いか短いかというだけの問題ではないのである。

これから読む『ある夫婦の冒険』もそうなのだが、カルヴィーノの短篇が「歴史の論理」——原因と結果のつらなりとして出来事を解明する手法——によってささえられていないことを、あらためて強調しておきたい。『魔法の庭』『楽しみはつづかない』では「短篇」そのものが、いくつもの「断片」に裁断されている。ちょうど頻繁にショットが切り替わる映画のような感じで「現実」と「魔法」とが、あるいは「戦争ごっこ」と「本物の戦争」とが不意にくるりと入れ替わる。そのことにより、日常の穏やかな田園風景にひそむ理不尽な悪と恐怖が、まさに理不尽で説明できぬ禍々しさとして目前に立ちあらわれるだろう。

冒険について

一九五八年に発表された『短篇集』の第三部には「むずかしい愛」という表題がつけられており、一九七〇年、これに新作を加えて『むずかしい愛』という名の書物が編纂された。ふたつの版に共通するのは「ある○○の冒険」という表題がずらりとならんでいることで、それはさながら「むずかしい愛」と記したカタログをひらいてみると、兵士、悪党、会社員、写真家、旅行者、等々のラベルを貼った小窓があって、その全体は思いがけず大きな世界にひらかれている、といったふうなのだ。

　しかしなぜ「冒険」なのか。いや小説に「冒険」は欠かせない、とただちに断言することもできそうだが、本当にそうなのか。たしかにドン・キホーテは文字通り冒険を求めて旅に出るのだし、かりにロビンソン・クルーソーが孤島の冒険を生きなければ、小説の主人公になれたはずはない。だいいちアヴァンチュールという言葉には「恋の冒険」あるいは「情事」という含みがあるではないか。新妻となったボヴァリー夫人がむなしく恋の冒険に憧れることは、とりあえず自然なことに思われるし、チェーホフの『奥さんは子犬を連れて』については、冒険の可能性または不可能性を主題化したものだという解釈もできる。これに対してメルヴィルの『書写人バートルビー』やカフカの『断食芸人』は冒険の不在という了解が物語の土台となっている。

　さて前置きはここまでとして『ある夫婦の冒険』の冒頭から引用しよう。


　アルトゥーロ・マッソラーリは工場で夜間勤務にあたっていた。退けるのは朝の六時だった。帰りには長い道のりが待っていた。季節のいいときには自転車で、雨の多い冬の何カ月かは電車で帰ることにしていた。家に着くのは六時四五分から七時のあいだ、つまり妻のエリデの目覚し時計が鳴るすこし前だったりすこし後だったりする。

物音はたいていふたつ。目覚し時計の音とかれが入ってくる足音とがエリデの頭のなかで重なり合い、彼女を眠りの底につれていく。彼女は枕に顔をうずめ、あと何秒か早朝の濃密な眠りを搾りとろうとする。少ししてベッドから跳ね起きたときには、寝ぼけたままガウンに袖を通していた。顔には髪がかかったままだった。そんな格好で彼女は台所に姿をあらわし、アルトゥーロのほうは仕事に抱えていく鞄から空の容器を取り出している。弁当箱とポットをかれは流しに置く。すでにオーブンには火を入れ、コーヒーも火にかけてあった。かれが姿をみつめたとたん、エリデは片手で髪をかき上げ、しっかり目をあけなければという気になるのだった。夫が戻ってきて最初に目にするのが、いつもこんな散らかり放題の家に寝ぼけ顔の自分の姿なのが、ちょっと恥ずかしいとでもいうようだった。ふたりがいっしょに寝ていた頃はまったく様子が違っていた。朝はいっしょに顔を合わせ、そろって同じ眠りからぬけだしたものだ。互いが対等だった。

時にはかれのほうが、目覚し時計の鳴る一分前に、コーヒー・カップを手に彼女を起こしに入っていくこともあった。するとなにもかもがずっと自然にいくのだった。眠りからぬけだすときのしかめっ面が甘いけだるさをまとい、伸びをしようと上げたむきだしの両腕がかれの首に巻きつくことになる。ふたりは抱き合う。アルトゥーロは七分丈のレインコートを着ていた。かれが近づくと彼女には外の天気が分かった。雨降りなのか、霧が出ているのか、雪がつもっているのか、それがコートの湿り具合と冷たさで分かるのだった。それでいて彼女はきまってこう尋ねるのだった。「天気はどう？」するとかれはいつものように皮肉混じりに、自分の身にふりかかった厄介事を仕舞いのほうから順に検討しながら、ぼそぼそと話しはじめるのだった。自転車の帰り道の様子、工場から出たときの天気、それが前の晩工場に入ったときとちがっていたこと、それに仕事での揉め事、職場でのうわさ話、といった具合に。

朝のこんな時間、家はいつも暖かくはなかったが、エリデは素っ裸で、すこし身震いしながら、狭い洗面所で体を洗うのだった。後からかれが落ち着きはらって入ってきて、服を脱ぐと自分も体を洗う。ゆっくりと、作業場の埃と汚れを洗い流すのだった。そうしてふたりでひとつの洗面台のまわりにいるうちに、小刻みに震える裸同然のからだを、時々押しつけ合ったり、石鹸や歯磨き粉を相手の手から取り合ったりしながら、言いたいことを話しつづけているうちに、打ち解けてきて、そして時には交替で相手の背中をこすっているうちに、いつしかそれが愛撫に変わり、そのまま抱き合っていることもあった。

ところがエリデが突然、「あらっ、もうこんな時間」といって駆け出し、立ったまま大慌てで靴下どめやらスカートやらを身につけると、せわしなくブラシで髪をとかしつけ、口に細いヘアピンをくわえたまま整理だんすの鏡をのぞき込む。アルトゥーロは彼女の背後に行く。煙草には火がついている。煙草をふかしながら立ったまま彼女をみつめるときのかれは、所在なくその場にいなければならないことに、きまってどこかしら窮屈そうにみえた。エリデは用意ができると廊下でオーヴァーをはおり、キスを交わしてからドアを開けるが、そのときにはもう階段を駆け降りていく彼女の足音が聞こえてくるのだった。

ひとりアルトゥーロが残る。エリデのヒールが階段を駆け降りる音を耳で追ってゆく。そして彼女の気配が感じられなくなると、今度は心の中で、小走りに中庭を抜け門をくぐり舗道に出て路面電車の停留所にたどり着くまで、彼女の姿を追いかけてゆくのだった。電車の音ははっきり聞こえた。ブレーキが軋んで停まり、ステップをカンカーンと響かせてひとりひとり乗り込んでゆく。よし、乗ったな、そう思うとかれには、男女の労働者の群れに混じって《一一番》の電車にしがみついて、毎日同じように工場へと運ばれていく妻の姿が目に見えるのだった。吸いさしを揉み消し、鎧戸を閉め、部屋を暗くして、かれはベッドにもぐりこむ。

ベッドはエリデが起きて出ていったままになっていた。だが、かれアルトゥーロの寝る側にはしわひとつなく、今しがた整えられたばかりのようだった。かれは律儀に自分の場所に横たわる。だがその後で片方の脚を妻のぬくもりが残っている側に伸ばしてみる。それからそこにもう一方の脚も伸ばしてくる。そうして少しずつ全身をエリデの場所に移動させ、彼女のからだの形をとどめたままの、ほんのり温かな窪みのなかで、顔を枕にうずめ、彼女の薫りにくるまれて眠りにおちるのだった。

（『ある夫婦の冒険』／和田忠彦 訳、以下同）

夫は夜勤で朝の六時に帰宅。まだベッドにいる妻は、明け方の濃密な眠りのなかで階段をのぼる足音を意識のどこかで捉えている。夫と入れ替わりに妻が出勤するまでのわずかな時間、ふたりはともにコーヒーを飲み、お天気や仕事について何の変哲もない日常の会話を交わし、洗面所ではさりげない仕草からふと抱擁にいたったりもするのだが、妻が家を出てゆくと、今度は夫がその足音に耳をかたむける。それから夫が休み、夕方に妻が帰宅すると慌ただしい夕食。夫が出勤して妻はベッドに入る。

ただそれだけのこと。あまりにも平凡なふつうの夫婦の一日だ。妻は夫の家事のやり方がぞんざいなので、ちょっと不満に思ったりはするのだが、こんなすれ違いの生活でも夫婦はそれなりに相手を思いやり、劇的な情熱とも離婚の危機とも無縁な日々が淡々と過ぎてゆく。たしかに「近代小説」的な意味での「愛の冒険」は不在だといえる。

むずかしい愛

言葉には――そこに在るものを指し示すだけでなく――不在のものを不在のものとして立ちのぼらせる機能がある。それゆえ「冒険」という言葉は、短篇の内容を証明するためにではなく、人目にふれるラベルかレッテルのように、言葉の含意をあたりに放射しながら作品に貼られているだけなのかもしれない。それにしても表題が、建前上は内容を正確に告知するものであることはいうまでもない。まるで芝居の前口上のような『ドン・キホーテ』の章タイトル、あるいは各章の事件が連続テレビドラマのように予告される『八十日間世界一周』を思い出していただきたい。

「むずかしい愛」という表題をまえにして、これは反語的なタイトルなのだろうか、と問うてみることはできる。夫は不在の妻の「ほんのり温かな窪(くぼ)みのなかで、顔を枕にうずめ、彼女の薫(かお)りにくるまれて眠りにおちる」のだが、妻もまた不在の夫のぬくもりを爪先(つまさき)で探ってみる。するときまって、自分のいる場所のほうが温かいことに気づく。物語の結末は以下のように、きれいな相似形になっている。

しかしコーヒーも飲みおえないうちに、かれのほうは自転車に故障がないかどうか確かめているのだった。ふたりは抱擁を交わす。アルトゥーロは、そのときになってはじめて自分の妻がどんなに優しくあたたかいかが分かるかのようだった。だがかれは自転車を担ぎ、気をつけながら階段を下りてゆく。

エリデは皿洗いをすませ、もう一度家の中を隅々まで見渡し、夫がやったことを確かめ、首をふるのだった。今度はかれのほうが暗闇の通りを、まばらな信号をぬけて自転車を走らせ、今ごろはガスタンクを過ぎたあたりだろう。エリデはベッドにはいり、明かりを消す。横になった自分の場所から片方の爪先を夫のいた場所にすべらせ、かれのぬくもりを探ってみるのだが、きまって彼女のいる場所のほうが温かなのに気づくのだった。アルトゥーロも同じ場所で眠った徴だった。そこで彼女はとてもいとおしい気持ちになるのだった。（同）

なんのことはない、ふたりは広いダブルベッドの同じ場所にかわるがわる寝ているのだ！「そこで彼女はとてもいとおしい気持ちになるのだった」というのが作品のオチなのだから、考えようによっては「やさしい愛」と呼んでもよさそうではないか。

いずれにせよ、すれ違いの結婚生活は困難だというだけでは「文学」にはならないのである。短篇としても小振りな作品の、ひとつとして無駄のない言葉を丹念にたしかめてみよう。朝と夜、階段の上り下り、音の効果や温度や空想のシーンにいたるまで、いくえにもシンメトリーやコントラストがはりめぐらされている。たがいに応答し、谺をかえすような文章が――テクストの現実的な「形象」という次元で――控えめに睦み合う「夫婦」のありようを浮き上がらせているのである。

こんなふたりの愛は「優しい」のだろうか、それとも「易しい」のだろうか？　そう問うまえに「むずかしい愛」の伝統について、本書で取りあげた作品をすこしだけふり返ってみよう。『ジェイン・エア』のように、愛は本物でありながら、さまざまの障害ゆえにまっとうしえないというパターンがある。これが「恋愛小説」の王道だ。『罪と罰』では、犯罪者のラスコーリニコフにキリスト教の「赦し」をもたらすソーニャの困難な愛が描かれる。『失われた時を求めて』における語り手やスワンやシャルリュスの愛は一方的なものであり、しかも嫉妬によって相殺されてしまうように見える。要するに文学作品の描きだす愛は、十中八九「むずかしい」といってよい。

『ある夫婦の冒険』にしても、ベッドのなかで不在の相手のぬくもりを探す仕草が、かなり上質の「冒険」に当たるらしいのだから、こんな男女の関係は、どことなく頼りない。なにしろ「恋愛小説」の模範によれば、障害が情熱を燃えあがらせ、あらたな障害が燃料を補給するような具合にして愛の物語が持続するのである。これに対して平凡な人間たちの絆は「冒険」の希薄さや不在によって、あるいは日常性とか倦怠などの感情の病によって脅かされている。前言をひるがえすようだけれど、この「夫婦」の愛は、やっぱり「むずかしい」のかもしれない。そういえば、書物の表題に「愛は気むずかしい」というメッセージも読みとることもできそうではないか。

というわけで結論は宙吊りにしたまま、こう考えることにしよう――「むずかしい愛」というラベルが「ある夫婦の冒険」という作品に貼られているおかげで、わたしたちは位相の異なる複数の読みへと誘われる。そのプロセスもまた、時間をかけて書物を読むことの愉しみであるにちがいない。いくつかの読解を試みることと、一読してこの小品に、ほのぼのとした優しさを感じることは、決して矛盾しないはずである。

読書案内

①イタロ・カルヴィーノ『魔法の庭』和田忠彦訳、晶文社、一九九一年。ちくま文庫、二〇〇七年。今回の作品解説は戦争という主題に注目したために、やや深刻な面がきわだってしまったが、フランスの批評家ロラン・バルトは「攻撃的ではないアイロニー」「微笑み」「思いやり」といった形容をカルヴィーノにささげている。この短篇集のなかでも、『動物たちの森』などは、ドイツ兵は出てくるけれど、童話のように愉しい。『イタリア民話集』の編纂も手がけた作家の面目躍如。

②イタロ・カルヴィーノ『むずかしい愛』和田忠彦訳、福武書店、一九九一年。その後一九九五年に岩波文庫に入ったときに、より充実した「解説」が添えられた。作家の活動全体を展望するためには必読の文章である。

③イタロ・カルヴィーノ『冬の夜ひとりの旅人が』脇功訳、松籟社、一九八一年。ちくま文庫、一九九五年。「断片」から「断片」へ、手品のようにつむぎだされる長篇小説であり、これぞ「ポストモダン小説」という醍醐味が味わえる。

④イタロ・カルヴィーノ『サン・ジョヴァンニの道――書かれなかった［自伝］』和田忠彦訳、朝日出版社、一九九九年。父に対する屈折した愛を語る表題作や「ある戦闘の記憶」の他、映画の話、ゴミ箱（ポリパケツのゴミ出し）をめぐる蘊蓄など、「ポストモダン」などと身構

えなくとも気楽に読める。そして読みこむほどに、作家の文学世界がその由来とともに見えてくる。

⑤以下の評論集二冊は④と同様、死後出版。イタロ・カルヴィーノ『なぜ古典を読むのか』(須賀敦子訳、みすず書房、一九九七年)は巻頭に表題作のエッセイがあり、他はさまざまの作品論。読んで愉しい批評とはこのようなものかという見本となろう。『アメリカ講義　新たな千年紀のための六つのメモ』(米川良夫・和田忠彦訳、岩波文庫)はハーヴァード大学での講義草稿を出版するため準備をすすめているときに著者が急逝し、未完のまま刊行された。「1．軽さ」「2．速さ」「3．正確さ」「4．視覚性」「5．多様性」(「6．一貫性」は未完)という章立てを一瞥(いちべつ)しただけで、カルヴィーノの世界に引きこまれる。ちなみに本書で取りあげた『ドン・キホーテ』の風車の話は「軽さ」の章に、ロビンソン・クルーソーが難破船から荷物を持ちだす話は「速さ」の章にある。

編者あとがき

比べるのもおこがましいけれど、第16章「読書案内」の最後に掲げたイタロ・カルヴィーノ『アメリカ講義――新たな千年紀のための六つのメモ』と本書を並べてみれば、両者を隔てる距離は歴然としていよう。むろん目標もちがうのである。放送大学に着任してまもなくカリキュラム改訂があり、大学で学ぶための基礎的な技法を習得する授業を、すべての学生を対象とする「基礎科目」という枠組みで展開しようということになった。委員会のメンバーとして構想の立ちあげにかかわりながら制作したのが『世界の名作を読む』の二〇〇七年度版である。それまでの英独仏の文学史に換えて、国境を越える内容編成とすること。一回の放送授業の三分の一ていどを作品の朗読に当てること。コンパクトな解説からなる印刷教材にテクストの抜粋を添え、さらに五時間四〇分の朗読をＭＰ３形式で収録したＣＤ－Ｒを添付すること。これがわたしなりの工夫だった。

　大きな反響を呼ぶことができたのは、何よりも、科目の趣旨に賛同し授業をご担当くださった池内紀(いけうちおさむ)さん、柴田元幸(しばたもとゆき)さん、沼野充義(ぬまのみつよし)さんの存在感によるところが大きい。文庫版編纂(へんさん)へのご協力をふくめ、何よりも先に、お三方に感謝の気持ちを捧げたい。なお二〇一一年の一部改訂版では、これらの方々の担当章はそのままとし、英文学の領域は他大学に転出された大石和欣（おおいしかずよし）准教授に代わってわたしが担当し、フランス文学のメニューを更新した。本書はそれらを全面的に見直して、作品の引用を大幅に増やし、再構成したものである。

ラジオ科目にはテレビ科目のような華やかさはないけれど、声によって文学の愉（たの）しみを分かちあうことができる。気がついてみると車を運転しながらプルーストのマドレーヌの話に耳を傾けている人がいたりするということは、わたしにとっても新鮮な発見だった。二〇一五年の最終年度にも履修者数は千人に近く、文学系の科目としては例外的な成果を挙げることができた。音声メディアの長所を活かした教材の内容が学生の期待に応えるものだったというだけでなく、教養課程における文学教育の試みとして支持を得たものと嬉（うれ）しく思っている。放送大学は学習意欲の高い学生が多いから、一般の大学にそのまま適用はできないだろうけれど、参考になる点もあろうから、授業の運営にかかわる工夫を二点だけご報告しておきたい。

第一に、成績判定は記述式による。とりわけ学期の中間に履修者が提出する通信指導問題は、丁寧な添削指導システムによって対応することにした。またもや大それたお手本を掲げるなら、ウラジーミル・ナボコフの『ヨーロッパ文学講義』という名著には、巻末に試験問題がずらりと紹介されている。たとえば『ボヴァリー夫人』の設問はこんな具合である。

――エンマの性質は無情で浅薄だと思うか？

――彼女は山の中の湖に小舟が一艘さびしく浮かんでいるのを好むか、好まないか？

放送大学の科目についても、いくつか設問をご紹介しておこう。

――サンチョ・パンサの役割と登場人物としての魅力について述べなさい

――ラスコーリニコフはどうして殺人を犯したのか

――「奥さんは小犬を連れて」のグーロフとアンナの関係はその後、どう発展すると考えられるか（小説に書かれていることに基づいて推測すること）

――バートルビーはなぜ食べることも書くこともやめたか

――ハックルベリー・フィンの成長について論じなさい

――プルーストの「心の間歇（かんけつ）」について説明し、自分の経験で思いあたるところがあれば述べなさい

――『変身』のなかで変わってゆくものは何か

――カルヴィーノはなぜ子どもの視点から戦争体験を語ろうとしたのか

以上は、ややひねりの効いた設問であり、「ペローとグリム兄弟の『赤頭巾』を比較考察しなさい」といったたぐいの直球型の問いも用意されている。おそらく履修者の大半は、感想文しか書いたことがない、あるいは感想文すら書いたことがないと思われる。それゆえ設問とは要するに、自分で考えて文章にしてみようという励ましのようなものともいえる。

添削システムについてもごく簡単に。答案の問題点や評価できる点などをチェックして答案の余白に簡潔に書き込むほか、コメント欄にたとえば以下のような評価を記す——「サンチョ・パンサの「役割」と「魅力」、それぞれについて明確に答えることを意識して解答を作成しましょう。レポートでは、作品の感想よりも、作品から具体例をあげて分析し、設問の問いに要点をしぼって答えることが重要です。主語・述語の関係がわかりにくい文章が散見されます。一文一文を短くして書いてみてください」等。さらに客観評価として以下の三項目についてABC評価を行い、解答用紙にシールで貼り付けた。①印刷教材、放送教材を理解したことが示されているか　②解答の字数が適正であり内容にまとまりがあるか（字数は八〇〇字〜一〇〇〇字を適正とみなす）　③日本語の表現力があるか。じつは④自分自身の考えを述べているか、という項目を設けたかったのだが、これがA評価になる答案はきわめて少ない。入試ではないのだから、添削やコメントで指摘したほうが教育的だろうと考えた。

　この九年間で目に見える変化があったのは、コピペ答案の減少である。厳しくチェックして不合格にするのが唯一の指導方法だろう。二、三行書いただけで絶句するタイプの答案も減り、内容はともかく字数を満たす答案がほとんどになった。新たな現象としては、回答者自身は結構気持ちよく書いているらしいが内容空疎で改行だらけの「ブログ／ツイッター答案」がある。総合的に見れば、答案の水準はかなり上がったのではないか。いろいろと反省点はあるが、こうした地道な基礎教育に、いわゆる「社会的なニーズ」があることは確信をもって保証できる。

　授業の運営にかかわる第二の工夫は、放送授業に連動する文学の面接授業（スクーリング）である。簡単な作品解説につづき、①配布テクストの朗読　②十名弱ぐらいのグループ・ディスカッション　③グループの代表による発表と全体のディスカッション、というセッションをくり返すというだけのことだが、これはわたし自身にとっても貴重な体験となった。教室のなかを歩き回りながら、参加者が発言しやすいように話題やヒントを提供し、議論を誘導するという役割をつとめながら、作品を読むことの原点に立ち返るような爽やかな印象を覚えることもあった。おそらく文学を講じる教師の誰もが感じているであろう現場のむずかしさについても、かなり自信をとりもどしたように思う。

　たとえば、ある登場人物の性格についてAなのか、それともBなのか、という問いがあったとしよう。解答はAかBかの二者択一とは限らず、AでもありBでもある、ないしはAでもBでもない、なぜなら……という答え方がある。複数の解釈の可能性が開かれ、みずから思考してみたとき、初めて文学を読むことの醍醐味が垣間見えるとさえいえる。こうしたことは、ディスカッション方式の現場がなければ、なかなか実感できないのである。でも、文学の授業をやって、どうして採点ができるの？　とわたしに質問したのは、友人のアーティストである。芸術の創造にかかわる具体的な技法や基礎知識を講義で伝授したのであれば、習熟の度合いを評価できるけれど、そういうものではないのでしょ？　という含意だろう。文学の基礎教育は思考力・表現力を養うための最も有効な場である、などといえば、今さら何を古めかしいことを、と嗤われそうだが、そもそもフィクションとは、仮説を立てながら架空の世界を構築することにほかならない。これに対して「読む技法」を学ぶとは、提示されたテクストを正面から見つめ、フィクションの仕掛けを読み解く知性と感性と想像力を――いわば基礎体力を高めるような感じで――実践的に磨いてゆくことだとわたしは考えている。仮説を立てて思考することができぬ人間、その種の知性と感性と想像力を欠く人間が、社会集団や組織をリードすることの恐ろしさを、わたしたちは身に浸みて知っている――と、ここで思わず述懐すれば、話が脱線してしまう。ともあれ文学の基礎教育の「教材」は、そうした意味での「読む技法」を愉しみながら習得できるようなものでありたい。

文庫化にさいして挿絵を増やすことができた。一枚一枚は古風で素朴なものであっても、ヴィジュアルな資料は、知性と感性と想像力を刺戟してくれるだろう。と、断言したあとで、ちょっと風変わりなエピソードをつけ加えるなら、フローベールは「たとえ十万フランくれるといっても」自作に挿絵は入れさせないと喝破した。「絵に描かれた一人の女は一人の女に似ている、それだけさ。描かれたが最後、観念（アイデア）が閉ざされて、完結してしまうから、それ以上文章を並べても無駄なこと。いっぽう文字で書かれた一人の女は、千人の女を夢想させるだろう」。なるほど一理ありそう、文学とは、小説のヒロインとは、そういうものかもしれない、と思っていただけるだろうか。

　この場を借りて、添削指導に協力してくださった若手研究者たちにも、ひと言御礼を。採点の公正さを保つためA4で四ページに及ぶガイダンスを作成し、問題答案については情報交換をするという方式で、厳しい日程の添削作業をやっていただいた。採点協力者は延べ人数にすれば何十名にもなる。長らく採点作業のオーガナイズにかかわり、講師として学習センターにおける面接授業やゼミもいっしょに担当してくださった二名の方、数森寛子さん（愛知県立芸術大学准教授）と篠原学さん（國學院大學非常勤講師）のお名前だけ挙げさせていただこう。

　最後にくり返せば、本書はカルヴィーノやナボコフのような大作家による「講義録」とは目的の異なる「教材」として編まれたものである。その来歴を活かしつつ、個性ある文芸書として再生させたいという贅沢な願望に応え、最大限の自由と適切な助言を与えてくださったKADOKAWAの伊集院元郁さんに、心から感謝したい。

工藤　庸子

本書は、放送大学教育振興会より刊行された
『世界の名作を読む』（二〇〇七年）ならびに
『改訂版　世界の名作を読む』（二〇一一年）を
再構成し、加筆修正のうえ文庫化したものです。

世界の名作を読む
海外文学講義

工藤庸子・池内 紀
柴田元幸・沼野充義

平成28年 8月25日　初版発行
令和7年 5月30日　6版発行

発行者●山下直久

発行●株式会社KADOKAWA
〒102-8177　東京都千代田区富士見2-13-3
電話　0570-002-301（ナビダイヤル）

角川文庫 19932

印刷所●株式会社KADOKAWA
製本所●株式会社KADOKAWA

表紙画●和田三造

●お問い合わせ
https://www.kadokawa.co.jp/（「お問い合わせ」へお進みください）
※内容によっては、お答えできない場合があります。
※サポートは日本国内のみとさせていただきます。
※Japanese text only

ISBN978-4-04-400037-0　C0198